古典文獻研究輯刊

九　編
曾永義　主編

第 20 冊

明代湯顯祖之研究

龔重謨　著

國家圖書館出版品預行編目資料

明代湯顯祖之研究／龔重謨 著 — 初版 — 新北市：花木蘭文
化出版社，2014〔民 103〕
序 4+ 目 2+214 面；19×26 公分
（古典文學研究輯刊 九編；第 20 冊）
ISBN：978-986-322-552-2（精裝）
1.（明）湯顯祖 2. 明代戲曲 3. 戲曲評論
820.8   103000761

ISBN-978-986-322-552-2

9 789863 225522

古典文學研究輯刊
九 編 第二十冊   ISBN：978-986-322-552-2

明代湯顯祖之研究

作　　者　龔重謨
主　　編　曾永義
總 編 輯　杜潔祥
副總編輯　楊嘉樂
編　　輯　許郁翎
出　　版　花木蘭文化出版社
社　　長　高小娟
聯絡地址　235 新北市中和區中安街七二號十三樓
　　　　　電話：02-2923-1455／傳眞：02-2923-1452
網　　址　http://www.huamulan.tw 信箱 hml 810518@gmail.com
印　　刷　普羅文化出版廣告事業
初　　版　2014 年 3 月
定　　價　九編 27 冊（精裝）新台幣 48,000 元

明代湯顯祖之研究

龔重謨　著

作者簡介

龔重謨，江西黎川人。副研究員。中國國學院大學特約研究員。畢業於中國藝術研究院戲曲理論研究班。供職於海南省級文化單位。中國戲劇家協會會員。主要論著有：《湯顯祖大傳》、《明代湯顯祖之研究》、《湯顯祖研究與輯佚》、《湯顯祖傳》（合著）；主編了國家藝術科研重點項目《中國歌謠集成·海南卷》和《海南歌謠情歌集》等。另有多篇論文和文藝作品入編有關專題叢書。其業績入編《世界華人文學藝術界名人辭典》、《中國專家大辭典》和《中國戲劇家大辭典》等多部辭書。

提　要

　　這是湯顯祖故里作者對鄉賢的研究。有對湯氏「情」的思想和其從政作為的論述；有從時間處理研究「四夢」；有對湯氏戲曲理論特色、地位和對《紫簫記》寫作時間、地點及其價值的新探。對湯氏世系源流、居所玉茗堂、去世時間、死因及歸葬墓地作了考證；對李贄、利瑪竇、鄧渼等與湯氏的關係有一家之言；論述了湯貶官嶺南的經歷與對其思想的影響；闡明了「湯學」作為一門學科的興起與發展；分析了晚明以來戲寫湯顯祖中的湯顯祖形象；還介紹了發現與尋找湯顯祖家傳全集殘版的經過及作者在「湯學」研究中的交遊。

序　言

　　這本集子和《湯顯祖大傳》是我紀念世界文化巨人湯顯祖逝世 400 週年的獻禮。

　　研究湯顯祖是一門學問——稱作「湯學」。我與「湯學」結緣，當從 1966 年文革開始說起，當時批《海瑞罷官》，揪大毒草，時中共撫州地委宣傳部長被「揪出」，他的一項主要罪名就是組織人員編寫湯顯祖的劇本。這時我是撫州山間一小縣的文藝新兵，知道了有個湯顯祖，明代臨川人，是寫《牡丹亭》的。

　　1969 年 1 月我從山間小縣調撫州市毛澤東思想宣傳站演出隊（後改為撫州市採茶劇團）。我的住房被安排在市圖書館。該館蓋在湯顯祖玉茗堂遺址上。館藏書架上擺放著中華書局出版的《湯顯祖集》，我翻了一下，古奧難懂，隨手放回。如果說，緣份是一種人與人之間無形的連結，玉茗堂是湯公棄官歸里後，「自掐檀痕教小伶」從事寫作和戲曲活動的居所。我在這塊遺址上生活一年多，後來我居然研究起了「湯學」，難道不是這種無形連結，有了必然存在的相遇機會和可能？

　　1974 年春，我調到撫州市文化館工作，與文革中因寫湯顯祖歷史故事劇受到批判的作者胡乙輝同志同在一間辦公室。他對湯顯祖生平歷史有比較全面的瞭解，常向我滔滔不絕講述湯顯祖的生平事迹。我對湯顯祖考進士時，拒絕首輔張居正的籠絡而落第和在遂昌任縣官時放囚犯回家過春節，元宵夜放囚犯出獄看花燈兩件事最感興趣，覺得此人了不起，對他的才學與品節深為敬慕。這時我借來《湯顯祖集》試讀，感到詩文實難啃懂，但「四夢」劇作還是能讀懂故事情節。我開始關注有關湯顯祖生平與著作資料，曾就光緒年間臨川知縣江召堂重修湯墓的題聯「文章超海內，品節冠臨川」寫了一篇議論小文，沒想過要發表，直到現在還夾在文檔內。1978 年 12 月，我又東拼西湊寫了一篇《湯顯祖和他的〈牡丹亭〉》的小文章，居然被江西人民出版社

《農村文化》第二期所採用。姑且算是我的第一篇「湯學」研究文章。

黨十一屆三中全會後，各條戰線都撥亂反正，江西省委、省政府十分重視歷史文化名人湯顯祖文化遺產繼承，於 1982 年 10 月和國家文化部同在湯公故里——臨川（今撫州市），舉辦全國性的紀念湯顯祖逝世 366 週年紀念活動。我奉命為湯顯祖陳列室撰寫了陳列提綱。為配合這次紀念活動，1978 年 11 月江西人民出版社就來函我區組稿編寫湯顯祖的傳記文學。那時我是撫州市文化館的文學創作員，又發了那篇湯顯祖研究小文章，地區文化主管部門在物色人選承擔這一寫作任務時便把我點上。該書的編寫，省、地宣傳文化主管部門都很重視，省委宣傳部列為省社會科研重點課題。但承擔此任務的我等三人，沒有誰對湯顯祖的生平著作進行過全面研究，也沒有寫傳記文學的經驗，要寫湯顯祖這樣歷史文化名人的文學傳記，無論是學術水平還是寫作經驗委實不堪重負。

「湯傳」寫作完成後，深感自己功底淺薄，學識孤陋，產生了要讀書深造的強烈願望又苦於沒有機會。1981 年 5 月，中國藝術研究院戲曲研究所周育德先生，受徐朔方先生的委託，來考察我在臨川溫泉公社湯家村尋找到了湯顯祖家傳全集殘版。我在與周先生的交談中，得悉中國藝術研究院張庚、郭漢城兩院長面對文革後戲曲理論隊伍嚴重青黃不接的現狀，要改革戲曲研究生招生制度，不只從大學文科畢業生中招，還要從在職戲曲工作者中招有實踐經驗者。我聽後很高興，很是關心此事。第二年 4 月，領導派我去參加中國戲曲藝術中心在河北易縣清西陵舉辦「中國戲曲史、志、論講習會」。中國藝術研究院招生人員來到我們會場招生，招的正是周先生說的為在職幹部開辦的戲曲理論研究班。學制兩年，授予戲曲理論專業碩士生課程。我報了名。8 月初赴京考試，試卷中有道重點題，自選一部古典名劇進行分析，100 分的試卷它約佔了 30 分，我選答了湯顯祖的《〈牡丹亭〉分析》。作此題時，我文思泉湧，一口氣寫了近 3 千字。這是我寫了「湯傳」，看了不少「四夢」評論數據，且常有思考，沾了點湯顯祖靈氣。據說我的答卷受到改卷老師們的關注。此試我考得不壞，被錄取了，且江西省文化廳願為我出學費。此乃湯公助我也！

在中國藝術研究院兩年寒窗，最後一個學期寫畢業論文，我的選題還是湯顯祖，為《湯顯祖的戲曲美學思想》（後修改更名為《湯顯祖作劇理論探勝》），並發表在院研究生《學刊》上。

　　1988 年海南建省辦大特區，「八方風雨彙瓊州，十萬人才下海南」，我也趕潮擠在其中。爲海南省政府文化體廳引進，從事文體政策法規研究工作。新的環境氛圍已不允許我還搞啥湯顯祖研究，連資料都打包封存。這一封就是 12 年。

　　2000 年 3 月，時任中國戲曲學院院長的周育德老師給我來信，告知由中國戲曲學會、中國劇協、中國戲曲學院和大連外語學院等 10 家共同發起，大連外語學院承辦的紀念湯顯祖誕辰 450 週年國際學術研討會 8 月 23 日至 25 日在大連召開，望我參會，姑作一次遠足旅遊，並附來了邀請。已對「湯學」研究處於死火十多年的我，得以重新點燃。10 月家鄉江西撫州舉辦同樣活動，也寄來邀請。此時我已調藝術教育單位任職，搞「湯學」不會被人說成不務正業。這樣我打開了塵封的資料，繼續搞起了「湯學」的研究。

　　深入到「湯學」這座世界文化遺產寶庫，目不暇接，豐富無比，博大精深。湯公對世界文化的貢獻決不只是戲曲「臨川四夢」，政治、哲學、文學、藝術、史學、宗教、教育等諸多學科領域他都有很高建樹。除戲曲成就堪與莎士比亞比肩外，文學上是詩文辭賦大家、八股文能手；哲學上「唯情觀」的哲人；教育上「門滿三千徒四海」，桃李滿天下；史學上是被人遺落的史學大家（他以新的觀點重修《宋史》，惜已散佚，並校定了《冊府元龜》）；書法成就很少有人提到，從幸存的幾幅書法，可見功力精湛，風流蘊藉，「源於二王，得顏魯公勁健偉岸，並李北海瘦勁奇險，瀟灑自溢，成一家面貌」是學人風格鮮明，不遜於時人書法家；宗教上對佛、道都有精研，尤對佛學深下功夫，30 歲湯顯祖就在南京清涼寺登壇說法。「湯學」研究的課題無窮盡，等待有志之士去開拓。

　　我涉獵「湯學」，在撰寫湯顯祖傳記之餘，常有些思考，寫下些小文章；或看到權威的宏論，我不盲從，要爭鳴；更多是爲應邀出席湯顯祖學術研討會而搜索枯腸的交卷。這些文章，膚淺得很，一鱗半爪，邊邊角角，雜亂無章，且謬誤不少。現在我把它彙集起來與《湯顯祖大傳》一起，作爲我幾十年來折騰在這片園地上的工作總結。並用它作禮物，紀念湯公顯祖逝世 400 週年。

　　湯顯祖對我不僅是鄉賢，更是宗師和人生坐標。

2013 年 12 月 15 日於勝景樓

序言

目次

也談湯顯祖的「情」

　　「情」是湯顯祖著作中的一個引人注目的字眼。它是湯氏思想與劇作精神的核心，一向爲湯學研究者所重視。然而對湯氏筆下的「情」的理解，往往見仁見智，莫衷一是。其中較爲流行的看法，即認爲是人的「思想感情」。另外還有「現實生活」、「現實生活情節」、「偉大思想」和「一般人情」等諸多說法。還有一位研究者在考察了湯氏《青蓮閣記》、《調象庵集序》、《耳伯麻姑遊詩序》、《臨川縣古永安寺復寺田記》、《哭婁江女子二首序》、《宜黃縣戲神清源師廟記》等文章中有關對「情」的論述，得出了湯氏的「情」是一個更爲複雜的概念，在不同的時間，不同的場合，「情」所指的內容是不同的結論。它可指「才情」、「人情」、「情志」、「情趣」、「情思」、「激情」等等。但我覺得，湯氏雖然在許多場合都用了這個「情」字，使這個「情」字帶上了寬泛性的含義，但並不表示他這個「情」字沒有質的規定性。如果湯顯祖筆下的「情」沒有其固有的內涵，那這種「情」也就不爲湯顯祖的「情」了。

　　那麼湯顯祖賦予「情」的本來函意是什麼呢？如何理解與把握湯顯祖的「情」的內涵呢？我認爲首先不可對湯氏著作中的「情」字以等量齊觀，要把那些最能說明湯顯祖思想與劇作精神的「情」刮目相待加以研究。縱觀湯氏全部著作中對「情」的論述，值得重視研究主要有這樣兩類「情」：一類是體現湯顯祖哲學思想（包括美學思想）的「情」；一類是體現湯顯祖文論思想的「情」。體現他哲學思想的「情」主要論述有：

　　　　情不知所起，一往而深。生者可以死，死可以生。生而不可與
　　死，死而不可復生者，皆非情之至也。……嗟夫！人世之事，非人
　　世所可盡。自非通人，恒以理相格耳。第云理之所必無，安知情之

－1－

所必有耶！〔註1〕

情有者理必無，理有者情必無。眞是一刀兩斷語。〔註2〕

公所講者性，吾所言者是情。蓋離情而言性者，一家之私言也，合情而言性者，天下之公言也。〔註3〕

考察以上論述，其「情」的含義可以用一個「欲」字來概括。也就是說，湯顯祖言「情」言的是「欲情」。這是因爲：

（一）湯顯祖對「情」的提出是對程朱「存天理，去人欲」的反動。湯顯祖所處的時代是程朱理學最爲猖獗的時代。禪宗出身的朱元璋，當他奪取政權以後，便積極倡導程朱「存天理，去人欲」以加強他的封建專制統治。所謂「存天理，去人欲」是個什麼樣的口號呢？朱熹說：「人心私欲，故稱危；危心天理，故精微。滅私欲，則天理明矣。」〔註4〕程伊川說：「甚矣欲之害人也！人爲之不善，欲誘人也。誘之而弗之，則至於天理滅而不知反。故目則欲色，耳則欲聲、以於鼻則欲臭，口則欲味，體則欲安，此皆有以使之也。然則何以窒其欲，曰思而已矣。」〔註5〕在朱程看來，「天理」是至善的道德標準，而「人欲」爲一切不善行爲的根源。因而「存天理，去人欲」其實質不算一個哲學命題，而是宗教禁欲的說教。誠如任繼愈先生所指出的：「『存天理，去人欲』的理學家不探求主觀與客觀的關係，講的是如何拯救人類靈魂的問題。理學家認爲人的靈魂先天地帶有罪惡，這種生而俱存的罪惡必須消滅，才能把靈魂中正確的東西發揮出來。」〔註6〕經歷宦海沉浮的湯顯祖，對現實有了較清醒的認識，對朱程「存天理、去人欲」帶來的嚴重社會惡果有切膚之痛。他曾說：「世有有情之天下，有有法之天下。……今天下大致滅才情而尊吏法。」〔註7〕湯顯祖認爲，盛唐是屬於「有情之天下」，那時候士

〔註1〕《湯顯祖詩文集》卷三十三，第1093頁，《牡丹亭記題詞》，上海古籍出版社，1982年版。

〔註2〕《湯顯祖詩文集》卷四十五，第1268頁，《寄達觀》，上海古籍出版社，1982年版。

〔註3〕程允昌《南九宮十三調曲譜序》，轉引徐扶明《牡丹亭研究資料考釋》第43頁，上海古籍出版社，1987年版。

〔註4〕《朱子語類》，中華書局1986年版。

〔註5〕程伊川《語錄》二五。

〔註6〕《明清理學評議》，《明清史國際學術討論會論文集》，明清史國際學術討論會秘書處論文組編，天津出版社1982年版。

〔註7〕《湯顯祖詩文集》卷三十四，第1112頁，《青蓮閣記》，上海古籍出版社1982年版。

大夫的才情得到了發揮，而他所處的時代，則是尊吏法而滅才情的「有法之天下」。這種滅才情、尊吏法的現實與湯顯祖「有情之天下」的理想存在著嚴重對立。當湯氏在政治上無法實現他的「有情之天下」以後，他便主動棄官，把「有情之天下」化入「臨川四夢」的藝術思維中，以對抗程朱的「理」和「有法之天下」。《牡丹亭記題詞》就是他一份正式宣佈以「情」反對程朱滅「欲」之「理」的宣言書。「情不知所起」的「情」是指人的本性所具有的「七情六欲」；「第云理之所必無，安知情之所必有耶」是說在朱程「天理」控制下不允許存在的東西，在「有情之天下」是完全可以存在的。像杜麗娘因「情」而夢，因夢而死，死而復生，在朱程理學看來是不可理解的，「必無」的，但是從「情」的角度看，青年男女追求愛情婚姻幸福，是人的本性自然，是任何「理」所遏止不住的，因而是「必有」的。湯顯祖在給達觀信中的「情有者理必無，理有者情必無」一句引的是達觀的話。達觀是個關心時政的和尚，他與湯顯祖的友誼是由於政見上的一致。但是，達觀既為僧，自然不可超脫宗教禁欲的法觀。因此在達觀看來，「大概立言者根於理，此所謂自駁。……聖人知理之根與情如此，故不以情遍天下，而以理通之」。〔註 8〕湯顯祖歸家完成了《牡丹亭》，並在《牡丹亭記題詞》中公開打出了「情」的旗幟，自然也就表達了與達觀宗教禁欲的「一刀兩斷」。因而達觀赴臨川訪湯顯祖，兩人「幾夜交蘆話不眠」就是圍繞「根於情」還是「根於理」的論爭。由於明統治者對程朱理學的提倡，一個大談「理」、「性」的社會空氣蔚然成風。一般封建士大夫都沉迷於「心性」之論。張位是湯顯祖的宗師，是個官至相國的老官僚。他看了湯顯祖的《牡丹亭》，以師長的身份勸告湯顯祖要把才華用於講心性之學。因為戲劇創作素被視為「小技」，為士大夫所不齒，而「言情」更是和當時大講「心性」的社會潮流格格不入。

　　（二）湯顯祖「情」的思想直接導源於王學左派對「嗜欲」的肯定。湯顯祖從十三歲從王學左派三傳弟子羅汝芳學習理學，接受了王艮的「百姓日用即道」、「天理盡在人欲中」和「禁欲非體仁」等思想說教。羅汝芳也常對湯顯祖講「嗜欲」合乎「天機」。當湯顯祖尚未標出他的「情」觀念以前，曾在徐聞縣寫過一篇《貴生書院說》，初露「情」的思想端倪。所謂「貴生」的實質是什麼呢？據《呂氏春秋·貴生》所言：「所謂全生者，六欲皆得其宜也」

〔註 8〕《皮孟鹿門子問答》，《紫柏老人集》卷二十一，轉引自徐朔方《湯顯祖年譜》第 195 頁，上海古籍出版社 1980 年版。

高誘把「六欲」注釋爲生、死、耳、目、口、舌六欲，也就是泛指人的各種物質欲與感觀欲。湯顯祖倡導「貴生」、「知生」、「廣生」就是倡導要尊重人、愛人，就是要讓人「六欲皆得其宜」。湯顯祖「情」的觀念形成是他的「貴生說」思想的昇華。這種昇華的標誌，就是湯顯祖從一味對「欲」的肯定到認識「欲」有好有壞。這是因爲湯氏從徐聞到遂昌任了五年縣官，廣泛深入地接觸了群衆，對「欲」有了更深刻的瞭解。他從百姓中有「良民」也有「盜酋」和「豪強」這一事實中，認識到有正常合理的「欲」，也有非正常不合理的「欲」。湯顯祖在按「百姓所欲去留」的施政中，採取打擊盜酋和豪強的非正常非合理「欲」以保證良民的正常合理「欲」。後來，湯顯祖就把一切正常合理「欲」稱之爲「善情」（也叫「眞情」），把一切不合理非正常的「欲」稱作「惡情」（也叫「矯情」）。這就標誌湯氏「情」的觀念正式形成。

（三）在我國古典哲學中，「情」與「欲」的關係至爲密切。檢閱我國哲學史，最早給「情」下定義的大約是荀子。他說：「性之好惡喜怒哀樂謂之情。」〔註 9〕又說：「性者，天之就也。情者，性之質也。欲者，情之應也。以所欲爲何得而求之，情之所不免也。」〔註 10〕荀子認爲「性」爲人的本能，「情」爲「性」的本質，而「欲」爲「情」的變應。這說明「情」與「欲」密不可分。王陽明在《傳習錄》中根據荀子對「情」的定義，略加一些內容，提出「喜怒哀俱愛惡欲謂之七情」，「欲」爲「七情」之一。以後的一些哲學著作和文論中，更是常將「情」與「欲」相提並論。如戴東源則說：「性之征於欲，聲色臭味而愛畏分。既有欲，於是乎有情；性之征於情，喜怒哀樂而慘舒分。」〔註 11〕即認爲有「情」就有「欲」，有「欲」也就有「情」，都是人生而就有的東西。湯顯祖言「情」就是言「欲」，從詞義上來源於我國古典哲學中「情」與「欲」的理義相通。湯顯祖的「人生而有情」大概就是根據荀子「人生而有欲」〔註 12〕而提出的。

湯顯祖文論思想的「情」是他的哲學思想的「情」在文學上的體現。有關湯氏文論思想的「情」的論述，最爲重要的是《董解元〈西廂〉題辭》。他說：

〔註 9〕《正名篇》，《諸子集成》卷二，第 274 頁，中華書局 1986 年版。

〔註 10〕同前註。

〔註 11〕《原善孟子字義疏證》，（清）戴震著，章錫深校點，北京古籍出版社 1956 年版。

〔註 12〕《禮論篇》，《諸子集成》卷二，第 231 頁，中華書局，1986 年版。

余於聲律之道，瞠乎未入其室也。《書》曰：「詩言志，歌永言，
聲依永，律和聲。」志也者，情也。先民所謂發乎情，止乎禮義者，
是也。嗟乎，萬物之情各有其志。董以董之情而索崔、張之情於花
月徘徊之間，余亦以余之情而索董之情於筆墨煙波之際。董之發乎
情也，鏗金戛石，可以如抗而如墜。余之發乎情也，宴酣嘯傲，可
以以翱而以翔。〔註13〕

這一論述主要有兩點：一是「志也者，情也」；二是「萬物之情各有其志」。
它是湯顯祖「情」的文學思想的集中體現。這裡所說的「志」，文中明確指出
承自《尚書·堯典》的「詩言志」。但要弄清我國古典文論「情」與「志」的
關係，還應從晉代陸機提出「詩緣情」說起。陸機提出「詩緣情」本想打破
「詩言志」的傳統看法，但實際上沒有排斥「詩言志」。他在《文賦》中有時
用「情」，有時用「志」，有時「情志」合綴成一個詞。李善對《文選·文賦》
作注釋中說：「詩以言志，故曰緣情。」到《毛詩序》在主張「詩言志」同時
又指出：「情動於中而形於言」，可看做把「志」解釋為「情」。但正式提出「情
志合一」還是唐代孔穎達。他在給子產「六志」作解釋時說：「在己為情，情
動於志，情、志一也」。湯顯祖的「志也者，情也」的提出可以看到他是從陸
機「詩緣情」到孔穎達的「情、志一也」的一脈相承。《詩言志》的「志」的
含義有理想、抱負、志向等等。湯顯祖的「志也者，情也」的「情」有與「志」
互相滲透的一面，但又不可完全等同於「志」，細琢磨，湯氏的「志也者，情
也」與孔穎達的「情、志一也」還有所不同。孔氏較明確地把「情」等同於
「志」，而湯氏則把「志」處於「情」的從屬地位。湯顯祖提出「萬物之情各
有其志」就指明了「志」從屬於「情」。所謂「萬物之情」，說的是「情」具
有豐富多樣性，不是單一的；「各有其志」說的是隨著「情」的不同，「志」
也有變化。可見湯氏的「情」不是等同於「志」而是包含了「志」，其主要含
義還是其本身所具有諸如「思想感情」、「激情」、「情思」等等傳統意義。湯
顯祖還結合自己的創作實踐，指出如何把握「情」運用「情」的問題。他說：
「董以董之情於花月徘徊之間。」這就說，無論在進行創作還是評論欣賞作
品時，不要為某種「情」的定格所拘束，要有自己的真情實感，要根據自己
對生活的感受，言出自己的「情」。湯氏「情」的文化思想與當時「文必西漢，
詩必盛唐」的腐臭文風相排擊，體現了他的文學創新精神。

〔註13〕《湯顯祖詩文集》卷五十，第 1502 頁，《董解元西廂題辭》。

　　當我們認識了湯顯祖著作中兩類「情」以後，對「臨川四夢」中的「情」就較好理解了。「臨川四夢」中的「情」不應看成湯氏文論思想「情」的表達，而應看成湯氏哲學思想「情」的形象體現。湯顯祖從「性無善惡，情有之」(《復甘義麓》)出發，將「情」分「善」「惡」兩種，並通過「臨川四夢」的主要人物形象表達出來。《牡丹亭》中「生生死死爲情多」的杜麗娘和《紫釵記》中「有情癡」的霍小玉是「善情」代表，而《邯鄲記》中「於中寵辱得喪生死之情」的盧生和《南柯記》中「一往之情，則爲所攝」的淳于棼則是「惡情」的典型。前「二夢」通過對青年男女對婚姻愛情的謳歌，肯定人對合理欲望的追求，後「二夢」通過對功名利祿追求者的鞭撻和官場黑暗的揭露，否定人對不合理欲望的奢取。然而長期以來，人們大都是從傳統文論中來尋求它的含義。前面提到的「思想感情」、「現實生活」、「偉大理想」、「生活情節」等等都屬於湯顯祖「情志說」文論思想的內涵，並非是湯顯祖「臨川四夢」「情」的主旨。所以會如此理解湯顯祖的「情」就在於沒有把「臨川四夢」看成四部哲學劇，沒有從哲學高度來認識湯顯祖劇作中的「情」。因而對《牡丹亭記題詞》也不看成是湯氏「情」的哲理宣言書，而只看成表明其「浪漫主義創作原則」的一篇曲論。對「第云理之所必無，安知情之所必有」一句的「情」與「理」也只當作一般「人情物理」來理解。這樣就掩蓋了湯顯祖劇作本來的哲理光輝，從而也就降低了湯顯祖劇作進步思想意義。

　　湯顯祖哲學思想的「情」與文論思想的「情」構成他頗具特色的「情」的世界觀和藝術觀。他認爲一切文學藝術都是由「情」而產生，說：「人生有情，思歡怒愁，感於嘯歌，形諸動搖。」〔註14〕又說：「世總爲情，情生詩歌，而行於神。」〔註15〕這種「情」決不是什麼「主觀意念的東西」，「唯心主義的論調」，而是客觀現實社會的反映。湯顯祖在《臨川縣古永安寺復寺田記》一文中說：「緣境起情，以情作境。」〔註16〕這裡有兩個「境」，但含義不同。前一個「境」指的是客觀現實社會的生活環境，後一個「境」指作家在作品中得體現的生活環境，而「情」都是指作爲創作前提和出發點的作家那種難以抑制的激情。這一重要論述不僅表明他的「情」不是憑空產生，而且闡明

〔註14〕《湯顯祖詩文集》卷三十四，第 1127 頁，《宜黃縣戲神清源師廟記》。
〔註15〕《湯顯祖詩文集》卷三十一，第 1050 頁，《耳伯麻姑遊詩序》，上海古籍出版社，1982 年版。
〔註16〕《湯顯祖詩文集》卷三十四，第 1125 頁，《臨川縣古永安寺復寺田記》。

了在藝術創作中生活、藝術和作者的辯證關係。湯顯祖這種藝術觀反映在他的戲劇創作中就是「因情成夢，因夢成戲」。「情」為戲劇創作根本，「夢」是「情」的發展和延伸，而「戲」則為「夢」的表現方法。因而他的「臨川四夢」都是以「夢」作為劇情中心。

綜上所述，可以看到湯顯祖的「情」具有鮮明的時代特色，充分體現了湯顯祖思想與劇作的精神面貌。他的哲學思想的「情」決定他的文論思想的「情」，他的「情」的世界觀決定他「情」的藝術觀。湯顯祖的「情」無論在我國哲學史、美學史以及文學理論批評史都產生了十分重大的影響。特別是他的「言情」戲劇觀更是深刻地影響了明清劇壇，出現了一大批「言情」追隨者，形成一個「言情」的創作流派。我們要正確理解湯顯祖的「情」，首先就要從哲學高度來認識他的「情」的進步意義。要把「臨川四夢」看成四部哲學劇，把湯顯祖看成一位偉大的哲學戲劇家。

（原載《海南師院學報》1983 年第 3 期）

作爲政治家的湯顯祖

　　25 年前，我曾寫過《湯顯祖創作的美學觀點》一文，載中國藝術研究院研究生部《學刊》1988 年 2 期。後經修改補充改題爲《湯顯祖作作理論探勝》，入編周育德，鄒元江主編的湯顯祖研究論文集《湯顯祖新論》。該文提出了湯顯祖不僅是戲曲作家，而且還是我國古典戲曲理論史上獨放異彩的戲曲理論家。探索了湯顯祖的戲曲理論的特色、價值及其在我國古典戲曲理論史上應有的地位。深入到「湯學」這座世界文化遺產寶庫，目不暇接，豐富無比，博大精深。它蘊藏了政治、哲學、文學、藝術、史學、宗教、教育等諸多學科的成就。除戲曲成就堪與莎士比亞比肩外，文學上是詩文辭賦大家、八股文能手；哲學上「唯情觀」的哲人；教育上桃李滿天下良師；史學上被人遺落的史學大家（他以新的觀點重修《宋史》，惜已散佚，並校定了《冊府元龜》）；書法成就很少有人提到，從僅存的幾幅書法，可見功力精湛，風流蘊藉，勁健瀟灑，學人風格鮮明，是不遜於時人書法家。評論家說他的書法「源於二王，得顏魯公勁健偉岸，並李北海瘦勁奇險，瀟灑自溢，成自一家面貌」；宗教上對佛、道都有精研，尤對佛學深下功夫，30 歲湯顯祖就在南京清涼寺登壇說法。

　　然而筆者還要給他另一正名：湯顯祖首先是位政治家。他自有言：「經濟自常體，著作乃餘事」（《夕佳樓贈來參知四首》之三）。這裡「經濟」不是指經濟學上社會物質生產和再生產的活動，而是指治理國家。也就是說，湯顯祖的本來是務政的，志在「修身、齊家、治國、平天下」，做賢臣良吏，拯救世風，而搞文學藝術創作，寫劇本不過是業餘愛好。《明史》爲他立傳，寫的是他拒絕張居正的結納而落第和上《論輔臣科臣疏》遭受罷職的政治活動，

對他詩文、戲曲成就隻字未提。湯顯祖是以名宦賢哲的地位載入《明史》。

湯顯祖的爲政經歷，若從 21 歲中舉取得做官資格算起，到 49 歲棄官歸家爲止，整整沉浮了 28 年。他「修身」，「終不能消此眞氣」(《答余中宇先生》)，品性耿介，不願依附任何人；「治國、平天下」，未能進翰林院當高官，實現其「變化天下」的宏願，最後棄官歸隱，還被革了職。湯顯祖自說「不習爲吏」(《寄荊州姜孟穎》)，「一生拙宦」(《寄李孺德》)。因政治失意，他「胸中魁壘，陶寫未盡，發而爲詞曲」(錢謙益《湯逐昌顯祖傳》)。脫掉官袍到劇場寫戲，便寫出了「家傳戶誦，幾令《西廂》減價」的《牡丹亭》，成就登上我國傳奇戲曲最高峰。政治成全了湯顯祖的戲曲成就。官場不能實現其政治理想改而在「舞臺小天地」中演繹著「人生大舞臺」。湯顯祖的政治價值牽動著他的藝術價值。正確判斷湯顯祖的政治價值是正確認識湯顯祖的戲曲藝術價值的前提與途徑。

那麼，湯顯祖在政治上有怎樣的價值呢？在論述此問題之前首先要解決的一個基本問題是：湯顯祖算不算政治家？對此問題卻有不同的說法。臺灣學者胡適的門人費海璣先生在其《湯顯祖傳記之研究》一書中，首稱湯顯祖爲「大政治家」。他說：「在明代史上，像湯顯祖這楊的大政治家並不多」〔註1〕；浙江大學徐朔方教授稱湯顯祖「是一位政治活動家」(〈湯顯祖集‧前言〉)；著名戲劇家、中國藝術研究院原副院長郭漢城，1982 年出席在湯顯祖家鄉——撫州舉行的紀念湯顯祖逝世 366 週年學術報告會上指出：「湯顯祖是個政治家，而且是個哲學家」。〔註2〕然而徐朔方先生的高足周明初博士在其學術專著《晚明文士心態及文學個案》一書中，論到湯顯祖的「情與理的衝突」時說：「湯顯祖不是一個合格的政治家，更不是一個優秀的政治家，他甚至連政治家也稱不上。」「缺少一個政治家應有的素質。理性和隱忍，機警與通變，深沉和權謀，勇猛和堅毅，還有忍辱負重、屈己下人，甚至卑躬屈膝，乃至爲了達到自己目的不惜代價不擇手段。」還說湯顯祖「他太情感化和意緒化了」，「他太顧惜自己的人格和名譽了」。〔註3〕周博士這段話被有的人捧爲否定湯顯祖爲政治家的「經典」之論而加以引用，誤導了對湯顯祖的政治價值判斷，有辨清的必要。

〔註1〕費海璣《湯顯祖傳記之研究》，臺灣商務印書館，1974 年版。

〔註2〕《湯顯祖和他的「臨川四夢」》——紀念湯顯祖逝世 366 週年討論會上的報告，《湯顯祖紀念集》，江西文學藝術研究所編，1986 年。

〔註3〕《晚明士人心態個案》，東方出版社，1997 年 8 月。

先用邏輯學考察一下周先生這樣表述存在的問題。我國著名的邏輯學家金岳霖先生指出:「同一律的表達方式是:如果××是甲,它就是甲,……不矛盾的表達方式是:××不能既是甲而又不是甲。排中律的表達方式是:××是甲或者不是甲。」〔註4〕「亞里士多德強調哲學是求『眞』的。只是由『是』和『不是』構成的肯定或否定命題才能辨別事物的眞和假。邏輯和科學都是以此爲前提的。」〔註5〕據此,湯顯祖如果是政治家才可在此前提下說他是「優秀」、「合格」或「不合格」;如果湯顯祖壓根兒不是政治家(即「連政治家也稱不上」)也就談不上「優秀」、「合格」或「不合格」。湯顯祖不能既「不是一個合格的政治家」,又「連政治家也稱不上」。

再從何謂政治家,何謂「政客」的定義來考察。近代思想家、改良主義者梁啓超先生說:「以爲能負擔國家重任,一身繫國家之安危,能勵行法治,便是政治家。」而臺灣學者胡適的門人費海璣先生則認爲梁的說法「非常錯誤」,「從他們之說,權臣也是政治家了。獨裁武夫,亦是政治家了。不還政於民,亦是政治家作風了。」「如果他待人以誠,接物以禮,重視人權,而學問見識高人一等,那就是大政治家家。」「現在我們所說的政治家,卻是純儒。他必須明明德,親民,大公無私,不戀權力。他不必要擔任國家重任,也不必一身繫天下安危。官職小到一位縣知事,也看作政治家看。只要他有政治頭腦,有主張,有原則,便算政治家。」〔註6〕當然,這些都是一家之言。

用歷史唯物主義來觀照歷史人物,所謂政治家,「通常指從事政治實踐活動,對社會政治生活起重大作用影響的政治人物。」他應「具有較高的政治素質、心裏素質、政治智慧和政治使命感,既是戰略家,又是戰術家,能考慮長遠利益和照顧眼前利益;有豐富的政治經歷、政治經驗和廣泛的政治關係,控制和支配著雄厚的政治資源;有較高的政治領導藝術、組織才能,能巧妙運用強制或妥協手段,協調糾紛,解決問題;有較好的群眾基礎和政治感染力,能產生一定的凝聚力;有較高的文化知識、道德修養和政治責任心,性格堅強,行爲果敢胸懷寬廣。」〔註7〕而政客是指「從事政治活動謀取私利

〔註4〕《金岳霖集》,中國社會科學院科研局組織編選,中國社會科學出版社,200年出版。

〔註5〕汪子嵩、范明生、陳相富、姚介厚著《希臘哲學史》第三卷,第677頁,人民出版社出版。

〔註6〕費海璣《湯顯祖傳記之研究》,臺灣商務印書館,1974年版。

〔註7〕《中國大百科全書》(政治學卷),中國大百科全書出版社,1983年。

的人。魯迅《集外集拾遺‧今春的兩種感想》所論：『中國的政客，也是今天談財政，明日談照像，後天又談交通，最後又忽然念起佛來了。』」〔註8〕也就是說，政客是指玩弄政治權術，利用權力謀取個人和本集團私利的人。這種人爲了達到個人的政治目的，不惜損人利己，不擇手段，翻手爲雲，覆手爲雨，依靠從事政治活動，大搞政治投機。周明初先生所謂「忍辱負重、屈己下人，甚至卑躬屈膝，乃至爲了達到自的目的不惜代價不擇手段」，爲此連「自己的人格和名譽」都不「顧惜」，那決不是「一個政治家應有的素質」，而是政客的行徑。由於周先生對何謂政治家，何謂政客認識模糊，錯把政客的標尺來衡量湯顯祖，若「合格」湯顯祖便是政客，歷史上便沒有今天還值得人們紀念的湯顯祖。

作爲政治家的湯顯祖，他的思想雖博雜，儒釋道都有，但儒家積極入世思想始終是主流，主宰著他整個人生。儒家的祖師爺孔子說：「政者正也。」（《論語‧顏淵篇》）說的就是政治就是要正正派派，正正當當。湯顯祖正是以儒教的「正」爲準則來行事處世。丁丑、庚辰兩科會試，湯顯祖都遇到張居正派人來拉攏他，暗許頭名狀元。當朝首相來結納，對政客來說，這正是順著高枝爬的千載難逢的良機。可湯顯祖「不應」，還說「吾不敢從處女子失身也」，以致遭到報復而名落孫山。湯顯祖這樣處理，不是「太顧惜自的人格和名譽」的問題，而是「政者正也」政治素質在他身上的體現。這時的湯顯祖還只是剛剛取得做官資格的舉人，但已是「名益鵲起，海內人益以望見湯先生爲幸。」（鄒迪光《臨川湯先生傳》）

作爲政治家的湯顯祖，進入仕途，任南京禮部主事，面對黑暗的現實，爲江山社稷的長遠利益和苦難百姓眼前利益，以政治家難能的膽略，「性格堅強，行爲果敢」，上疏彈劾輔臣申時行和他的親信楊文舉、胡汝寧，並把矛頭指向神聖不可侵犯的神宗，說「皇上威福之柄，潛爲輔臣申時行所移」，是造成「賄囑趨附、長奸釀亂」的總根子。這封奏疏震撼了朝廷，對晚明政治產生了重大影響。湯顯祖雖然遭到貶謫，但受他論劾的申時行、楊文舉和胡汝寧也從此而完結了政治生命，

作爲政治家的湯顯祖，當他處於人生處低谷，在荒蠻的雷州半島作個沒有編制的九品典史時，他仍「安心供職」，「冰雪自愛」。瞭解到造成這社會治安不良根源在「輕生好鬥，不知禮義」。湯顯祖不是作一般的「協調糾紛」，

〔註8〕《辭海‧政客》，第1466頁。

而是從抓教育辦「貴生書院」，親自講學，提高人的素質，讓百姓認識到生命的可貴這一根本上「解決問題」。「書院之興頹，吾道明蝕之一關。」（劉應秋《貴生書院記》）湯顯祖在徐聞時間還不到半年，但對徐聞文教事業產生了深遠影響。田漢詩贊「百代徐聞感義仍」。

作爲政治家的湯顯祖，他的政治素質在治理遂昌中得到較全面展現。他以「情」施政，「因百姓所欲去留，時爲陳說天性大義。」一心要把遂昌治理成「有情之天下」試驗地。上任伊始就整頓衙門作風，精簡法令條文，省掉一些集會。從抓教育入手，視察孔廟，興建建相圃書院，建尊經閣（圖書館）文教設施；他滅虎親民，下鄉勸農發展經濟；他恩威並施，既除暴安民，「勒殺盜酋長十數人」；又以情感化囚犯，大年三十放遣囚回家度歲，元宵夜縱囚出獄觀燈，做了歷史上只有唐太宗才敢做的非常之舉，體現了作爲政治家的湯顯祖的政治知慧和政治膽略。在與遂昌豪強項應祥的鬥爭中，「能巧妙運用強制或妥協手段」，不僅寫信嚴詞催繳他家所拖欠的田賦，民間傳說湯還用了「策略」，讓項應祥不得不自處死他的一個惡少，爲民除了「害馬」。五年，湯把遂昌這個山間小縣治理成一派「小國寡民，服食淳足」（《寄曾大理》），好一派「長橋夜月歌攜酒，僻塢春風唱採茶」（《即事寄孫世行呂玉繩二首》），「風謠近勝，琴歌餘暇，戲叟遊童，時來笑語」（《答余內齋》）的繁榮昌盛，官民同樂一家親的遂昌。

湯顯祖在政治上本「有區區之略，可以變化天下」（《答余中宇先生》）的勃勃雄心，但他長期處在下僚。他的「區區之略」未能被發揮以變化天下，僅變化了一個山鄉小遂昌。由於壯心被抑，礦監稅使要來遂昌，湯顯祖不堪爲虎作倀，讓自苦心經營的「有情天下」，爲無情的「搜山使者」所踐踏。在「上有疾雷，下有崩湍，即不此去，能留幾餘」（《答郭明龍》）的處境中，別無選擇，只有棄官歸家。

作爲政治家的湯顯祖，爲遂昌人民做了很多好事，改變了那裡的面貌，受到遂昌百姓的愛戴，搏得「一時醇吏聲爲兩浙冠」的口碑。他符合他自己提出的好官標準：「良牧所在民富，去而見思。」（《與李本如岳伯》）遂昌吏民知他要棄官，遠赴揚州鈔關挽留。走後還建生祠（後建遺愛祠）紀念。十年後還派畫師專程到臨川畫他的絹本肖像，在生祠內供人瞻仰。

無論是從儒家對爲政者的要求，還是現代、當代不同流派的學者對政治家所下的定義，還是用歷史唯物主義的眼光來審視，湯顯祖都是個合格的政

治家，一個封建時代令老百姓「去而見思」的「醇吏」。

歸里，作為政治家的湯顯祖，不是他退隱的韜光，而是轉換戰場。他看中了戲曲具有改變社會特有功能：「可以合君臣之節，可以浹父子之恩，可以增長幼之睦，可以動夫婦之歡，可以發賓友之儀，可以釋怨毒之結，可以已愁憒之疾，可以渾庸鄙之好。然則斯道也，孝子以事其親，敬長而娛死；仁人以此奉其尊，享帝而事鬼；老者以此終，少者以此長。外戶可以不閉，嗜欲可以少營。人有此聲，家有此道，疫癘不作，天下和平。豈非以人情之大寶，爲名教之至樂也哉。」（《宜黃縣戲神清源師廟記》）湯顯祖認定戲曲如同儒、釋、道「名教」一樣，可以「變化天下」改變社會。當年作《紫簫記》，小試牛刀譏刺了張居正而引起是非蜂起，訛言四方」，就體會到戲曲所具有的戰鬥作用。他的「臨川四夢」，「前二夢」在「情」偽裝下，宣揚「以情格權」，「以情抗理」，對官方程朱「存天理，滅人欲」的理學起顛覆作用；「後二夢」在「佛道」煙火迷霧中，將官場的魑魅魍魎現形於場上，「備述人世險詐之情，是明季官場習氣，足以考鏡萬曆年間仕途之況。」〔註9〕

湯顯祖作「臨川四夢」是他政治意圖的表達。「臨川四夢」是四部政治戲。湯顯祖不只是世界戲劇大師，他是中國乃至世界政治史上鮮見的戲劇政治家。

（出席第二屆中國（撫州）湯顯祖藝術節學術論壇論文）

〔註 9〕吳梅《讀曲記》《邯鄲夢（二）》。

試談「湯學」的興起和發展

　　「湯學」即研究湯顯祖生平歷史及其著作的學科。這「寧馨兒」是隨著《牡丹亭》的降生而興起，但爲其正名還在上世紀 80 年代。

　　青年時代的湯顯祖已是「詞賦既成，名滿天下」（帥機《玉茗堂文集序》）。自《牡丹亭》一出，「家傳戶誦，幾令《西廂》減價」，湯顯祖從詩文才俊一躍爲曲壇的耀眼明星。此後，文壇有識之士便開始了對湯顯祖研究。無錫的鄒迪光第一個根據傳聞爲湯顯祖作了小傳，並寄給了湯顯祖。湯逝後的明清之際，過庭訓、錢謙益、查繼佐、萬斯同，蔣士銓等諸多文史家、戲曲家都對湯顯祖的生平與著作作了一定的研究，且都爲湯作了小傳。

　　晚明的「湯學」研究者們除了爲湯作小傳外，還在他們文集的序、跋、尺牘中對湯顯祖的詩文進行述評。毛效同先生爲編的《湯顯祖研究資料彙編》搜集到上述這樣的學者近 100 家。對湯的戲曲研究主要是點評，臧懋循、茅暎、王思任、吳吳山三婦、馮夢龍等人都有評點專集，尚未見有專論。吳吳山三婦評本是以女性親身體悟式展現他們眼中的《牡丹亭》世界，可謂獨樹一幟。

　　崑山人沈際飛是晚明對「湯學」研究成就突出的首位「湯學」家。他對湯顯祖研究是全方位的，既對湯氏所有的詩文進行了全面點評，又對「四夢」各寫題詞一篇，爲每劇的故事情節、人物塑造、語言風格都加以評述，結成《獨深居點定玉茗堂集》專集刊行。沈際飛是眞正讀懂湯顯祖的第一人。

　　《牡丹亭》行世後，圍繞戲曲創作中聲律與文辭的關係問題，出現「湯沈之爭」，以致萬曆間幾乎所有的戲曲家都加入了討論。這場論爭，弘揚了「湯學」，壯大「湯學」隊伍，並對後世戲劇創作影響深遠。晚明至清，戲曲創作

中出現了王思任、茅元儀、孟稱舜、吳炳、阮大鋮等為代表的從思想內容到創作風格都追隨湯顯祖的「臨川派」。清代洪昇和曹雪芹更接過湯顯祖「言情」的旗幟，創作出了傳奇《長生殿》和小說《紅樓夢》這樣「言情」傑作。

「湯學」進入到 20 世紀初，王國維、吳梅、王季烈、盧前等大學者們，在他們學術專著中，有散見對湯顯祖的「四夢」（主要是《牡丹亭》）從故事藍本、思想意義、曲調音律方面論述。到 30、40 年代，以俞平伯、鄭振鐸、趙景深、張友鸞、江寄萍、吳重翰等人為代表，將「湯學」研究向前推進了一大步。在他們新出版的文學史、詞曲史中，都有一定篇幅評價《牡丹亭》。趙景深先生在《文藝春秋》（1946 年）上首次用比較學方法研究湯顯祖和莎士比亞，得出「湯顯祖和莎士比亞生平年相同，同為東西大戲曲家，題材都是取之他人，很少自己的想像創造，並且都是不受羈勒的天才，寫悲哀最為動人」的結論。張友鸞和吳重翰各自撰寫出《湯顯祖及其牡丹亭》和《湯顯祖與還魂記》這樣的研究專著。文學史家鄭振鐸（建國後第一任文物局長，後任文化部副部長），在他的《中國文學研究》一書的開篇《研究中國文學的新途徑》中倡議：「關於湯顯祖，至少要有一部《湯顯祖傳》，一部《湯顯祖及其四夢》，一部《湯顯祖的思想》，一部《湯顯祖之著作及其影響》等等」。這裡，鄭先生雖然沒有正式用「湯學」二字，但實際上是倡議將湯顯祖作為一項學科來研究，並勾勒出了「湯學」的體系框架。

20 世紀 50、60 年代，「湯學」取得突破性進展。1957 年，隨著黨和政府對民族文化遺產的重視，全國主要報刊發表了紀念湯顯祖的文章。湯顯祖故里撫州還舉辦了紀念湯顯祖逝世 340 週年的活動。撫州市政府重修了湯顯祖墓。江西省直屬、南昌市和撫州市文藝界分別在南昌和撫州兩地舉行了隆重的紀念大會。撫州還舉辦了湯顯祖文物資料展覽。中央新聞紀錄電影製片廠江西攝影紀錄站攝製了紀念活動紀錄片。撫州市戲曲表演團體排演了湯顯祖《牡丹亭》和《紫釵記》全劇。紀念活動後全國掀起「湯學」研究熱，一批具有開拓意義的「湯學」研究成果紛紛問世。就在本年，著名戲劇史家黃芝岡的《湯顯祖年譜》在《戲曲研究》上連載。第二年徐朔方的《湯顯祖年譜》出版。1962 年《湯顯祖集》四冊大工程告竣。前二冊為詩文集，由徐朔方先生箋校，後二冊為戲曲集由錢南揚先生校點。錢先生在整理、箋疏、校勘中訂正訛誤，使「臨川四夢」有了精良、可信的讀本；徐先生為考訂湯顯祖詩文寫作時間，廣徵博引，縝密考證，讓從事「湯學」研究者無窮受益。

　　「湯學」是中華傳統文化的精華。當海峽彼岸的臺灣與大陸處在隔絕狀態時，中華傳統文化的根脈相連，爲弘揚「湯學」，兩岸「兄弟登山，各自努力」。1969 年，臺灣潘群英研究《牡丹亭》的專著《湯顯祖牡丹亭考述》問世。1974 年，臺灣政治大學學子呂凱先生寫出了《湯顯祖南柯記考述》碩士論文。也就在該年，胡適的門人費海璣先生的《湯顯祖傳記之研究》出版。該書《我的新發現（代序）》中費先生正式提倡「湯學」。他說：「最近偶然談到我國的莎士比亞是湯顯祖。友人說外國人寫的莎學著作有無數冊，眞的汗牛充棟，中國一本長的湯顯祖傳記也沒有，我們該倡湯學！」由於當時兩岸沒有文化交流，費先生雖早在 1974 年就正式提倡「湯學」，但知之者甚少，只有到了 1983 年 3 月，原中國藝術研究院副院長、著名的戲曲理論家郭漢城先生爲江西文學藝術研究所編的《湯顯祖研究論文集》作的序文中提出：「外國有莎士比亞學，中國已經有《紅樓夢》學，也不妨有研究湯顯祖的「湯學」」，才引起了積極的反響，得到大家的附和。也就是說，「湯學」雖早存在，但是「湯學」得到正名還在這時。

　　1982 年國家文化部、中國劇協、江西省文化局，江西省劇協於 11 月在湯顯祖故里撫州隆重舉行的紀念湯顯祖逝世 366 週年紀念活動。在此活動的推動下，「湯學」研究掀起了大的高潮。「湯學」研究成果獲得空前大豐收。1986 年，湯顯祖故鄉的文化工作者，一下完成了兩部《湯顯祖傳》，南昌的朱學輝、季曉燕也有《東方戲劇藝術巨匠湯顯祖》問世。此後，黃芝岡的《湯顯祖編年評傳》（1992 年），徐朔方的《湯顯祖評傳》（1993 年），李貞瑜的《湯顯祖》（1999 年），鄒自振《湯顯祖》（2007 年）接連刊行。全方位綜合研究湯顯祖的成果驚人，見諸報刊雜誌的論文汗牛充棟。僅以專著出現的成果就有徐朔方的《湯顯祖研究及其他》（1983 年），江西文學藝術研究所的《湯顯祖研究論文集》（1984 年），周育德的《湯顯祖論稿》（1991 年），香港鄭培凱的《湯顯祖與晚明文化》（1995 年），鄒元江的《湯顯祖的情與夢》（1998 年），鄒自振的《湯顯祖綜論》（2001 年），周育德、鄒元江主編《湯顯祖新論》（2004 年），《湯顯祖研究在遂昌》（2002 年），楊安邦的《湯顯祖交遊與戲曲創作》（2006 年）《2006 中國・遂昌湯顯祖國際學術研討會論文集》（2008 年），龔重謨的《湯顯祖研究與輯佚》（2009 年），臺灣陳貞吟的《湯顯祖愛情戲曲取材再創作之研究》（2012 年）等等。

　　毛效同的《湯顯祖研究資料彙編》（1986 年）和徐扶明《牡丹亭研究資料考釋》（1987 年）是湯學研究的又一基礎工程大功告成。毛先生用盡教學之餘

的六年時間，「閱讀和引用的詩文集、詩話、曲話、地方志、筆記和報章雜誌不下五百種」，為的是「想提供比較一全面、翔實的材料給研究者參考」；徐扶明先生「把隨時查到的資料，一條一條地抄在小紙片上面，分門別類，貼在一冊一冊舊雜誌裏，厚厚的十幾冊」這兩部彙編，資料翔實，內容豐富全面。他們將分散各地，研究者搜求不易，他們用汗水換來的這些資料，奉獻給有志「湯學」研究者。他們為之所付出的辛勞不亞於徐朔方先生對湯顯祖詩文的箋校。

版本研究學問很大。湯顯祖著作板本尤其「四夢」中的《牡丹亭》板本之多僅次於《西廂記》。長期以來涉足此道者寥寥。海外只有日本學者根山ク徹在其研究《牡丹亭》專著——《明清戲曲史論敘說——湯顯祖〈牡丹亭還魂記〉研究》一書中，將明代 13 種《牡丹亭》刊本，分屬於四個版本系統作了專章論述；北師大的郭英德教授對《牡丹亭》的版本研究默默耕耘，獲得重要成果。他在《〈牡丹亭〉傳奇現存明清版本敘錄》（2006 年）一文中，將《牡丹亭》分「明單刻本」、「明合刻本」、「清單刻本、石印本」、「清合刻本」四部分，詳細論述了各代版本簡單情況和在世界各地保存情況。另外還有日本八木澤元、臺灣華瑋博士對《牡丹亭》的版本也作了探索。北京戲曲文獻學家吳書蔭先生還發現了久被遺忘而又罕為人知的《玉茗堂樂府總序》（約寫於萬曆三十四年至三十六年之間），考證了《玉茗堂樂府》是湯顯祖戲曲最早的一部合集，也屬難得的成果。以上學者可謂「湯學」版本研究之翹楚。

對湯顯祖佚文的輯逸與研究，有不少人都在進而行，但徐朔方和龔重謨兩先生輯逸成果較為豐碩。

另外，近幾年來，已有青年學者們對湯顯祖的八股文、辭賦、尺牘作專題研究。他們所論，見解新穎，洋溢著虎虎生氣。

自上世紀 80 年代，「湯學」研究隊伍出現令人可喜的新趨勢。那就是「湯學」研究主流隊伍從少數學者、專家向莘莘學子轉移。有志從事「湯學」研究的青年學子越來越多。1986 年香港的新亞研究所何佩明選題《湯顯祖四夢之成就研究》作碩士論文，1991 年臺灣的華瑋女士在海外留學，選題《尋求「和」：湯顯祖戲曲藝術研究》是兩岸學者首位「湯學」博士論文。接上，選「湯學」為研究課題獲得博士學位的還有臺灣高雄師範大學陳貞吟的《湯顯祖愛情戲曲取材再創作之研究》（1995 年），臺灣文化大學盧相均的《湯顯祖之思想及其在紫釵記與還魂記中之驗證》（1997 年），中國社科院文學所程芸的《〈玉茗堂四夢〉與晚明戲曲文學觀念》（1999 年），北京大學的孫捄姬的《湯顯祖文藝思想

研究》（2000 年），華東師範大學陳茂慶的《戲劇中的夢幻——湯顯祖與莎士比亞比較研究》（2006 年），臺灣大學黃莘瑜的《網繭與飛躍之間——論湯顯祖之心態發展歷程及其創作思維》（2007 年）等。而碩士論文據不完全的統計，從 1969 年到進入新的世紀的 2007 年，兩岸三地學子加起來的「湯學」碩士論文在 36 篇以上。

「絕代其才，冠世博學」的湯顯祖不僅屬於中國，而是屬於全世界。他的文化遺產與其站在時代前端的進步思想、高潔的人格是全人類的共同財富。早在清初，他的劇作就開始流傳海外。從 1916 年以後，有日本、德國、法國、英國前蘇聯等國的漢學家就把湯顯祖的《牡丹亭》翻譯成本國的文字進行傳播。從 1930 年至上世紀 50 年代，京劇藝術大師梅蘭芳應邀到日本、美國和前蘇聯演出湯顯祖的名劇《牡丹亭》。

國外的「湯學」研究在二十世紀初就開始了。日本研究中國戲曲史的學者青本正兒在 1916 年出版的《中國近世戲曲史》中，首次將湯顯祖與莎士比亞相提並論。說「東西曲壇偉人，同出其時，亦奇也。」青木正兒的學生岩城秀夫，寫了洋洋二十多萬字《湯顯祖研究》，對湯顯祖的生平、劇作、戲曲理論以及在文學史上的地位作了全面的評價。並以此文獲得博士學位。該文與他研究中國戲曲的論文《關於宋元明之戲劇諸問題》合成《中國戲曲演劇研究》一書，1972 年由日本創文社出版。

在海外，以「湯學」研究獲得博士學位的論文，還有德國漢堡大學《湯顯祖的「四夢」》（1974 年）；美國明尼蘇達大學的《〈邯鄲記〉的諷刺藝術》（1975 年）；榮賽星的《〈邯鄲記〉評析》（1992 年）、陳佳梅的《犯相思病的少女的夢幻世界：婦女對〈牡丹亭〉的反映（1598～1795）研究》（1996）等人。

海外對湯顯祖的「四夢」的翻譯傳播，《牡丹亭》從過去選譯部分場次，1976 年開始轉而全本翻譯。在俄羅斯有孟烈夫譯的俄文《牡丹亭》（1976 年），在法國有安德里萊維法文譯的《牡丹亭》（1999 年），在美國有柏克萊大學的白之教授譯的英文《牡丹亭》（1980 年）。在國內，大連外國語學院汪榕培教授後來追上，2000 年他的英漢對照全譯了《牡丹亭》。2003 年，他海內外第一個英文全譯了《邯鄲記》（列入漢英對照「大中華文庫」叢書）。現在他正在竭盡全力翻譯《紫釵記》與《南柯記》全本。不久，由汪榕培教授英譯的《玉茗堂四夢》將展現於世界，推動世界對「湯學」研究向縱深發展。

（出席南昌大學紀念湯顯祖誕辰 460 週年國際學術研討會論文）

湯顯祖作劇理論探勝

一、引　言

　　明代中後期是我國戲曲創作與理論研究雙豐收的時代，湧現了徐渭、湯顯祖、沈璟、王驥德、呂天成、徐復祚等一大批劇作家兼戲曲理論家。湯顯祖是其中最傑出的代表。他不僅留下盛演不衰的「臨川四夢」，而且還有豐富的戲曲理論。儘管他沒有寫下像王驥德《曲律》、李笠翁《閒情偶寄》這樣的曲論專著，但他散見於若干劇本題辭、序跋、書信、文章以及一些劇本評點中的論曲主張，不乏獨到見解，涉及創作、表導演、演員道德修養和戲曲批評等諸多方面。其中以其作劇理論最爲精深，是他全部戲曲理論的主體，具有很高的理論價值。本書僅將湯顯祖有關作劇理論試作探討，揭示其理論的特色，以便人們認識他在我國古典戲曲理論史上應有的地位。

　　湯顯祖早年是以詩文創作成就而贏得文壇聲響，只是後來他的傳奇戲曲創作掩蓋了他的詩文成就，以至「世但賞其詞曲而已。」〔註1〕檢閱湯氏全部著作中關於對創作的論述，我發現不僅有對戲曲方面的，而且還有許多是對詩文、小說方面的。然而戲劇無論在西歐還是在中國，都看做是一種詩，和抒情詩敘事詩一樣，爲詩範圍內的一種詩體。早在北宋，江西詩派的開創者黃庭堅就說過：「作詩如作雜劇。」〔註2〕至明代，視戲曲爲詩體的一種的觀念早已形成。

〔註 1〕《湯遂昌顯祖》，錢謙益《列朝詩集小傳》丁集中，第562頁，上海古籍出版
　　　　社1983年版。
〔註 2〕黃庭堅論詩時嘗謂：「作詩如作雜劇，初時布置，臨了須打諢，方是出場。」
　　　　轉引自夏寫時《論宋代的戲劇批評》，《古代文學理論研究》第一輯，上海古
　　　　籍出版社。

如王世貞說：「曲者詞之變。」〔註3〕臧晉叔也說：「詩變而詞，詞變而曲，其源本出於一。」〔註4〕沈寵綏更明白指出戲曲文學由詩歌發展而來：「顧曲肇自三百篇耳。《風》《雅》變爲五言七言，詩體化爲南詞北劇。」〔註5〕當代著名戲曲理論家張庚先生在總結前人有關論述的基礎上，明確提出中國戲曲爲「劇詩」〔註6〕，今已得到戲劇界同仁們的一致認同，並產生了深刻的影響。中國戲曲既爲「劇詩」，就具有詩的一般藝術特徵，遵循著詩體創作的一般藝術規律。湯顯祖的詩文創作理論和戲曲創作理論往往是相通的，一些本對詩文創作而發的論述，其實也是他的作劇主張的體現。因此，我在探討湯顯祖作劇理論時，就不能把他的詩文理論同它截然分開，而是結合起來加以論證。

二、湯顯祖的作劇主張

1.「世總爲情，情生詩歌」

戲曲藝術到底因什麼而產生，這是戲曲創作理論中最爲根本的問題。在這個問題上，湯顯祖有著頗具特色的見解。他說：

> 世總爲情，情生詩歌，而行於神。天下之聲音笑貌，大小生死，不出乎是。因以憺蕩人意，歡樂舞蹈，悲壯哀感鬼神風雨鳥獸，搖動草木，洞裂金石。〔註7〕

又說：

> 人生而有情。思、歡、怒、愁，感於幽微，流乎嘯歌，形諸動搖，或一往而盡，或積日而不能自休。蓋自鳳凰鳥獸以至巴渝夷鬼，無不能舞能歌，以靈機自相轉活，而況吾人。〔註8〕

所謂「世總爲情」、「人生而有情」，就是認爲人事都是爲「情」所主宰，「情」

〔註3〕王世貞《曲藻‧序》，《中國古典戲曲論著集成》（四），第25頁，中國戲劇出版社1982年版。

〔註4〕臧晉叔《元曲選‧序》，見《元曲選》第一冊，第4頁，中華書局1979年版。

〔註5〕沈寵綏《度曲須知》上卷，《中國古曲戲曲論著集成》（五），第197頁。

〔註6〕張庚《關於劇詩》：「西方人的傳統看法，劇作也是一種詩，和抒情詩，敘事詩一樣，在詩的範圍內也是一種詩體。我國雖然沒有這樣的說法，但由詩而詞，由詞而曲，一脈相承，可見也認爲戲曲是詩。……我國也把戲曲作爲詩的一個種類看待。」見《張庚戲劇論文集》，第164頁，文化藝術出版社1984年版。

〔註7〕《耳伯麻姑遊詩序》，徐朔方箋校《湯顯祖詩文集》卷三十一，上海古籍出版社1982年版。本書所引湯氏詩文均出此集。

〔註8〕《宜黃縣戲神清源師廟記》，《湯顯祖詩文集》卷三十四，第1127頁。

爲人的本性。所謂「情生詩歌」就是認爲「詩歌」（實際包括戲曲在內的一切文學藝術）由「情」而產生，是人的思念、歡樂、怒怨和愁苦等各種情感，「憺蕩人意」，「積日不能自休」，需要宣泄的結果。湯顯祖正是以「言情」爲戲曲創作的動因。他曾明確聲稱自己寫戲是「爲情作使」〔註9〕；創作《牡丹亭》也只因「世間只有情難訴」〔註10〕；寫《南柯記》亦爲「有情歌酒莫教停，看取無情蟲蟻也關情」，「千場影戲」也不過「一點情」〔註11〕。真可謂「爲一切有情物說法」〔註12〕。

視「情」爲創作動因，並非自湯顯祖始，在我國古典文論史上有著源遠流長的相襲關係。約成書於戰國的《禮記‧樂記》已提出：「情動於中，故形於聲。」〔註13〕這大概就是「情」產生「詩」、「樂」的最早論述。這時的「詩」與「樂」是不分家的。至漢代《毛詩序》繼承《樂記》之說，提出「情動於中而形於言」〔註14〕，進一步指出詩的產生是感情所動的結果。到魏晉時代，陸機提出了「詩緣情而綺靡」〔註15〕這一著名的命題，對後世影響最大。劉勰的「以情造文」、「夫綴文者情動而辭發，觀文者披文以入情」〔註16〕，鍾嶸的「吟詠情性」〔註17〕，皎然的「詩緣情境發」及其「天與共性，真於情性」〔註18〕，司空圖論詩歌創作爲「情性所至，妙不自尋」〔註19〕，嚴羽的「詩者，吟詠情性也」〔註20〕，李贄的「蓋聲色之來，發於情性，由乎自然」

〔註9〕《續棲賢蓮社求友文》，《湯顯祖詩文集》卷三十六，第1161頁。

〔註10〕《牡丹亭》第一齣《標目》，《湯顯祖戲曲集》，錢南揚校點名，上海古籍出版社1987年版。

〔註11〕《南柯夢記》第一齣《提世》，《湯顯祖戲曲集》，錢南揚校點，上海古籍出版社1978年版。

〔註12〕《明人傳奇》，《吳梅戲曲論文集》卷中，第158頁，中國戲劇出版社1983年版。

〔註13〕《禮記‧樂記》，見阮元刻《十三經注疏》《禮記》卷三十八。

〔註14〕阮元刻《十三經注疏》，《毛詩正義》卷一。

〔註15〕陸機《文賦》，轉引郭紹虞主編《中國歷代文論選》（一卷本），第67頁，上海古籍出版社1986年版。

〔註16〕劉勰《文心雕龍》之《情采篇》和《知音篇》。

〔註17〕鍾嶸《詩品總論》，見《詩品注釋》（向長清注），第17頁，齊魯出版社1986年版。

〔註18〕語出唐詩僧皎然詩《秋日遙和盧使君遊河山寺宿楊上人房論涅槃》，轉引《中國古代文學理論辭典》（趙則誠等主編），第494頁。「天與共性，真於情性」出於皎然《詩式》，《十萬卷樓叢書》卷五。

〔註19〕司空圖《二十四詩品‧實境》。

〔註20〕嚴羽《滄浪詩話‧詩辨》，轉引郭紹虞主編《中國歷代文論選》（一卷本），第209頁。

及其著名的「童心說」〔註21〕都屬於「詩緣情」的理論體系。湯顯祖的「情生詩歌」也是對「詩緣情」的一脈相承。然而湯氏的「情生詩歌」是以「世總爲情」、「人生而有情」這一「情」的宇宙觀爲前提的，是其哲學思想的「情」在藝術思想上的反映。因此，他的「情」的內涵遠比陸機豐富深刻。對此，湯顯祖還有如下幾段對「情」的重要論述：

> 情有者理必無，理有者情必無。眞是一刀兩斷語。〔註22〕

> 此正是講學，公所講者是性，吾所言者是情。蓋離情而言性者，一家之私言也；合情而言性者，天下之公言也。〔註23〕

> 世有有情之天下，有有法之天下，……今天下大致滅才情而尊吏法。〔註24〕

這表明湯顯祖的「情」既與正統程朱理性之學相對立，又與世俗宗法制度相抗衡，以「合情而言性」達「天下之公言」爲己任。他的「情」的含義寬泛，包括男女情愛，世俗人情、才情，一般人的情感，而其核心意義則是哲學思想的「欲情」。我們知道，湯顯祖少年受業於王學左派三傳弟子羅汝芳，接受了王艮「百姓日用即道」、「天理盡在人欲中」和「制欲非體仁」的思想說教。羅汝芳也常對湯顯祖講「嗜欲」合乎「天機」。湯顯祖的「情」的思想，正導源於王學左派對「嗜欲」的肯定，體現了對程朱「存天理，去人欲」的反動。檢閱我國古典哲學史，「情」與「欲」關係至爲密切，它們義理往往相通。有的著作常將「情」與「欲」相提並論。如荀子說：「欲者，情之應也。」〔註25〕湯顯祖的「人生而有情」大概就是根據荀子《禮論》「人生而有欲」〔註26〕而提出的。因爲荀子在《王霸》中說：「夫人之情，目欲綦色，耳欲綦聲，口欲綦味，鼻欲綦臭，心欲綦佚。此五綦者人情之所必不免也。」〔註27〕這裡已清楚表明「五綦」之感官欲是生來具有，不可避免的自然本性。王學左派肯定「嗜欲」合乎「天機」可以看到與荀子「情」、「欲」觀念的一脈相承關

〔註21〕 李贄《焚書》卷三《讀律膚說》和《童心說》。

〔註22〕 《寄達觀》，《湯顯祖詩文集》卷四十五，第1268頁。

〔註23〕 程允昌《南九宮十三調曲譜序》，轉引徐扶明《牡丹亭研究資料考釋》，第43頁，上海古籍出版社1987年版。

〔註24〕 《青蓮閣記》，《湯顯祖詩文集》卷三十四，第1112頁。

〔註25〕 見《諸子集成》（二），第274頁《荀子集解》卷十七《正名篇》第二十二，中華書局1986年版。

〔註26〕 見《諸子集成》（二），第231頁《荀子集解》卷十《禮論篇》第十九。

〔註27〕 見《諸子集成》（二），第137頁《荀子集解》卷七《王霸篇》第十一。

係。當湯顯祖《牡丹亭》問世，公開標出：「人世之事，非人世所可盡，自非通人，恒以理相格耳。第云理之所必無，安知情之所必有耶！」〔註28〕則鮮明地體現了他的「情」反「理」的戰鬥的思想光輝。

「情」從根本上看，是人的主觀世界的精神活動。因此，湯顯祖的「情」往往被一些研究者斥之爲「唯心主義論調」，「主觀意念的東西」。按世俗的理解，這種看法似乎也沒有錯，然而在我看來，湯顯祖的「情」並非純「主觀意念」，而是「感物」而起。他在《臨川縣古永安寺復寺田記》一文中說「緣境起情，因情作境」〔註29〕，這個往往被研究者所忽視的重要命題，不僅說明他的「情」發揮了《樂記》「人心之動，物使之然也」思想成分，而且表明了他的「情」是來自現實生活的主客觀的統一。這個命題中有兩個「境」字，其含義不一。前一個「境」是客觀社會生活環境，它是「情」的來源；後一個「境」是作家根據對生活的理解而「作」的藝術環境。後一個「境」來自前一個「境」，但已比前一個「境」更高，更典型。事實上「緣境起情，因情作境」和「世總爲情，情生詩歌」是湯氏「情」的觀念不可分割的有機整體，概括了生活、作家和藝術三者之間的辯證關係，即是在「情」的世界觀指導下，作家受客觀社會生活的感受，激起創作欲望，作家根據自己對生活的認識，從而作出能動反應。從這點上看，湯顯祖「情」的觀念，實已從物感說昇華爲樸素的能動反應論。

湯顯祖還認爲，藝術創作既爲「情」的產物，那麼作者在創作過程中就要以「情」寫「情」。他曾在《睡菴文集序》中讚揚湯賓尹：「道心人也。道心之人，必具智骨；具智骨者，必有深情。」〔註30〕因而他做文章能「情智所發，旁薄獨絕，肆入微妙，有永廢而常存者」。湯顯祖還認爲，作者在藝術創作上不僅要「有深情」，而且還要「情必有所寄」。他爲鄒迪光作《調象菴集序》說：「有高才而鮮貴仕，其與能靖者與。折節抵巇，非公所習，則其鬱觸噴迸而雜出於詩歌文記之間，雖談世十一，譚趣十九，而終爲英英澐澐，有所不能忘者，蓋其情也。」「情致所極，可以事道，可以忘言。」〔註31〕他還十分欣賞宋玉、賈誼等古人「情動於中」的作品，曾讚賞說：「至於宋玉景差之《招魂》，賈誼之《弔屈》，雖興廢異時，有所憤惻，迫發於其中，一耳。」

〔註28〕 《牡丹亭記題詞》，《湯顯祖詩文集》卷三十三，第1093頁。

〔註29〕 《臨川縣古永安寺復寺田記》，《湯顯祖詩文集》卷三十四，第1125頁。

〔註30〕 《睡菴文集序》，《湯顯祖詩文集》卷二十九，第1015頁。

〔註31〕 《調象菴集序》，《湯顯祖詩文集》卷三十，第1038頁。

〔註 32〕他要求劇作家進行創作應以自之情體驗劇中角色之情，欣賞別人作品時，要以自的情體驗劇作者之情。在《宜黃縣戲神清源師廟記》一文中，要求演員「爲旦者常自作女想，爲男者常欲如其人」。〔註 33〕在《董解元西廂題辭》中又說：「董以董之情而索崔、張之情於花月徘徊之間，余亦以余之情而索董之情於筆墨煙波之際。」〔註 34〕在戲曲創作中，湯顯祖正是這樣身體力行，往往化身爲曲中之人進行獨苦運思。如寫《牡丹亭・憶女》一齣，填詞至「賞春還是舊羅裙」句時，劇情寫女主角杜麗娘害相思病已死，服待她的丫頭春香想到小姐平日待她的好處，再低頭看身上的羅裙還是杜麗娘生前給她的，越想越傷心。湯顯祖寫到這時，早已夢往神遊，設身處地，禁不住臥於庭院柴薪中掩袂痛哭，將自己一往深情注入角色之中。

　　湯顯祖主「情」寫「情」，「爲情作使，劬於伎劇」。〔註 35〕，是深刻認識到「情」的巨大社會作用。他在《宜黃縣戲神清源師廟記》更有精彩描述：

> 使天下之人無故而喜，無故而悲。或語或嘿，或鼓或疲，或端冕而聽，或側弁而咍，或窺觀而笑，或市湧而排。乃至貴倨馳傲，貧嗇爭施。瞽者欲玩，聾者欲聽，啞者欲歎，跛者欲起。無情者可使有情，無聲者可使有聲。寂可使喧，喧可使寂，饑可使飽，醉可使醒，行可以留，臥可以興，鄙者欲艷，頑者欲靈。可以合群臣之節，可以浹父子之恩，可以增長幼之睦，可以動夫婦之歡，可以發賓友之儀，可以釋怨毒之結，可以已愁憤之疾，可以渾庸鄙之好。然則斯道也，孝子以事其親，敬長而娛死；仁人以此奉其尊，享帝而事鬼；老者以此終，少者以此長。外戶可以不閉，嗜欲可以少營。人有此聲，家有此道，疫癘不作，天下和平。豈非以人情之大竇，爲名教之至樂也哉。〔註 36〕

這就是說，「以人情之大竇」的戲曲，能引起觀眾感情上「或喜或悲」的共鳴，使人的思想精神面貌發生巨大的變化。可以使無情的人變得有情，可以使君臣、父子、長幼、夫婦，朋友之間的關係進一步融洽，解除「怨毒」、「愁憤」、「庸鄙」等惡劣情緒。可以使老人得到孝敬，好人得到尊崇，外戶可以不閉，社會

〔註 32〕《騷苑笙簧序》，《湯顯祖詩文集》卷二十九，第 1018 頁。
〔註 33〕《宜黃縣戲神清源師廟記》，《湯顯祖詩文集》卷三十四，第 1127 頁。
〔註 34〕《董解元西廂題辭》，《湯顯祖詩文集》卷五十，第 1502 頁。
〔註 35〕《續棲賢蓮社求友文》，《湯顯祖詩文集》卷三十六，第 1160 頁。
〔註 36〕同註 33。

安定，天下太平，起到「名教至樂」的作用。湯顯祖以其「言情」戲曲真實生動且形象顯示了「情」所具有的巨大社會作用。他的《牡丹亭》，通過杜麗娘為了追求自理想中的愛人，從生追求到死，死而復生，使人看到了「情」可以超越生與死、醒與夢的界限的神奇威力。他並在《牡丹亭記題詞》中這樣說：

> 如麗娘者，乃可謂之有情人耳。情不知所起。一往而深，生者可以死，死可以生。生而不可與死，死而不可復生者，皆非情之至也。〔註37〕

這部戲一問世，立即「家傳戶誦，幾令《西廂》減價」〔註38〕。杜麗娘的「情」牽動著無數同類命運婦女的「情」。如婁江女子二俞之娘因「酷嗜《牡丹亭》傳奇，蠅頭細字，批註其側，幽思苦韻，有痛於本詞者，十七惋憤而終」。〔註39〕杭州著名女伶商小玲因扮演杜麗娘表演過度情真而氣絕於舞臺〔註40〕；才女馮小青做了商人的妾，丈夫粗俗，且為大婦所不容，讀《牡丹亭》慨歎：「冷雨幽窗不可聽，挑燈閒看《牡丹亭》；人間亦有癡於我，豈獨傷心是小青。」〔註41〕後未出兩年，便憂憤而卒。湯顯祖所標舉的「情」，對當時社會起到了振聾發聵的作用。

2.「凡文以意趣神色為主」

湯顯祖既認為戲曲是因「情」而產生，那麼作為「言情」戲曲，在創作中應遵守一個什麼原則呢？湯顯祖根據自的創作經驗，在給他同年進士呂姜山（玉繩）的信中闡述了他的重要觀點：

> 凡文以意趣神色為主。四者到時，或有麗詞俊音可用，爾時能一一顧九宮四聲否？如必按字摸聲，即有室滯迸拽之苦，恐不能成句矣。〔註42〕

〔註37〕 同註28。
〔註38〕 沈德符《顧曲雜言·填詞名手》，載《中國古典戲曲論著集成》（四），第206頁。
〔註39〕《哭婁江女子二首》序，《湯顯祖詩文集》卷十六，第654頁。
〔註40〕 焦循《劇說》卷六引《澗房蛾術堂閒筆》云：「杭州女伶商小玲者，以色藝稱。於《還魂記》尤擅場。嘗有所屬意，而勢不得通，遂鬱鬱成疾。每作杜麗娘《尋夢》、《鬧殤》諸劇，真若身其事者。纏綿淒婉，淚痕盈目。一日演《尋夢》，唱至『待打並香魂一片，陰雨梅天，守得個梅根相見。』盈盈界面，隨聲仆地。春香上視之，已氣絕矣。」載《中國古典戲曲論著集成》（八），第197頁。
〔註41〕 蔣瑞藻《小說考證》引《花朝生筆記》，轉引徐扶明《牡丹亭研究資料考釋》，第216頁。
〔註42〕《答呂姜山》，《湯顯祖詩文集》卷四十七，第1337頁。

這一論述被有些研究者視作「湯顯祖創作理論的核心」，認爲「湯顯祖的創作理論是環繞意趣神色四個字而展開的」。這一看法不無道理。然而湯氏的「意趣神色」和他的「情」一樣，內涵豐富深刻且又顯得空靈，不易把握，對它的理解迄今仍見仁見智，難衷一是。但有一點看法卻基本上一致，那就是認爲「意趣神色」既有「爲主」的總精神，又有「四者」各自的單獨含義。對「四者」總精神的理解有代表性的觀點主要有三種：一是認爲「以內容爲主」〔註43〕；二是認爲包括了作品「內容和形式兩個方面」〔註44〕；三是認爲「看做『才情』較爲靈活」〔註45〕。此外，還有把「意趣」理解爲「內容」，「神色」看做「風格和精神」〔註46〕，或把「意趣」看成「作品思想內容」，「神色」看做「藝術概括能力和藝術形式」〔註47〕。前者實爲強調以內容爲主，可以歸入第一類；後者包括內容形式兩個方面，可以歸入第二類。以上三說，從湯氏信的內容和寫信出發點看，顯然把「意趣神色」理解「以內容爲主」比較恰當。因爲呂姜山雖然是湯顯祖的同年進士，但在文學觀點上卻追隨格律派沈璟。因呂氏把沈璟有關聲律專著寄給湯顯祖，湯氏看後，針對沈璟內容服從聲律的形式主義觀點，提出了「凡文以意趣神色爲主」的主張。因此，說「意趣神色」包括作品「內容和形式兩個方面」就顯得不合湯氏原意。此外，還有「才情」之說也不甚妥。因爲「才情」和「才學」義理有相通處，把「意趣神色爲主」理解成「才情」爲主，有混於宋代江西詩派的「以才學爲詩」。「以才學爲詩」是靠鴻才碩學、博通墳典搬弄知識學問的一種形式主義詩風，這是湯顯祖所深惡痛絕的一種文風。不過，「才情」之說給人以啓發，

〔註43〕張庚、郭漢城主編《中國戲曲通史》（中冊），第 127 頁：「湯顯祖並非不考慮聲律的作用，只是把內容放在第一位，要求形式爲內容服務，所以他主張：『凡文以意趣神色爲主』，中國戲劇出版社 1980 年版。又丘振聲《中國古典文藝理論例釋》，第 83 頁：『他（湯顯祖）堅持寫戲要'以意、趣、神、色爲主'，也就是以內容爲主。」廣西人民出版社 1982 年版。

〔註44〕郭紹虞主編的《中國歷代文論選》（一卷本），第 261 頁：「意、趣、神、色」，還是相當全面地闡示內容與形式、思想性與藝術性等一系列重要問題。見《湯顯祖的文學思想──意趣神色》1963 年 1 期《中山大學學報》。

〔註45〕葉長海《中國戲劇學史稿》，第 141 頁。又復旦大學古典文學教研組《中國文學批評史》（中冊），第 367 頁。

〔註46〕趙景深《曲論初探》，第 23 頁：「關於這一點。他（湯顯祖）也講清楚了，戲曲應以內容（意和趣）、風格和精神（神和色）爲主。」上海文藝出版社 1980 年版。

〔註47〕蘭凡《凡文以意趣神色爲主──湯顯祖的戲曲創作理論》。

因湯氏戲曲創作是以「言情」為宗旨,「四夢」的思想內容都體現在一個「情」字上。因此,「以內容為主」其實就是以「情」為主,「情」就是他的「曲意」。「情」包括了「才情」,但不等於「情」。

對於「四者」各自單獨含義,各家意見分歧頗大,尤以對「趣」和「神」的理解更為複雜。從「四者」總精神出發,結合湯氏其他有關論述及其創作實踐,我個人認為:

「意」,就是作者的意圖,作品的立意,也就是主題思想。湯顯祖認識到,一個作品有了思想性,才有生命力。因此他在文章中反覆強調「凡文以為意為宗」、「詞以立意為宗」、「餘意所致,不妨拗折天下人嗓子」。強調「文以意為主」是我國文學傳統,早在晚唐杜牧就提出:「凡為文以意為宗。」〔註48〕金代詩人王若虛引他舅父周昂話說:「文章以意為主。」〔註49〕比湯顯祖稍後的王夫之不僅重提詩文創作「以意為主」,而且還說:「意猶帥也。」〔註50〕湯顯祖的「意趣神色」把「意」放在首位,其實就是把它擺在「帥」的位置。無論是杜牧、王若虛、王夫之,強調「以意為主」都是以反對形式主義文風為目的。因此,湯顯祖的「意」和他們的「意」的內涵是基本相通的,在「意趣神色」中是「四者」總精神的主體。

「趣」,即情趣,也就是作品情趣和作者情趣的和諧統一,具體體現在情節的新穎奇特。湯顯祖在《答王澹生》信中說:「以為漢宋文章,各極其趣。」〔註51〕王驥德在評論湯沈之爭說:「吳江守法」、「臨川尚趣」,這些論述都說明湯顯祖的「趣」具有不模擬、不落俗套、追求新奇的特色。湯顯祖在評點《琵琶記》一劇說:「文之妙者,不肯說鬼說夢;然文之妙者,又偏會說鬼說夢。」〔註52〕讚揚《紅梅記》「境界紆回宛轉,絕處逢生」〔註53〕。湯顯祖的「臨川四夢」情節之「妙」也正是說鬼說夢,勿生勿死,起伏跌宕,紆回宛轉,既在意料之外,又在情理之中,可窺其「趣」之所在。

「神」,指「神韻」,是湯顯祖所追求的極高的美的境界。即要求以寄託

〔註48〕杜牧《答莊充書》,《樊川文集》卷三十八。

〔註49〕王若虛《滹南詩話》卷一,《滹南遺老集》卷三十八。

〔註50〕王夫之《薑齋詩話》卷二,人民文學出版社箋注本。

〔註51〕《湯顯祖詩文集》卷四十四,第1234頁,《答王澹生》。

〔註52〕見《前賢評語》,《成裕堂繪像第七才子書琵琶記》卷之一。轉引秦學人、侯作卿編著《中國古典編劇理論資料彙輯》,第86頁。

〔註53〕《紅梅記總評》,《湯顯祖詩文集》卷五十,第1485頁。

的方法，抒寫生動自然、清奇沖淡，縝密洗煉、委曲含蓄而趣味無窮的藝術境界。湯顯祖的「臨川四夢」都是「有譏有託」，曲意「轉在筆墨之外」，正是其「神韻」精神之所在。

「色」，即辭采，也就是湯氏自所說的「麗詞俊音」。他稱讚《焚香記》桂英冥訴幾折的曲詞，「遂令後世之聽者淚，讀者顰，無情者心動，有情者腸裂」〔註54〕。他作「臨川四夢」所表現的風流文采，博得時人的傾慕。呂天成稱「湯奏常……才思萬端，似挾靈氣。搜奇八索，字抽鬼泣之文；摘豔六朝，句疊花翻之韻」〔註55〕。王驥德稱：「於本色一家，亦惟是奉常一人，其才情在淺深、濃淡、雅俗之間，為獨得三昧。」〔註56〕《牡丹亭》中的絕妙好詞傾倒了清代才華卓絕的曹雪芹，他在《紅樓夢》一書中，借林黛玉的口讚歎：「原來戲上也有好文章」，「不覺心動神搖」，「如醉如癡，站立不住」〔註57〕。這正是湯顯祖所主張的「色」的妙處所在。

我同意有些同志看法，對「意趣神色」不可機械劃開，它們是一個有機的互相聯繫的整體，主要在於把握「四者」總的精神。白居易在《與元九書》中把一首詩比作一棵果樹，說「詩者，根情，苗言，華聲，實義」。也就是說，情感是它的根子，表達情感的語言是它的枝葉，優美的聲音，也就是「曲」是它的花朵，深刻的思想是它的果實。我想，既為詩體一種的中國戲曲，正像是一棵機體健全的果樹，「意趣神色」就是中國戲曲生命之樹的基本風貌。

湯顯祖對「凡文以意趣神色為主」的提出，實代表了明中葉以後萌生的一種新的戲曲觀念。我們知道，中國戲曲這種戲劇詩體，到此時，其本體經歷了從「戲」到「曲」的觀念變化。如果說，唐宋時期的滑稽戲、小說雜戲，其表現形態都是重在技藝表演，是一種「戲」的觀念，那麼入元以後，元雜劇得力於諸宮調的影響，其表現形態以「唱」為主，已嬗變為「曲」的觀念。自元至明，「曲」成了中國戲劇的代稱，作劇叫「作曲」，演唱戲劇叫「度曲」，評論戲劇叫「論曲」，戲曲理論叫「曲論」，一代之文學的元雜劇也叫「元曲」。那時劇本好壞在「曲」，「寧聲叶而辭不工，無寧辭工而聲不叶」〔註58〕。在

〔註54〕《焚香記總評》，《湯顯祖詩文集》卷五十，第1486頁。
〔註55〕呂天成《曲品》，載《中國古典戲曲論著集成》（六），第213頁。
〔註56〕王驥德《曲律‧雜論》，載《中國古典戲曲論著集成》（四），第170頁。
〔註57〕曹雪芹《紅樓夢》第二十三回《牡丹亭豔曲警芳心》。
〔註58〕何良俊《曲論》，載《中國古典戲曲論著集成》（四），第12頁。

元人心目中，所謂劇本創作就是一種「曲」的做法。在當時的劇壇，往往以劇曲的好壞作爲評判劇本的唯一標準，其中代表人物就是吳江的沈璟，他固守「曲」的觀念，「斤斤力持，不少假借，可稱度申、韓」〔註59〕。他將何良俊的論曲主張大加發揚並推到極端，提出「寧協律而不工，讀之不成句而謳之始協，是爲中之之巧。」〔註60〕「寧使時人不鑒賞，無使人撓喉捩嗓」〔註61〕。湯顯祖「凡文以意趣味神色爲主」的提出，實際上突破了自元以來戲曲爲「曲」的舊觀念，標誌劇本的好壞不再是以「曲」爲主，而是以「意趣神色」爲主。即是將劇本看成敘事性文學的一種「文」的觀念。再聯繫湯顯祖在《宜黃縣戲神清源師廟記》這一戲劇專論中，已涉及戲劇的誕生與發展，戲劇的作用，演員的修養和表演等許多問題，他對戲劇的本體認識已是包含著「戲」、「曲」、「文」統一的綜合性藝術──「劇」的觀念。由於湯氏持這種新的戲曲觀來看待戲曲，因此他在作劇中對待音律處理上就與沈璟等有明顯的不同態度。湯顯祖既主張「以意趣神色爲主」，那麼爲了劇本的思想內容的需要，「有麗詞俊音可用」，但又和「九宮四聲」相矛盾時，就不顧受「窒滯迸拽」之苦，「恐不成句」之病，從而突破了音律的束縛。這樣就出現了一個問題：湯顯祖在「臨川四夢」中「所填之曲，每不依正格。多一字少一字，多一句，少一句，隨處皆是」〔註62〕。有些與沈璟同聲氣者，便攻擊湯顯祖不懂音律。如臧懋循便說湯顯祖「生不踏吳門，學未窺音律」〔註63〕。但事實並非如此，湯顯祖的「四夢」，「不依正格」之處的確有，但並非「隨處皆是」，更不是他「未窺音律」。他從小學過「聲歌之學」，攻過周德清的北曲韻。他自曾說：「獨想休文聲病浮切，發乎曠聽，伯琦四聲無入，通乎朔響。安詩塡詞，率履無越。不佞少而習之，衰而未融。」〔註64〕他作「四夢」「每譜一

〔註59〕沈德符《顧曲雜言・塡詞名手》：「惟沈寧菴吏部後起，獨恪守詞家三尺……斤斤力持，不少假借，可稱度曲申、韓。」《中國古典戲曲論著集成》（四），第206頁。

〔註60〕王驥德《曲律》卷第四《雜論第三十九下》，《中國古典戲曲論著集成》（四），第165頁。

〔註61〕沈璟《詞隱先生論曲》，轉引陳多、葉長海選注《中國歷代劇論選注》，第157頁，湖南文藝出版社1987年版。

〔註62〕王季烈《寅廬曲談》卷二《論作曲》，轉引《湯顯祖詩文集》〔附錄〕，第1567頁。

〔註63〕臧懋循《玉茗堂傳奇引》，轉引《湯顯祖詩文集》〔附錄〕，第1547頁。

〔註64〕《答凌初成》，《湯顯祖詩文集》卷四十七，第1345頁。

曲，令小史當歌，而自爲之和，聲振寥廓」〔註65〕。湯顯祖還在《紫簫記·
審音》一齣，通過角色鮑四娘之口，說出演員「一要調兒記得遠，二要板兒
落得穩，三要聲兒唱得滿」，列舉「音同名不同」的曲牌四十五對，指出其中
哪些「名同音不同」需「唱的不得斯混」，又有哪些字句「都增減得」，中間
哪些「休拗折嗓子」〔註66〕。如果湯顯祖不懂音律決寫不出這樣的音律知識。
因此，姚士粦稱「湯海若先生妙於音律」，〔註67〕決不是溢美之辭。

　　湯顯祖通音律，但填詞有時「不依正格」，是爲了顧全「曲意」。湯顯祖
在給朋友孫俟居信中說：

　　　　曲譜諸刻，其論良快。久玩之，要非大了者。莊子云：「彼烏知
　　禮意。」此亦安知曲意哉。其辨各曲落韻處，粗亦易了。周伯琦（應
　　爲周德清）作《中原（音）韻》，而伯琦於伯輝（應爲鄭德輝）致遠
　　中無詞名。沈伯時指樂府迷，而伯時於花庵玉林間非詞手。詞之爲
　　詞，九調四聲而已哉！且所引腔證，不云未知出何調犯何調，則云
　　又一體又一體。彼所引曲未滿十，然已如是，復何能縱觀而定其字
　　句音韻耶？弟在此自謂知曲意者，筆懶韻落，時時有之，正不妨拗
　　折天下人嗓子。兄達者，能信此乎。〔註68〕

在這封信裏，湯顯祖指出了「曲譜」和「曲意」是不同的。所謂「曲意」是
什麼呢？湯顯祖在給淩初成信中談到呂玉繩改竄他的《牡丹亭》，「云便吳
歌」，致使湯氏啞然失笑。他舉王維《袁安高臥圖》的「冬景芭蕉」爲例，說
改竄作品的人，不懂他的「曲意」，有如「割蕉加梅」，雖然也是冬景，但已
不是王維心目中的冬景〔註69〕。可見，湯顯祖所謂「曲意」就是「駘蕩淫夷，
轉在筆墨之外」的「意趣」，也就是「意趣神色」的總精神。當發現呂玉繩他
們改竄的《牡丹亭記》有損「曲意」時，他去信給宜黃戲演員羅章二，敦囑：
「《牡丹亭記》要依我原本，其呂家改的，切不可從。雖是增減一二字以便俗

〔註65〕鄒迪光《臨川湯先生傳》，《湯顯祖詩文集》〔附錄〕，第1511頁。
〔註66〕湯顯祖《紫簫記》第六齣《審音》，《湯顯祖戲曲集》下冊，第881頁，錢南
　　　揚校點，上海古籍出版社1987年版。
〔註67〕姚士粦《見只編》，《湯顯祖詩文集》〔附錄〕，第1552頁。
〔註68〕《答孫俟居》，《湯顯祖詩文集》卷四十六，第1299頁。
〔註69〕《答淩初成》：「不佞《牡丹亭》大受呂玉繩改竄，云便吳歌。不佞啞然笑曰，
　　　昔有人嫌摩詰之冬景芭蕉，割蕉加梅，冬則冬矣，然非王摩詰冬景也。其中
　　　駘蕩淫夷，轉在筆墨之外耳。」《湯顯祖詩文集》卷四十七，第1345頁。

唱，卻與我原做的意趣大不相同了。」〔註70〕在湯顯祖看來，曲律家不等於戲曲作家，不一定懂「曲意」。周德清寫了一部《中原音韻》，並沒有像鄭光祖、馬致遠那樣享有詞名。沈義父寫了《樂府指迷》，但在黃昇、張炎裏面他不算樂府作家。因此湯氏認爲，沈璟的《南曲全譜》不是金科玉律，不一定要依從，要緊的是「曲意」。爲了「曲意」，「筆懶韻落，時時有之，在所不惜」，甚至於「拗折天下人嗓子」而不顧。

湯顯祖不僅懂音律，並且有他的音律理論觀點。他的「凡文以意趣神色爲主」的提出，與他的音律理論密切相關。他在《答淩初成》信中還有這樣一段話：

> 始知上自葛天，下至胡元，皆是歌曲。曲者，句字轉聲而已。葛天短而胡元長，時勢使然。總之，偶方奇圓，節數隨異。四六之言，二字而節，五言三，七言四，歌詩者自然而然。乃至唱曲，三言四言，一字一節，故爲緩音，以舒上下長句，使然而自然也。〔註71〕

這就是說，音律本是自然的，音節是可以變化的。湯氏還在《再答劉子威》信中說：「南歌寄節，疏促自然。五言則二，七言則三。變通疏促，殆亦由人。」〔註72〕由於這一音律理論的支配，他在塡曲實際工作中就出現有些地方改動音節，增加句數之處。如《牡丹亭·驚夢》齣〔山坡羊〕第五、六句原爲上四下三七字句，改成了四個四字句。《邯鄲記·合仙》〔混江龍〕唱詞多至四十多句，《牡丹亭·冥判》胡判官唱詞達六十多句，都是以往作曲者所罕見的。他還發展了「南北合套」，將原每齣戲一至二個宮調進而用上五個宮調等。

由於湯顯祖和沈璟在音律問題上的不同觀點是代表了兩種不同戲曲觀念，因此他們之間的論爭引起當時幾乎所有的戲曲家的關注。像呂天成、王驥德、沈德符、淩蒙初、馮夢龍、臧懋循等頗有影響的戲曲作家都參加了討論，發表了他們各自的意見。如呂天成說：

> （沈、湯）二公譬如狂、狷，天壤間應有此兩項人物。不有光祿，詞硎不斷；不有奉常，詞髓孰抉？倘能守詞隱先生之矩矱，而

〔註70〕《與宜伶羅章二》，《湯顯祖詩文集》卷四十九，第1426頁。
〔註71〕同註69。
〔註72〕《再答劉子威》，《湯顯祖詩文集》卷四十四，第1242頁。

運以清遠道人之才情,豈非合之雙美者乎?而吾猶未見其人。〔註73〕
呂天成在指出湯的風格在「狂」、沈的風格在「狷」的同時,更重要的是指出
了湯氏所主在「詞髓」,而沈璟所主在「詞硎」。「髓」者,精華也,詞之內容;
硎者,磨製使外表光澤,詞之外在形式也。他把湯、沈之爭看成「詞髓」與
「詞硎」之爭已涉及問題的實質方面。呂天成提出:「守詞隱先生之矩矱,而
運以清遠道人之才情」而「合之雙美」〔註74〕的折衷調和觀點,實質已表明
他對沈璟「寧協律而詞不工」的主張的動搖。但呂氏終未敢遠離沈氏門戶,
他在《曲品》中把湯、沈二人作品雖然都並列「上之上」,但在署名上卻又沈
璟先於湯顯祖。與呂天成比較,王驥德的步子則要邁得大得多。王驥德說:

> 臨川之於吳江,故自冰炭。吳江守法,斤斤三尺,不欲一字乖
> 律;而毫鋒殊拙。臨川尚趣,直是橫行。組織之工,幾與天孫爭巧;
> 而屈曲聱牙,多令歌者齚舌。〔註75〕

這段話常被後世論者謂之爲湯沈之爭的總結。王驥德由於時代的局限,雖認
識不到湯、沈之爭是兩種戲曲觀念的不同,但是他看到了「吳江守法」而「臨
川尚趣」已比呂天成認識更深刻一層。王驥德的可貴之處還在於他身在沈門,
卻能批評沈璟遵守律法達到「不欲一字乖律」,但才情不足,「毫鋒殊拙」,聯
繫下一段話來看,則王驥德簡直站在湯顯祖一邊向沈璟反戈一擊了。他說:

> 曲之尚法,固矣;若僅如下算子、畫格眼、垛死屍,則趙括之
> 讀父書,故不如飛將軍之橫行匈奴也。〔註76〕

這段話是說,曲固然要講法,但不能像「下算子」那樣講死法,那樣不如不
講法。比如戰國時代趙括,死讀父親兵書,落得一敗塗地,而治軍簡易,不
照搬兵法的李廣,反而可以橫行匈奴。王驥德在這裡用趙括和李廣比作沈璟
和湯顯祖,認爲沈璟「守法」是需要的,但「斤斤三尺,不欲一字乖律」,「如
下算子、畫格眼,垛死屍」就猶如死讀父親兵書的趙括,而湯顯祖「不依正
格」,「直是橫行」但「組織之工,幾與天孫爭巧」,有似飛將軍李廣。

　　湯顯祖對曲詞填寫的創新與突破,不僅爲王驥德所贊成,還得到了沈璟的

〔註73〕呂天成《曲品》,《中國古典戲曲論著集成》,第 213 頁。
〔註74〕同前註。
〔註75〕王驥德《曲律》卷第四《雜論第三十九下》,《中國古典戲曲論著集成》(四),
　　　　第 165 頁。
〔註76〕王驥德《曲律》卷三《雜論第三十九上》,《中國古典戲曲論著集成》(四),
　　　　第 152 頁。

侄兒沈自晉的事實上的肯定。沈自晉編的《增訂南九宮詞譜》從湯顯祖「臨川四夢」中選入曲牌二十多支，後編的《九宮大成南北詞曲譜》又從「四夢」中選入六十多支曲子作譜例。到了清代，紐少雅《格正還魂記》和葉堂《納書楹四夢全譜》，選用兩支以上曲譜，各選取若干樂句，重新組合，不改一字，卻照樣上演。一種藝術主張的正確與否總是要通過藝術實踐來檢驗來確定的。實踐已證明，湯顯祖四部傳奇，三百多年以來一直盛演不衰，並飲譽中外，而沈璟十七部傳奇迄今鮮爲人知，未見舞臺。湯顯祖「以意趣神色爲主」的戲曲觀已被戲曲藝術實踐證明是正確的，它開創將中國戲曲作爲綜合藝術這一「劇」的觀念的先河，啓迪李漁用「綜合性」來觀照中國戲曲，從劇本和表演技藝方面進行理論研究，總結出具有中國民族特色的「劇學體系」。湯顯祖這一新的戲劇觀念，對促進中國戲曲藝術的變革發展，起著深遠的、積極的促進作用。

3.「予謂文章之妙，不在步趨形似之間。自然靈氣，恍惚而來，不思而至」

這是湯顯祖針對詩文創作而發的創作主張，也是他戲曲作劇主張的體現。「予謂文章之妙，不在步趨形似之間。自然靈氣，恍惚而來，不思而至。」〔註77〕這句話後十二個字出自唐人李德裕的《文章論》〔註78〕，本指創作靈感而言，湯顯祖將李德裕的「文之爲物」改爲「予謂文章之妙」，添了「不在步趨形似之間」，既保留了原「靈感」的含義，又大大豐富這句話的內涵，構成了他創作理論中頗具特色的「自然靈氣說」。對「自然靈氣」這一範疇，湯顯祖在有的地方稱「心靈」〔註79〕，在有的地方稱「靈性」〔註80〕，它們的基本精神是一致的，都反對模擬復古，追求神似，強調創新，強調發揮作者的創作個性。考察湯顯祖的有關論述，結合他自身的創作實踐，「自然靈氣說」，涵蓋了如下一些主要內容：

一是重神似。我國古代藝術上的形神理論是從哲學上的形神之辨發展而來。重神似的思想最早大約要追溯到莊子。莊子從他的「自然之道」的哲學

〔註77〕見《合奇序》，《湯顯祖詩文集》卷三十二，第1078頁。

〔註78〕李德裕《文章論》：「文之爲物，自然靈氣，恍惚而來，不思而至。」見四部叢刊集部《李文饒集·李衛公外集》卷之三，第5頁。

〔註79〕《序丘毛伯稿》：「士奇則心靈，心靈則能飛動。」《湯顯祖詩文集》卷三十二，第1080頁。

〔註80〕《張元長噓雲軒文字序》：「獨有靈性者自爲龍耳」，《湯顯祖詩文集》卷三十二，第1079頁。

觀出發，提出了「非愛其形也，愛使其形者也」〔註81〕。所謂「使其形者」，即重才德和精神，不重外形。莊子把這種思想引入藝術創作，提倡繪畫要有「解衣般礴」〔註82〕精神，深受歷代畫家讚賞。到唐宋時期，形神理論已由繪畫引入詩文創作和文學評論。明清時期，形神理論又從繪畫、詩文擴大到小說、戲劇等各個領域。湯顯祖大概就是把重神似理論引入到戲曲創作的開路先鋒。在形神理論的發展中，有主張以神寫形的，有主張以形寫神的，還有主張二者折中結合的。但比較而言，以神寫形爲多數藝術家所採用。只有在魏晉六朝時，由於漢賦、駢文爲一時風尙，「形似」才較爲受到重視，但也並未否定傳神的觀念。如劉勰在講「文貴神似」以後，又主張「物色盡而情有餘」〔註83〕。所謂「情有餘」就是指「神」。

重神似是我國藝術創作的優良傳統。它的基本精神就是強調在藝術創作中要有作者的自由精神和創作個性。一個藝術家的藝術觀往往與他的世界觀密切相關。如魏晉時期，那些放浪形骸不受世俗封建禮法羈縻的「名士們」，大都重風神而輕形迹。湯顯祖與封建「理」「法」相對立的「情」的世界觀，決定了他在創作上重神似的藝術觀。他主張重神似「不步趨形似」有著深刻的現實意義。

我們知道，在湯顯祖生活的嘉靖、萬曆期間，以李攀龍、王世貞爲首的「後七子」接過「前七子」「文必西漢，詩必盛唐」的口號，主張詩文創作篇篇模擬，句句摸擬。要像寫字摹帖那樣，摹得越像越好。在戲曲創作上，沈璟、臧懋循除極力推崇格律外，還打出了「曲必宋元」的口號。他們這些主張的不良後果，導致藝術創作上的一味「步趨形似」。湯顯祖提倡「文章之妙，不在步趨形似之間」是對擬古主義文風的有力打擊，湯顯祖在戲曲創作中，主題上宣揚個性解放，曲詞上不一味受音律之「法」的束縛。在詩文創作中，寧以六朝詩風代替「詩必盛唐」，也不追隨前後七子的「假古董」。他在《合奇序》一文中提倡藝術創作要像蘇東坡、米芾那樣，敢於突破畫格，只需「略施數筆」，便可「形象宛然」，收到「入神而證聖」的效果。湯顯祖還曾親手標塗過李攀龍、王世貞等人文賦中的用事出處及增減漢史唐詩字句，譏諷他

〔註81〕見《諸子集成》（三）（中華書局1986年版）《莊子集解》卷二《德充符第五》，第35頁。
〔註82〕見《莊子集解》卷五《田子方之第二十一》，第132頁。
〔註83〕見《文心雕龍·物色》，轉引自陸侃如、牟世金《劉勰論創作》，第215頁，安徽人民出版社1982年版。

們「學宋文不成，不失類鶩；學漢文不成，不止不成虎也」〔註84〕。他要求無論是詩文還是戲曲創作，都要有「靈性」或「心靈」，要像龍那樣既有「體」又能多變，曾說：「誰謂文無體耶？觀物之動者自龍至極微，莫不有體。文之大小類是。獨有靈性者，自為龍耳。」〔註85〕「心靈則能飛動，能飛動則下上天地，來去古今，可以屈伸長短生滅如意。」〔註86〕

二是尚真新。湯顯祖認為「真」是文藝作品的生命，「不真不足行」，而擬古主義的作品就在於「假」。他說：「我朝文字，宋學士而止。方遜志已弱，李夢陽而下，至琅邪，氣力強弱鉅細不同，等贗文爾。」〔註87〕使作品不「假」首先就要使自做「真人」。他說：「世之假人，常為真人苦。真人得意，假人影響而附之，以相得意。真人失意，假人影響而伺之，以自得意。」〔註88〕還要在作品中抒「真情」，要「意有所蕩激，語有所託歸」〔註89〕，「奇迫怪窘，不獲於時令，則必潰而有所出，遯而有所之」〔註90〕。對戲曲作品要能夠「尚真色」，這樣才能使戲曲達到「入人最深，遂令後世之聽者淚，讀者顰，無情者心動，有情者腸裂」〔註91〕。可見，湯顯祖所提倡的「尚真色」是建立在「真人」和「真情」基礎上的「真本色」，是發揚了徐渭「本色說」中「宜俗宜真」的「真」的方面的獨造語。

「真」既為藝術作品的生命，但要使藝術作品生命繁衍不息，就要不斷出新。於是他要求「文情不厭新」〔註92〕。湯顯祖認為，時代是不斷發展的，「歲差而移，代不相循」，藝術作品應該「道與文新，文隨道真」〔註93〕。然而「文情」的「新」總是要以前人成果為基礎，於是他對前人的文化遺產主張既要繼承，又要革新。湯顯祖說：

事固未有離因革者。因而莫可以革，革而莫有以因，則亦猶之乎因革而已。惟夫因而必不可以無革，革而幸可以無失其因，則一

〔註84〕《答王澹生》，《湯顯祖詩文集》卷四十四，第1234頁。
〔註85〕同註80。
〔註86〕同註79。
〔註87〕《答張夢澤》，《湯顯祖詩文集》卷四十七，第1365頁。
〔註88〕《答王宇泰太史》，《湯顯祖詩文集》卷四十四，第1236頁。
〔註89〕《點校虞初志序》，《湯顯祖詩文集》卷五十，第1481頁。
〔註90〕《調象菴集序》，《湯顯祖詩文集》卷三十，第1038頁。
〔註91〕《焚香記總評》，《湯顯祖詩文集》卷五十，第1486頁。
〔註92〕《得吉水劉年侄同升書喟然二首》，《湯顯祖詩文集》卷十六，第656頁。
〔註93〕《睡菴文集序》，《湯顯祖詩文集》卷二十九，第1015頁。

不爲過勞，而永可以幾逸；法易以維新，而眾可以樂成。此其善物
也。〔註94〕

所謂「因」就是繼承，「革」就是創新。湯氏從事物的發展離不開「因」和「革」
這一觀點出發，認爲文學和戲曲創作也是如此，既不能「因」而不「革」，一味
擬古，也不可「革」而不「因」，割斷歷史，自我作古。無論「因」還是「革」
都不是一勞永逸，而是循環無窮。湯顯祖這種「因革」觀，不僅抨擊了創作上
的復古主義，而且還指出了在反對復古主義創作中不可輕視傳統的另一種傾向。

湯顯祖的戲曲創作是既「因」又「革」、重在出新的典範。他的「臨川四
夢」都是以前人的傳奇小說或話本爲藍本，但他不是簡單的形式上的變換，
而是從主題、人物、情節結構都是一種化腐朽爲神奇的再創造，面貌煥然一
新。呂天成評他的《牡丹亭》說：「杜麗娘事甚奇，而著意發揮懷春慕色之情，
驚心動魄，且巧妙迭出，無境不新，眞堪千古」〔註95〕。「無境不新」不僅僅
只是《牡丹亭》一劇，而是湯顯祖「臨川四夢」四部傳奇的整體面貌。

三是主靈感。英國當代藝術家岡布里奇說：「沒有一種藝術傳統要比中國
古代藝術傳統更加竭盡全力於靈感的追求。」〔註96〕在我國古代文論中並沒
有「靈感」這個詞，直到上世紀20年代，才按照英語的音譯——「煙士披里
純」出現在中國文壇上。然而在歷代的文論和畫論中都出現有對靈感的描寫。
諸如「應感」〔註97〕、「妙悟」〔註98〕、「天機」〔註99〕、「神思」〔註100〕、「神
理」〔註101〕、「頃俄」〔註102〕等的術語都是指靈感而言。我國古代文藝理論

〔註94〕 《江西按察司修正衙宇記》，《湯顯祖詩文集》卷三十四，第1105頁。

〔註95〕 呂天成《曲品》，見《中國古典戲曲論著集成》（六），第230頁。

〔註96〕 英國岡布里奇《藝術與幻覺》。轉引自《古代文學理論研究》第六輯，第125
頁。曹順慶《〈文心雕龍〉中的靈感論》，上海古籍出版社1982年版。

〔註97〕 陸機《文賦》：「若夫應感之會，通塞之紀，來不可遏，藏若景滅，行猶響起。」
見郭紹虞《中國歷代文論選》（一卷本），第70頁，上海古籍出版社1982年
版。

〔註98〕 嚴羽《滄浪詩話·詩辨》：「禪道惟在妙悟，詩道變在妙悟。」轉引自《歷代
詩話詞話選》，第86頁，武漢大學出版社1984年版。

〔註99〕 謝榛《四溟詩話》卷二：「詩有天機，待時而發，觸物而成，雖幽尋苦索，不
易得也。」轉引自成復旺、蔡仲翔、黃保眞著《中國文學理論史》（三），第
115頁。北京出版社1987年版。

〔註100〕 劉勰《文心雕龍·神思》：「神思之謂也。文之思也，其神遠矣。……夫神思
方運，萬塗竟萌。」轉引自陸侃如、牛世金《劉勰論創作》，第115頁。

〔註101〕 王夫之《薑齋詩話·夕堂永日緒論內編》：「以神理相取，在遠近之間，才著
手便煞，一放手又飄忽去。」轉引自郭紹虞主編《中國歷代文論選》（一卷本），

家絕大多數人都承認創作有靈感，重視靈感在創作中的作用。靈感並不玄妙，今天已得到生理學和心理學的科學解釋。不過心理學不稱靈感而稱「頓悟」。心理學家認爲靈感是人在創造性活動中出現的一種複雜的心理現象的反應，是人腦的機能之一，屬於想像思維的範疇。至於靈感在藝術創作中的情狀，王朝聞先生主編的《美學概論》有段很好的描述：「靈感在藝術構思中的過程中，是形象的孕育由不成熟到成熟的質變階段的表現，也就是藝術家在構思過程中所產生的強烈的創造欲望在形象上的體現。作爲一種豁然貫通，喜出望外的心理現象的靈感，在形態上表現爲突然而來，出人意料，茅塞頓開，文思如湧的現象。」〔註103〕這一描述完全符合靈感在藝術創作中的情況，實在可看做對湯顯祖的「自然靈氣，恍惚而來，不思而至」的高明翻譯和注釋。湯顯祖十分重視在藝術創作過程中的靈感作用。他從自己的創作感受出發，認爲靈感來時往往創作者會表現一種如「顛」似「狂」的精神狀態。他曾說：「唐人有言，不顛不狂，其名不彰。世奉其言，以視士人文字。」〔註104〕他在《溪上落花詩題詞》中描寫虞僧孺獲得靈感時的創作情景說：「獨僧孺如愚，未嘗讀書。忽忽狂走。已而若有所會，洛誦成河，子墨成霧，橫口橫筆，無所難留。」〔註105〕在戲曲創作中他很注重抓住靈感來時的文思。「相傳譜四劇時，坐輿中謁客。得一奇句，輒下輿索市廛禿筆，書片楮，黏輿頂，蓋數步一書，不自知其勞也。」〔註106〕

四是信天才。凡主靈感者多信天才。別林斯基說：「天才最基本的特徵之一是獨創性或獨立性……天才永遠以其創作開拓新的、未之前聞或無人逆料到的現實世界。」〔註107〕「神似」、「創新」、「靈感」息息相通。湯顯祖主「靈感」自然也就信天才。他曾說：「天下文章所以有生氣者，全在奇士。」〔註

第316頁。

〔註102〕袁守定《占畢叢談》卷五：「當有欲吐之言，難遏之意，然後拈題泚筆，忽忽相遭，得之在傾俄，積之在平日。」轉引自《歷代詩話詞話選》，第115頁，武漢大學出版社1984年版。

〔註103〕《美學概論》，第179頁，王朝文主編，人民出版社1981年版。

〔註104〕《湯顯祖詩文集》卷三十三，第1100頁，《蕭伯玉製義題詞》。

〔註105〕《湯顯祖詩文集》卷三十三，第1098頁，《溪上落花詩題詞》。

〔註106〕查繼佐《湯顯祖傳》，《罪惟錄》卷十八，轉引自《湯顯祖詩文集》〔附錄〕，第1517頁。

〔註107〕別林斯基《論柯爾卓夫的生活和作品》，1846年《別林斯基論文集》。

〔註108〕同註79。

108〕所謂「奇士」就是指天賦高有才華的有靈氣之士。同鄉丘毛伯（兆麟）的文章奇崛靈異，他稱之「世之奇異人也」〔註109〕，湯賓尹文章有靈氣，「縱橫俯仰，槪不由人……情智所發，旁薄獨絕」他贊之爲「『千秋某在斯』者」〔註110〕。湯顯祖正是一位四百多年來飲譽中外文壇的天才戲劇家和文學家。他「生而穎異不群」〔註111〕三歲時鄉里人稱他和帥機爲「帥博湯聰兩神童」〔註112〕，自謂「初生手有文」〔註113〕，五歲就能對對子，十二歲詩就寫得很好，二十一歲中舉就「名蔽天壤，海內人以得見湯義仍爲幸」〔註114〕。屠隆贊他「才高學博」〔註115〕，呂天成稱他「絕代奇才，冠世博學」〔註116〕，丘兆麟讚揚他「制義、傳奇、詩賦，昭代三異。」〔註117〕湯顯祖認爲，「天才」人物「雖不能衆，亦不獨絕」〔註118〕，「天下大致，十人中三四有靈性，能爲伎巧文章，竟伯什人乃至千人無名能爲者。」〔註119〕。

湯顯祖雖然有很高的天賦才能，但他卻能正確對待自己，看到自己才能的不足之處。他在《學餘園初集序》中說：「以吾之情，不減昔人。將才與學，不能有加於今之人也與。」〔註120〕因此他認爲：「人雖有才，亦視其所生。生於隱屛，山川人物居室遊御鴻顯高壯幽奇怪俠之事，未有覿焉。神明無所練濯，胸腹無所厭餘。耳目既吝，手足必蹇。」〔註121〕這就是說先天之才也需要後天的鍛鍊和營養，才能開花結果。「耳目既吝，手足必蹇」，孤陋寡聞只會使天才枯萎。湯還強調，一個作家要取得創作的好成就，應是「無所不學，而學必深」〔註122〕。要有「十年之力，銷熔萬篇」的精神。他在評價別人作

〔註109〕同註79。
〔註110〕同註93。
〔註111〕鄒迪光《臨川湯先生傳》，《湯顯祖詩文集》〔附錄〕，第1511頁。
〔註112〕李絨《陽秋館文集序》，轉引自黃芝岡《湯顯祖編年評傳》，第45頁。中國戲劇出版社1992年版。
〔註113〕《三十七》，《湯顯祖詩文集》卷八，第227頁。
〔註114〕同註110。
〔註115〕屠隆《玉茗堂文集序》，《湯顯祖詩文集》〔附錄〕，第1520頁。
〔註116〕呂天成《曲品》，見《中國古典戲曲論著集成》（六），第213頁。
〔註117〕丘兆麟《湯若士絕句序》，《湯顯祖詩文集》〔附錄〕，第1551頁。
〔註118〕《王季重小題文字序》，《湯顯祖詩文集》卷三十二，第1074頁。
〔註119〕同註80。
〔註120〕《學餘園初集序》，《湯顯祖詩文集》卷三十一，第1051頁。
〔註121〕同註118。
〔註122〕《超然樓集後序》，《湯顯祖詩文集》卷三十，第1045頁。

品時說：「詞雖小技，亦須多讀書者方許有之。」〔註123〕湯顯祖戲曲創作取得「幾令《西廂》減價」的成就，除他的天賦才能外，與他後天刻苦學習分不開。他「於書無所不讀。而尤攻漢魏《文選》一書，至掩卷而誦，不訛隻字」〔註124〕，對家藏上千種元人院本，「比問其各本佳處，一一能口誦之」〔註125〕。

　　湯顯祖的「自然靈氣說」和徐渭的「冷水澆背，陡然一驚」以及袁宏道為首的公安派「獨抒性靈，不拘格套」等創作主張一脈相通。郭紹虞的《中國文學批評史》解釋「冷水澆背，陡然一驚」說：「求之於內則尚眞，求之於外則尚奇。尚眞則不主模擬，尚奇則不局一格。」〔註126〕「尚眞」、「尚奇」正是湯顯祖「自然靈氣說」的主要特色。而袁宏道的「獨抒性靈，不拘格套」，則要求在創作中，「非從自己胸臆中流出，不肯下筆。有時情與境會，頃刻千年，如水東注，令人奪魂。其間有佳處，亦有疵處。佳處自不必言，即疵處亦多本色獨造語」〔註127〕。則顯然是對湯顯祖「自然靈氣說」精神的發揮。徐渭、湯顯祖、公安三袁的創作主張具有一致性，他們在反對復古主義、開創一代新的文風、促進文學和戲曲創作的發展方面，彼此呼應，共同奮鬥。

4.「以若有若無為美」

　　這是一個藝術創作如何反映生活的問題，也是一個藝術辯證法問題。所謂「有」就是「實」，「無」就是「虛」，「以若有若無為美」就是指藝術在反映生活時要以虛實相生、虛實結合為好。這是湯顯祖在進行藝術創作中所遵循和倡導的一條重要法則。對此，湯顯祖有如下一段頗為深奧的論述：

> 詩乎，機與禪言通，趣與游道合。禪在根塵之外，遊在伶黨之
> 中，要皆以若有若無為美。通乎此者，風雅之事可得而言。〔註128〕

這裡所說的「機」就是「天機」。湯顯祖在《答馬仲良》信中說：「性乎天機，情乎物際。」〔註129〕王陽明詩有：「閒觀物態皆生意，靜悟天機入窅冥。」〔註

〔註123〕《玉茗堂評花間集序》之《評語選錄》，《湯顯祖詩文集》卷五十，第 1480頁。

〔註124〕同註 111。

〔註125〕姚士粦《見只編》，轉引《湯顯祖詩文集》〔附錄〕，第 1552 頁。

〔註126〕見郭紹虞《中國文學批評史》，第 407 頁，上海古籍出版社 1982 年版。

〔註127〕見《袁中郎全集》卷一《敘小修詩》。

〔註128〕《如蘭一集序》，《湯顯祖詩文集》卷三十一，第 1062 頁。

〔註129〕《答馬仲良》，《湯顯祖詩文集》卷四十九，第 1421 頁。

〔註130〕見《睡起寫懷》，《王文成公全集》卷十九。

130）羅汝芳講：「萬物皆在吾身，則嗜欲豈出天機外乎？」〔註131〕可見，所謂「天機」都是作為與「物」相對的人的本性和本性的自然流露而言。也可以說就是「人心」。對此湯顯祖說得很明白：「天機者，天性也。天性者，人心也。」〔註132〕「趣」，在此不是指一般的美感趣味，而是指豐富的社會生活。「游道」指對社會生活的體驗。「根塵」指世俗世界。「禪在根塵之外」指「無」，也就是「虛」，「遊在伶黨之中」指參加社會生活實踐和藝術實踐，即「有」，也就是「實」。湯氏認為懂得這種虛實結合的方法，就可寫出好的藝術作品。

那麼，什麼樣的作品才稱得上虛實結合的好作品呢？在湯顯祖看來，這類作品實在不多：

> 余見今人之詩，種有幾。清者病無，有者病濁。非有者之必濁，其所有者濁也。杜子美不能為清，況今之人。李白清而傷無。〔註133〕

湯顯祖以詩歌而論，認為不僅當今的詩，不是「清者病無」即虛構得不真實，便是「有者病濁」即不擅虛構，拘泥實寫。在他認為，就連唐代詩仙詩聖的詩，也不能說是虛實結合得好的成功之作。杜甫的詩屬於「不能為清」即缺乏虛構，拘泥寫實，而李白的詩則「清而傷無」即又虛構得太離奇。我認為，唐代的詩，因受擬古主義文風的影響，沒有什麼虛實結合好的上乘之作，這個意見是中肯的，但說杜甫詩「不能為清」，李白詩「清而傷無」就有失偏頗。因為虛實結合不是虛實各半，有的偏重於「實」，有的側重於「虛」，沒有一定的模式。作者如何運用與作者所處時代、生活經歷、創作個性有關，運用成功與否還應看社會效果。李白是浪漫主義詩人，想像豐富，以「虛」為重；杜甫為現實主義詩人，多用「實」寫。他們在虛實運用上各有側重，構成各自特色。他們的詩歌創作成就一直尊為我國古典詩歌最高成就的代表。湯氏這一觀點為同時代屠隆所不能接受。屠隆從當時揚杜抑李有所感而發出：「顧詩有虛，有實，有虛虛，有實實，有虛有實，有實有虛，並行錯出，何可端倪。」〔註134〕這種意見，其實是對湯氏觀點的糾正。

湯顯祖「以若有若無為美」這一美學法則，用於戲劇創作取得異常成功的效果，具體體現在對「情」、「夢」、「戲」三者的表現。對此，湯氏有段很

〔註131〕《明儒學案》卷三十四。

〔註132〕《陰符經解》，《湯顯祖詩文集》卷四十二，第1207頁。

〔註133〕《徐司空詩草序》，《湯顯祖詩文集》卷三十二，第1085頁。

〔註134〕屠隆《與友人論詩文》，轉引趙則誠等主編《中國古代文學理論辭典》，第133頁，吉林文史出版社1985年版。

精闢的理論總結：

　　性無善無惡，情有之。因情成夢，因夢成戲。戲有極善極惡。

〔註135〕
我們知道，湯氏的「情」是感物而起。因此，「因情成夢」就是由實入虛；「因夢成戲」就是化虛為實。一個人在藝術創作中對虛實的運用與他的哲學觀和政治觀也有很大關係。湯氏劇中所表現的「情」既與程朱「理」相對立，又為封建專制主義的「法」所不容。「情」在現實生活無法真正宣洩，只有從主觀理想中去追求，於是他找到了「夢」這種形式，認為「人世之事，非人世所可盡」，「夢中之情，何必非真」。也就是說，人世間的事，無奇不有，非人世間一般情況所能包括，「夢」可以不受客觀現實所限，可以充分體現「情」。於是他的劇作都是以「夢」作為劇情中心。湯顯祖又認為，要將「夢中之情」形象地展示出來，最好的形式是「戲」。因為「戲」可以在「一勾欄之上，幾色目之中，無不紆徐煥眩，頓挫徘徊。恍然如見千秋之人，發夢中之事」。〔註136〕而「情」是有「善」、「惡」之分，「戲」可將「善」、「惡」兩種「情」典型化為「極善極惡」形象直接顯現在面前。如他寫的《牡丹亭》和《紫釵記》主人公為「善情」的代表，而《南柯記》和《邯鄲記》則為「惡情」的典型。劇中的「夢」是湯顯祖的幻想，是「情」的發展與延伸，是生活本質的體現。而「戲」則為「夢」的外化形象。「情」、「夢」、「戲」三者具有一致性。「因情成夢」到「因夢成戲」，就是虛實相生，虛實結合的過程。

　　湯顯祖對虛實結合的成功運用，經歷了不斷摸索不斷變化的過程。最為突出的一點，是在對「夢幻」的運用上。從《紫簫記》、《紫釵記》、《牡丹亭》到《南柯記》和《邯鄲記》，經歷了無夢——短夢——長夢——全夢的不斷變化，體現在虛實關係上，則是進行了「實」——「稍虛」——「虛實結合」——「虛」的探求。湯顯祖早年作《紫簫記》和《紫釵記》由於未能擺脫「古事多實，近事多虛」傳統觀念的羈絆，基本按社會生活的本來樣式描寫生活，用王驥德的話來說，叫做「以實而用實」。湯顯祖曾在《紫簫記》一劇中寫了一個四空和尚點化杜黃裳的情節，以張居正從小從李中溪學禪這一真事影射張居正，以致演出後讓人「對號入座」，一時「是非蜂起，訛言四方」，說是「指當時秉國首揆」，以致「才成其半」就中途擱筆。帥機評為「案頭之書，

〔註135〕《復甘義麓》，《湯顯祖詩文集》卷四十七，第1367頁。
〔註136〕《宜黃縣戲神清源師廟記》，《湯顯祖詩文集》卷三十四，第1127頁。

非臺上之曲」。〔註137〕後改成《紫釵記》，更多取材於《霍小玉傳》，更加注意了情節與人物的虛構，增加了黃衫客這個重要人物，特別是開始了對夢幻的運用，寫了個「黃衫客強合鞋兒夢」。但仍未擺脫「古事多實」的影響，故事「猶與傳合」，基本還是實寫。問世以後，評論家對它評價仍不高。明末沈際飛在《題紫釵記》中說：「《紫釵》之能，在筆不在舌，在實不在虛，在渾成不在變化。」〔註138〕所謂「筆」指「案頭之書」，「舌」指「臺上之曲」，「實」指題材的生活事實，「虛」爲藝術虛構。「渾成」與「變化」當指劇本的情節結構。在沈際飛看來，《紫釵》與《紫簫》一樣，仍是一部不宜搬演的「案頭之書」，對題材仍局限於現實主義的描寫，未展開浪漫主義筆法，情節結構平淡無奇，缺少較強的故事性。故沈際飛對它的評價歸結爲：「此《紫釵記》所以止有筆有實有渾成耳也。」缺的仍是「舌」、「虛」與「變化」。柳浪館《紫釵記總評》批評得更加尖銳：「一部《紫釵》都無關目，實實塡詞，呆呆度曲，有何波瀾，有何趣味？」〔註139〕到創作《牡丹亭》，湯顯祖吸收了對前兩個戲的批評意見，在運用虛實表現手法上取得了突破性的進展。劇中兩個主要人物，出實入虛，渾成變化，取得了驚人的藝術效果。寫現實中的杜麗娘在夢境中找到她理想中的情人，是以實帶虛。寫麗娘不甘愛情幻滅，自描眞容留於後世，是「以實運虛」；寫杜麗娘到冥府問明判官，得知和柳夢梅有「姻緣之分」，遂到紅梅閣中，「趁世良宵，完其前夢」，並面懇柳郎「勿負奴心」，則是以虛運實。其中在虛實結合關係上寫得最精彩之處在於劇中不僅寫了杜麗娘爲「情」而死，而且寫了她爲「情」死而復生。俞平伯先生評價說：「生必有死實也，死必無生亦實也，死而復生不實之甚者也。辨《牡丹亭》之是否離實，則《還魂》其要領也，得還魂而枝葉舉矣，《牡丹亭》固以《還魂記》名也。」〔註140〕這裡道出了《牡丹亭》表現虛實結合關鍵之所在。到創作《南柯記》與《邯鄲記》則又走向了另一個極端，轉向「虛」的追求。兩劇的故事基本都在夢幻中，雖然一頭一尾讓人物回到現實，但與整個戲的劇情關係不大。刪頭去尾仍不失爲一個完整的戲，而且更能體現其思想與風格。湯顯祖對《牡丹亭》的虛實運用最爲滿意。他自曾說：「一生四夢，得意處惟在《牡

〔註137〕《紫釵記題詞》，《湯顯祖詩文集》卷三十三，第1097頁。
〔註138〕沈際飛《題紫釵記》，《湯顯祖詩文集》〔附錄〕，第1540頁。
〔註139〕柳浪館《紫釵記總評》，見《古本戲曲叢刊初集》，1954年上海商務印書館。
〔註140〕俞平伯《牡丹亭贊》，載《東方雜誌》第三十一卷第七號。

丹》。」〔註 141〕這句話雖然是對整個戲的藝術成就而言，但也包括了他在表現方法上對虛實結合運用的滿意。

湯顯祖在「臨川四夢」創作中對虛實的運用，受到王驥德的重視和讚賞。王驥德把它理論概括為「以虛而用實」，並提高到「戲劇之道」來看，寫進了他的戲曲理論專著《曲律》中：

> 戲劇之道，出之貴實，而用之貴虛。《明珠》、《浣紗》、《紅拂》、《玉合》，以實而用實者也；《還魂》、「二夢」，以虛而用實者也。以實而用實也易，以虛而用實也難。〔註 142〕

王驥德在這裡所指的「出之貴實」，是指藝術創作要以現實生活為基礎，「用之貴虛」是指藝術創作要有想像和虛構。像《明珠記》、《浣紗記》、《紅拂記》、《玉合記》等傳奇，大都屬於因事設戲，以真人真事為基礎。這種寫法，有迹可尋，有本可張，相對來說，要容易一些。而像湯顯祖的《還魂記》（即《牡丹亭》）、「二夢」（即《南柯記》、《邯鄲記》）主要是用虛構方法來表現生活的真實，這就要難得多。不過，王驥德把《南柯記》和《邯鄲記》看做和《牡丹亭》一樣「以虛而用實」，就未必符合湯顯祖本人意願，不如吳梅先生意見正確：

> 臨川諸作，《還魂》最傳人口，顧事由臆造，遣詞命意，皆可自由。其餘三夢，皆依唐人小說為本，其中層累曲折，不能以意為之，剪裁點綴，煞費苦心。〔註 143〕

當然問題不在是否有沒有「本」，因為現在已發現《牡丹亭》也是有藍本的，關鍵在於「臆造」是否恰到好處，是否達到「若有若無」的地步。

藝術創作中的「虛實」問題，源於老子哲學的「道」。老子的「道」是「有無相生」即「虛實統一」。晉陸機第一次把它引入文藝創作。他在《文賦》中說：「課虛無以責有，叩寂寞而求音。」〔註 144〕即認為文藝創作是把虛無、寂寞的心意轉化為具體可感的藝術形象，也就是把「無」變成「有」，把「虛」變成「實」。到明代，虛實理論在小說戲劇等領域得到廣泛的應用。嘉靖年間

〔註 141〕王思任《批點玉茗堂牡丹亭敘》，《湯顯祖詩文集》〔附錄〕，第 1543 頁。
〔註 142〕王驥德《曲律·雜論》第三十九上，陳多、葉長海注釋本，第 201 頁，湖南人民出版社 1983 年版。
〔註 143〕吳梅《中國戲曲概論》卷中，第 158～159 頁，中國戲劇出版社 1983 年版。
〔註 144〕《四部叢刊》影宋本六臣注《文選》卷十七，轉引郭紹虞主編《中國歷代文論選》（一卷本），第 67 頁，上海古籍出版社 1986 年版。

的胡應麟提出「戲文」要「謬悠其事」,「顛倒其名」〔註145〕,也就是提出藝術創作需要虛構,藝術真實不等於生活真實。比湯顯祖稍前的謝肇淛在《五雜組》一書中說:「凡為小說及雜劇、戲文須是虛實相半」,「戲與夢同。離合悲歡,非真情也;富貴貧賤,非真境也。」〔註146〕湯顯祖的「虛實」理論顯然都受過以上諸家影響,吸收了他們的思想成分。然而影響較大的還要算李贄。李贄有《虛實說》說:

> 學道貴虛,任道貴實。虛以愛善,實焉固執。不虛則所擇不精,不實則所執不固。……有眾人皆信以為至虛,而君子獨不謂之虛,此其人犯虛怯之病,有眾人皆信以為實,而君子獨不謂之實,此其人犯色取之症,真偽不同,虛實並用,虛實之端,可勝言哉。〔註147〕

李贄這段論學道的文字,用來說明戲劇創作中的虛實關係,即是說戲劇在反映生活時只有運用虛構想像才能做到典型化,否則就會「所擇不精」,但虛構想像又必須以現實生活為依據,否則就「所執不固」。如果不以生活作依據而胡編亂造,就會「犯虛怯之病」;如果一味拘泥生活,便會淪為自然主義的描寫,則又「犯色取之症」。只有「虛實並用」,才可取得良好的藝術效果。陳中凡先生認為:「湯顯祖服膺李氏,應用其《虛實說》來塑造人物,安排情節,而又能匠心獨運,刻意剪裁,肆其奔放不羈之幻想,寫出曲折離奇的情節。」〔註148〕陳先生從湯氏哲學和思想上對李贄的「服膺」,從而認為湯顯祖「四夢」中虛實手法是對李贄《虛實論》的「應用」這種看法有一定的道理。但湯氏不僅只是「應用」,而是有自的創造。湯顯祖在「四夢」中對虛實關係的成功運用則直接導致王驥德虛實理論的產生。

湯顯祖的戲曲創作理論,除此之外,在劇本結構、語言等方面都發表了許多很好的見解。如他在《焚香記》評語中提到「結構串插,可稱傳奇家從來第一」劇本要「一線索到底,宛轉變化,妙不可言」。主張「填詞直如說話,此文家最上乘」,「曲、白色色欲真」,「凡科、諢亦須似真似假,方為妙絕」。

〔註145〕 胡應麟《莊岳委談》:「凡傳奇以戲文為稱也,亡往而非戲也。故其事欲謬悠而亡根也,其名欲顛倒而亡實也。反是而求其當焉,非戲也。」文收藏於《少室山房筆叢》。

〔註146〕 謝肇淛《五雜組》,轉引《古典戲曲美學資料集》(隗蒂、吳毓華編),第149號,文化藝術出版社1992年版。

〔註147〕 李贄《焚書》卷三。

〔註148〕 陳中凡《湯顯祖〈牡丹亭〉簡論》,1962年《文學評論》第4期。

在《紅梅記》總評中主張「老、貼旦中，雖不必文，亦不該太俗」，提到劇本要注意「細榫斗接」〔註149〕。這些見解，對李漁「結構第一」、「立主腦」、「減頭緒」、「貴淺顯」、「重機趣」、「戒板腐」、「貴潔淨」、「密針線」等理論的產生無疑起了一定啓迪作用。

三、結　語

湯顯祖生活在明嘉靖、隆慶、萬曆三朝。這是中國封建主義走向崩潰，資本主義出現萌芽的時代，也是我國思想領域激烈鬥爭的時代。自明中葉以後，以王陽明爲代表的主觀唯心主義學派崛起，成爲沖決理學禁錮的思想武器。王陽明之後，以王艮爲首的左派王學繼承與發揚王陽明哲學的積極批判精神，宣揚「百姓日用即道」，「天理盡在人欲中」和「制欲非體仁」等思想，並將它傳授下層群眾，使其社會化、普及化。到萬曆年間，王學思想風靡一時，席卷思想文化各個領域，形成一股廣泛的社會思潮。這股社會思潮，不僅在哲學上直接動搖了程朱「存天理，去人欲」的正統地位，而且在文藝創作上有力地衝擊了復古主義。湯顯祖在這股文藝思潮中，高舉「言情」的大旗，在反對「後七子」復古主義的鬥爭中，起著先鋒作用。這股文藝思潮所帶來的直接效果是素被視爲「邪宗」的言情小說戲曲取代了詩文「大宗」的地位。湯顯祖的戲曲及其理論就是這一文藝思潮下的產物。他的理論彌漫著這一時代的鬥爭風雲，充滿著批判鋒芒和創新精神，在我國古典戲曲理論中獨放異彩。綜觀湯顯祖的作劇理論，具有如下鮮明特色：

一、**自成體系**。湯顯祖的戲曲創作理論雖然都是散見的，但不是支離破碎的。他的作劇理論的主要觀點都有著內在聯繫，並以「情」作爲紐帶貫穿著。「情」爲其作劇理論的核心。戲劇因「情」而生，寫劇「爲情作使」，戲劇的社會效果也就是「情」的效果。「凡文以意趣神色爲主」也就是以「情」爲主，提倡神似，反對模擬，追求創新，堅持虛實結合，所有這些都是爲了表達「情」的需要。言情寫意是中國古代文論的主要特色，中國戲曲就是一種言情寫意藝術。湯顯祖的創作理論強調表達他的「情」，也就是強調寫意，正體現我國古典文論這一民族特色。

二、**富有實踐性**。湯顯祖才華橫溢，具有豐富的戲曲創作實踐經驗。他

〔註149〕見《玉茗堂批評〈紅梅記〉》卷首與《玉茗堂批評，〈焚香記〉》首卷，載《古本戲曲叢刊》初集，1954年上海商務印書館。

的創作主張沒有空泛之論，都是自己創作實踐的現身說法。他對自己劇本的題詞，是他創作實踐的經驗總結和心得體會，是從實踐中總結出來的理論；而那些漫書在朋友書信和序文間的隻言片語更是針對具體作品並聯繫當時文藝現象有感而發的眞知灼見。湯顯祖的創作理論來自實踐，並對當時和以後的戲劇創作實踐產生了積極的深遠的影響。

三、具有哲理深度。湯顯祖是王艮的三傳弟子，爲晚明啓蒙思想家之一。「情」是他的哲學觀念的核心。戲曲理論的「情」是他哲學觀念「情」的反映。他提出的諸如「第云理之所必無，安知情之所必有」、「緣境起情，因情作境」、「因情成夢，因夢成戲」等許多命題都充滿著辯證的哲理，內涵十分豐富深刻。這樣，湯氏的戲曲理論函義往往顯得空靈，難以被人們準確理解和把握，像對「情」、「意趣神色」、「自然靈氣」以及其他一些論述迄今仍見仁見智，難衷一是。湯顯祖理論精深處在此，其局限性庶幾亦在此。

那麼我們應當如何正確看待湯顯祖的戲曲理論價值呢？他在我國古典戲曲理論史上應擺在什麼位置呢？恩格斯說：「任何一個人在文學上的價值都不是由他自己決定的，而只是同整體的比較當中決定的。」〔註150〕從我國古典戲曲理論整體看，貢獻最大、成就最高素推王驥德和李漁。王驥德《曲律》被稱爲「我國第一部較全面系統的戲曲理論專著」，而李漁《閒情偶寄》中的戲曲理論（亦稱《曲話》）則被捧得更高，稱爲「我國第一部最系統、最完備的戲劇理論」〔註151〕，兩家都被看做我國戲曲理論的高峰。誠然，王驥德、李漁的戲曲理論建樹不可抹煞，他倆所達到的高峰位置也不容否定，但問題是我國古典戲曲理論堪稱高峰不只這兩家，湯顯祖戲曲理論所達到的高度並不比他們低。事實上王驥德、李漁的戲曲理論並非那麼「全面」和「完備」，有些理論上的重要問題，他們都還是空白。如戲曲藝術的本質特徵這樣的根本問題，《曲律》未見涉及，李漁也同樣胡塗。李漁雖然也有「人情物理」之說，但主要是指戲劇題材而言，在《戒浮泛》中，提到：「景書所睹，情發欲言；情自中生，景由外得」，指的是刻劃人物性格而言。而湯顯祖對這個問題卻有頗具特色的見解。又如對戲曲藝術的社會功能，王驥德讚賞《琵琶記》「不關風化，縱好也徒然」，主張戲曲充當封建統治者所需要的「世教文字」。李漁則說得更加明白：「不過借三寸枯管，爲聖天子粉飾太平；揭一片婆心，效

〔註150〕恩格斯《評亞歷山大‧榮克的「德國現代文學講義」》。
〔註151〕徐壽凱注《李笠翁曲話注釋》（序），安徽人民出版社1981年版。

老道人木鐸里巷。」〔註152〕「思借戲場維節義」〔註153〕，更是自覺地把自己理論納入封建主義思想體系當中。而湯顯祖則要用「言情」戲曲去「格」封建專制主義之「理」，「以人情之大竇」，起變革現實作用。正因爲認識到這點，他棄官歸里，將「胸中魁壘發爲詞曲」〔註154〕，寫下「臨川四夢」，表現了反對封建專制主義的進步思想光輝。在這個問題上，王驥德和李漁的認識都屬封建主義糟粕，而湯顯祖的見解則閃耀著民主思想精華，兩者不可同日而語。

從三家理論重心看，王驥德《曲律》重在論「律」。王驥德在《曲律自序》開頭一句話就說：「曲何以言律也？以律譜音，六樂之成文不亂；以律繩曲，七均之從調不奸。」可以看出王氏寫作《曲律》的宗旨在於「以律譜音」、「以律繩曲」。事實上《曲律》主要是論南北曲的源流和發展、作曲和唱曲的方法，後增補的《雜論》雖然涉及創作法、戲曲史和作家作品，但不是本書當初的宗旨，也不是本書的重心。李漁《閒情偶寄》中的戲曲理論重在論「技」。他在《詞曲部》開頭一句就說：「塡詞一道，文人之末技也」，又說「技無大小，貴在精」。接上在《結構第一》中對湯、沈之爭進行總結性論述時，稱湯氏「文詞稍勝者即號才人」，沈璟「音律極精終爲藝士」，他們之間「有才、技之分」，可見李漁把通「音律」看做「技藝」。這點正好說明他自的戲曲理論是以「技」而立論。他的《閒情偶寄》所論爲編劇技巧和演唱技藝。而湯顯祖重在論「意」，他強調「凡文以意爲宗」，「餘意所致，不妨拗折天下人嗓子」，囑咐宜伶演唱《牡丹亭》「呂家改的，切不可從」，以致「傷心拍遍」、「自招檀痕」無不爲了「曲意」。三家理論，各成體系，都有重大價值，都是中國戲曲理論的寶貴財富。論首創我國戲曲理論集大成之功，當推王驥德第一；論對編劇技巧及演唱技藝的全面精通，除李漁無二；若論戲曲理論的哲理深度，則湯顯祖可謂「前無作者，後鮮來哲」。如果說王驥德是我國戲曲理論的論「曲律」的大師，而李漁則爲論「曲技」的能工巧匠，湯顯祖則可稱論「曲意」的哲人。湯顯祖、王驥德、李漁三人是中國古典戲曲理論鼎立而峙的三座高峰，三家理論的總體面貌才堪稱爲我國最系統最完備的戲曲理論體系。

我在學習中國文學史與中國戲曲史中，頗爲這樣一個現象而遺憾：在一些主要文學史、戲曲史乃至一些湯學專家爲湯顯祖所寫的專題條目中，湯顯

〔註152〕《李笠翁一家言全集》卷二《笠翁文集》。
〔註153〕李漁《比目魚》結場詩。
〔註154〕蔣士銓《玉茗先生傳》，載《臨川夢》卷首。

祖往往只被看做一個單純的戲曲作家，而把他摒棄於戲曲理論家之外。在介紹湯顯祖生平及其著作時，往往只介紹湯氏的戲曲創作成就，而不介紹他在戲曲理論上的建樹。有的頂多帶幾句與沈璟在戲曲聲律上的論爭。近幾年來，一些文藝理論和戲曲理論專著雖然也有湯顯祖的戲曲理論介紹，但仍語焉不詳，他在我國戲曲理論史上的地位與貢獻未得到充分和明確的肯定。對他的理論價值遠比王驥德、李漁看得低。產生這種現象的原因可能主要就在於湯顯祖的理論雖然不乏珠光寶色，但碎散在題辭、書信、序跋和一些劇本評點之間，因而不顯光澤。而王驥德、李漁則能集裘一體，所以顯得格外光彩照人。然而我國古典戲曲理論是一個無比豐厚的寶庫，在這個寶庫中，有系統體系構架完備的專著寥寥無幾，而散見於劇本間的題辭、評點、詩文中的序跋、書信、隨筆、札記中的曲論論述，則浩如煙海。如何對待這些散見的戲曲理論，不僅關係到評價湯顯祖一人的理論建樹，而且關係到對我國古典戲曲理論遺產的正確繼承。我認為，一種理論的價值並不在於是否以專著的面目出現，而在於理論價值的本身。馬克思、恩格斯是無產階級的革命導師，他為我們創立了系統的無產階級革命學說，但他一生中並沒有寫下一部完整的、專門的文藝理論專著，他的有關文學、美學的論述也僅散見於他們的其他門類的著作和書信中，然而他的文藝理論宏偉和健全性是任何一個文藝理論家所不可比擬。同理，湯顯祖雖沒有寫成王驥德《曲律》、李漁《閒情偶寄》這樣的曲論專著，但他的戲曲理論涉及戲曲藝術的普遍規律和特殊規律，深刻地論述了我國戲曲理論中一系列重大問題，構成了他的理論體系與特色。它的理論價值不在那些以專著出現的理論之下。肯定湯祖的戲曲理論價值，肯定他在我國戲曲理論史上的地位，對於進一步開發我國戲曲理論寶庫，促進我國戲曲理論的發展都具有十分重要的意義。

（原載《中國藝術研究院研究生部學刊》1988 年 2 期，入編周育德、鄒元江主編的《湯顯祖新論》。）

論湯顯祖戲劇中的時間

　　古希臘的亞理斯多德在《詩學》中給悲劇下的定義是：「悲劇是對於一個嚴肅、完整、有一定長度的行動的摹仿。」〔註1〕所謂「有一定長度」指的就是時間。由此可見，戲劇是一種受時間制約的藝術。沒有時間也就沒有戲劇。戲劇中的時間可分為三種：一是實際時間（即物理時間），就是一出戲從開場到終場所佔的表演時間；二是心理時間，就是觀眾在看戲時對時間長度的主觀、情緒的印象：三是戲劇性時間，就是對戲劇所反映的實際時間的壓縮或延伸。在我國古籍中，所謂時間，就是古往今來，春夏秋冬，旦暮晝夜。至今，仍代表人們的時間觀念。西方戲劇，要求表演的實際時間和表演事件時間大體上一致。而我國戲曲則往往把表演時間和表演事件時間分開來，用戲劇性時間去主動超越，形成中國戲劇時間處理的特色。湯顯祖戲劇是中國古典戲劇的代表。在他的戲劇中，對時間的處理不僅繼承宋元戲劇的傳統手法，而且還有獨特之處，體現了中華民族戲曲藝術的精粹。筆者就湯顯祖在戲劇中對時間的處理與戲劇的主題、情結結構和人物刻劃的關係試作剖析：

一、時間與主題

　　大家都知道，湯顯祖戲劇最為突出的特點是都寫了夢。《牡丹亭》做的是情人幽會夢；《紫釵記》做的是「黃衫客強合鞋兒夢」；《南柯記》做的是酸酸楚楚富貴夢；《邯鄲記》做的是歷盡滄桑，享盡榮華而極欲喪生夢。以夢的內容分，前二夢為愛情夢，後二夢為政治夢；以時間長度分，前二夢為短夢，

〔註1〕亞理斯多德《詩學》，羅念生譯，人民文學出版社1988年出版。

後二夢爲長夢。夢幻是一種心理時間，是人在不正常心理狀態下對時間的感覺，也就是人們對時間長度的主觀情緒的印象。用湯顯祖的話來說，叫做「恍惚」。因此，從湯顯祖戲劇中時間特點看，他的「臨川四夢」可稱爲「夢劇」，也就是心理時間劇。

中國戲劇寫夢本不是湯顯祖的發明創造。較早有元代史九敬根據莊周夢見蝴蝶的故事作有《莊周夢》雜劇。晚明傳奇作家中，寫夢更是劇作家們慣用手法。但是，湯顯祖的夢之所以寫得不同凡響，就在他四部戲都以夢作爲劇情中心，通過夢幻，在「一勾欄之上，幾個色目之中，無不紆徐煥眩，頓挫徘徊；恍然爲見千秋之人，發夢中之事」。〔註2〕揭示古往今來各種人物的精神世界，讓觀眾領悟人生真諦。

湯顯祖的哲學觀是個「情」字。他認爲「世總爲情」〔註3〕，「人生而有情」〔註4〕，「世有有情之天下」〔註5〕。他之可以寫戲是「因情成夢，因夢成戲」〔註6〕。湯顯祖還把情分成「善情」與「惡情」兩類。在他的戲劇中，既運用心理時間對「善情」的熱情謳歌，又運用心理時間對「惡情」的無情批判。爲了謳歌「善情」，在《牡丹亭》中，讓主人公杜麗娘在心理時間中，衝破了封建禮教的束縛，與理想中的情人幽會，表達了少女對愛情的追求和要求個性解放的精神，揭示了「理之所必無，安知情之所必有」的深刻思想。在《紫釵記》中，一個「黃衣客強合鞋兒夢」，用心理時間，寄希望於黃衫客這樣的豪俠之士，來幫助世間有情人重諧連理。爲了批判「惡情」，在《南柯記》中，讓淳于棼在心理時間中做南柯郡太守二十載，展現了一個本有所作爲的豪俠之士，一旦進入官場，就如掉入大染缸，以致鬥志消盡。一覺醒來，感悟「浮世紛紛蟻子群」。在《邯鄲記》中，讓一心追求功名利祿的盧生，在心理時間中，歷盡宦海風波，又享盡榮華，窮奢極欲，淫樂無度，老死在相位而久久不能咽氣，旨在「把人情世故高談盡，則要你世上人夢回時心自忖」。用戲劇中的時間來解釋，所謂「因情成夢，因夢成戲」實際就是現實時間中的情無法宣泄，只有憑藉心理時間去展現，而這種展現又必須遵照戲曲藝術規律，服從主題需要，有戲則長，無戲則短，便運用戲劇性時間對表演事件

〔註2〕 《宜黃縣戲神清源師廟記》，《湯顯祖詩文集》卷三十四。
〔註3〕 《耳伯麻姑遊詩序》，《湯顯祖詩文集》卷三十一。
〔註4〕 《宜黃縣戲神清源師廟記》，《湯顯祖詩文集》卷三十四。
〔註5〕 《青蓮閣記》，《湯顯祖詩文集》卷三十四。
〔註6〕 《復甘義麓》，《湯顯祖詩文集》卷四十七。

時間進行壓縮和延展。心理時間，在湯顯祖的戲劇中猶如神秘的輕紗，既裹藏著刺向封建專制主義的匕首，又飄散著佛道的煙火；它既抒情，又諷世；它讓人深思，讓人聯想，爲中國戲曲美學留下無窮探究的境界。

　　從古今時間關係上看，湯顯祖的「臨川四夢」四部劇作，故事發生時間除《牡丹亭》是宋光宗年間外，其他都是唐代。湯顯祖將它們改成劇作時，讓劇中人物穿著前朝的服裝，搬演當朝的社會生活，把歷史與現實融會貫通，相互滲透，對晚明社會進行揭發和批判。《紫簫記》的「譏託」，竟「爲部長吏抑止不行」；《紫釵記》添了一個奸臣盧太尉，爲的是討伐因現實中的「盧太尉」；《南柯記》的蟻國，乃是朱明王朝的寫照，而《邯鄲記》有似一部晚明社會的《官場現形記》。

二、時間與情節

　　德國古斯塔夫・弗萊塔克在《論戲劇情節》一書中說：「戲劇情節就是根據主題思想安排的事件。」而事件則又是在一定時間下進行的。那麼湯顯祖的戲劇中的事件（情節）又是如何運用時間來進行的呢？《紫釵記》的事件基本上都是在現實時間中展開的，劇中的情節時間大體就是故事從發生到結束的跨度時間。只有霍小玉夢黃衫客送鞋兒那一情節發生在心理時間。《牡丹亭》的事件安排得複雜，主人公入夢又出夢，由生而死，死而復生，在人間、夢幻和地獄中交錯進行。實際時間、心理時間和戲劇性時間在劇中交替運用。但是一本《牡丹亭》的核心是《驚夢》一折。遊園驚夢中的心理時間是推動全劇情節發展的關鍵。而《邯鄲記》和《南柯記》的事件安排則是從現實進入夢幻再回到現實。對時間的處理猶如電影中的閃回鏡頭——從現實時間到心理時間再回到現實時間。從這兩個戲來看，夢幻時間的發生只不過是短暫的一瞥，但是主要情節都發生在夢中，夢中情節時間基本就是一本戲的情節時間。

　　在湯顯祖的戲劇中，成功運用了中國戲劇時間的運動性。爲了情節發展需要，常把時間作慢速運動。《牡丹亭》中杜麗娘的夢，在實際時間中只不過是幾分鐘的瞌睡，而在臺上經杜麗娘和柳夢梅纏綿悱惻的表演，加上花神的舞蹈，實際演出時間起碼要超過半個鐘頭。而《南柯記》淳于棼的夢在實際時間只是「餘酒尙溫」的功夫，而戲劇中情節時間是二十餘年。《邯鄲記》中盧生的夢境醒來，一鍋黃粱米飯都未熟，而情節時間卻是六十年。這兩個戲

的實際演出時間不過三五小時，頂多不超過是十來個小時。

為了推動情節發展需要，湯顯祖還常常將時間作快速運動。如《牡丹亭》中，杜麗娘和春香去遊園時，僅一個園場就從閨房到了花園，再一個園場又回到了閨房。現實中從閨房到花園和從花園到閨房的時間比戲劇中的時間長得多，但因途中許多時間是沒有戲的，與情節發展沒有多大關係，於是便作快速而過。

另外，湯顯祖在《牡丹亭》和《南柯記》中，巧妙地運用了中國戲劇很少運用的「虛下」（即劇中人物走到下場門一邊站不真下）將時間處理成快速。如《牡丹亭》中的《禦淮》一齣，李全與眾將士往下場門一靠，接上杜寶就帶兵上場，表明環境轉換了，時間推移了，情節也發展了。在實際生活中，杜寶帶兵趕來，決不只是李全往下場門一靠那一瞬間。再如「弔場」的運用：《南柯記》第二齣《俠概》，周弁、田子華下，劇情告一段落，只留淳于棼和山渣兒作簡短的對話表演，並立即割斷行動線。看起來這段好似多餘的蛇腳，實為第六齣《謾遣》作了必要的鋪墊，節省了情節時間。

在湯顯祖的戲劇中，為表示時間的推移，更多是採用中國戲劇所特有的通過演員上下場和他們的唱、做、念、舞的虛擬表演。如《拾畫》一齣，柳夢梅在花園時，通過他的唱、做、念、舞的表演，觀眾不僅從演員身上看到空間環境，而且還從演員身上體察到時間的流逝。

三、時間與結構

戲劇結構是「在時間和空間方面對戲劇行動的組織」〔註7〕。湯顯祖的戲劇如何運用時間去組織戲劇行動呢？我國戲劇結構模式是「以時制空」，即以時間率領空間，通過行動進程去表現行動的空間。湯顯祖的戲劇均為平面展開的點線式結構。這種結構模式，時間是出發點，事件的地點、人物活動的空間則在時間的進程中順便帶出，使一個小小的舞臺，能「極人物之萬途，攢古今之千變」。〔註8〕

湯顯祖的「臨川四夢」情節線較多，一般都有主線、付線、次付線三條。如《牡丹亭》，杜麗娘行動是主線，柳夢梅行動是付線，杜寶行動是次付線。

〔註7〕 （蘇）霍洛道夫《戲劇結構》，李明琨、高士彥譯，華東師範大學出版社 1981年出版。
〔註8〕 《宜黃縣戲神清源師廟記》，《湯顯祖詩文集》卷三十四。

從橫的方面看,都是採取分出(即折)的形式。最少的是三十齣,如《邯鄲記》;最多是五十五齣,如《牡丹亭》。劇中主人公的行動線,環環相扣,如杜麗娘從「閨塾」、「遊園」、「驚夢」、「尋夢」、「寫真」、「鬧殤」是杜麗娘為愛情從生追求到死的情節線,它的前一齣是後一齣的因,後一齣是前一齣的果,構成一環扣一環的因果關係。這種因果關係由時間的制控獲得了行動的統一。

由於湯顯祖戲劇的結構特點,決定故事進程採用從頭至尾排演。因而,除《邯鄲記》外,其他三戲結構都顯得鬆散,情節拖拉,不善於在戲一開始就展開緊張的矛盾衝突,卻擅長把整齣戲寫成抒情的輕歌曼舞。即使像《幽媾》、《冥判》這樣地獄鬼戲,也不給人恐怖可怕。從戲劇時間速度上看,湯顯祖的戲劇是慢節奏的。在「臨川四夢」中,湯顯祖幾乎沒有在哪一齣戲中製造什麼大的懸念,讓觀眾處於較長時期的緊張心理狀態中。《邯鄲記》中出現過劊子手手掄大刀要把盧生頭顱砍下,這算是一個懸念,但是馬上一個「聖旨到,留人!留人!」接上裴光庭上場一讀聖旨,觀眾一顆懸著的心馬上就鬆開了。因此,從湯顯祖的戲劇風格來說,是抒情式的;從戲劇時間速度看,它是慢節奏的。

再考察「臨川四夢」每部戲的前三齣,可以看到前三出為「破題戲」,與情節主線沒有多大關係,但對戲劇時間處理卻頗具特色。第一齣為介紹創作意圖與劇情梗概,第二、第三齣由女主角的「自報家門」,讓觀眾很快地知道角色的身份、身世,既交待了主要人物的「來龍」,又為劇情發展埋下了「去脈」,減少了周折,節省了舞臺時間。

湯顯祖戲劇情節時間跨度不一,《牡丹亭》與《紫釵記》是三年,《南柯記》是二十年,《邯鄲記》是六十年。但它們的演出的實際時間不過三五小時,頂多不超過十來個小時。湯顯祖為了處理情節時間服從演出時間,以分場來割斷戲劇行動的連續發展。如《牡丹亭》在第十齣還是「姹紫嫣紅開遍」的春天,到第二十齣便到了「中秋佳節」了,再到第十二齣,時間便是杜麗娘死後的三年。《紫釵記》在第二十五齣是「春纖餘幾許」,到第二十七齣,便進入「首夏如秋」季節,再到第三十二齣,時間便是李益與霍小玉別後的三年。而《南柯記》在第二十齣還是「護送公主駙馬爺南柯赴任去」,到第二十四齣,便是「淳于爺到任二十年」。《邯鄲記》在第十一齣盧生到陝州鑿石開河「工程一月多」,到第十四齣便是「盧生在此三年」,到第二十七齣便是當

了二十年的當朝首相，再到第二十九齣，盧生便「年過八十」，「人生到此足矣」嗚呼而去。

另外，湯顯祖戲劇還採取人物上下場形式，割斷人物的連續動作來壓縮情節時間，因為中國戲劇的舞臺在人物上場前只是演員藉以來表演的一塊場地，不具任何意義。只有當人物出場，通過唱念與表演以後，才具特定的時間與空間的意義。例如《牡丹亭》的《禦淮》齣，當杜寶上場時，舞臺是一個不具意義的空間，通過表演，表明舞臺空間環境是淮陰城外。他們下場時，表明衝進城了，人物全部下場，舞臺又是一個不具意義的空間，後李全領兵上場，通過表演，才又表示環境轉移到淮陰城外。湯顯祖充分運用中國戲劇舞臺的自由性，表演的虛擬性，用人物上場形式，切割情節時間，不用關幕，可以使戲在舞臺上連貫地演出。

四、時間與人物刻劃

戲劇人物活動離不開時間，而活動的戲劇中人物又無不以一定年齡時間出現。湯顯祖戲劇中的人物一個個栩栩如生，具有強烈的藝術感染力，除他的高度文學修養外，還充分發揮了我國民族對時間的觀念，用特有的年齡時間來體現人物性格。翻閱湯顯祖的詩文，我們可以發現湯顯祖很善於通過談自己年齡來表達思想感情，其中最為突出的要數詩《三十七》〔註9〕。這首詩的題目就是他當時的年齡。寫這首詩時是他就任南京太常博士的第三個年頭。三年來，南京的官場經歷，使他感到理想與現實存在著巨大矛盾，便不免將自己從出生、童年、青年的歲月進行了一番追憶，從而表達他的壯志難求的思想感情。

湯顯祖在他的戲劇中，也通過劇中人物談自年齡來表達自己的思想感情。如《牡丹亭》中，杜麗娘遊園後回到閨房獨自傷春時，她從自己年齡談起說：「吾今年已二八，未逢折桂之夫；忽慕春情，怎得蟾宮之客？……吾生於宦族，長在名門。年已及笄，不得早成佳配，誠為虛度青春，光陰如過隙耳。」這就把一個情竇初開，不甘青春虛度，渴望得到愛情幸福的少女心理，生動地描繪出來了。而老學究陳最良當聽到杜麗娘因聽講《詩經》動了情場而傷春無法理解，卻拿自己年齡來衡量：「你師父靠天，也六十來歲，從不曉

〔註9〕《三十七》，《湯顯祖詩文集》卷八。

得傷個春,從不曾遊個花院。」把一個被封建禮教吞噬了青春,吞噬了靈魂而麻木不仁,還要以此來規範他人,把一個封建禮教的犧牲者和維護者的嘴臉自我勾畫得惟妙惟肖。而《邯鄲記》中的盧生,在趙州橋飯店時,與呂洞賓談到自年齡說:「到如今呵俺三十算齊頭,尚走這田間道。老翁,有何暢,叫俺心自聊?你道俺未稱窮,還待怎生好?」暴露了盧生不甘窮潦,一心要追求功名富貴的野心。

另外,湯顯祖在戲劇中,還通過劇中人物既談現在的年齡與展示以後的歲月。如《紫釵記》中,霍小玉到霸橋送別李益去邊境,分別時說:「妾年始十八,君才二十有二,逮君壯室之秋,猶有八歲,一生歡愛,願畢此期,然後妙選高門,以求秦晉,亦未為晚。」把一個因出身卑賤,對愛情無限忠誠,但卻充滿了自悲,不願被拋棄,又希望不必馬上拋棄一個封建時代可憐女子的複雜心理生動地體現出來。

湯顯祖戲劇中對主人公年齡規定也具有其特別的意義,賦人物年齡以時代命運的寓意。在他的「臨川四夢」中,女主人公都定在二八妙齡,因為在湯顯祖所處的那個時代,這樣年齡的女兒被封建禮教禁錮得最為厲害,而她們卻對愛情追求最為強烈。男主人公都是三十左右,在那個時代,因科場被權相壟斷,多少有志之士,懷才不遇,到「而立」之年,卻還是「名不成,婚不就」,可是他們並不甘窮潦,像飛蛾撲火一樣,追逐在名利場中,被毀滅。如果湯顯祖戲劇中女主人公年齡換成三十歲,那杜麗娘、霍小玉也決不是現在舞臺上這樣形象,如果把男主人,換成四十出頭,那是「人到中年萬事休」他們對功名利祿的追求未必又那麼強烈,那麼盧生與淳于棼也就不是現在湯顯祖筆下這樣的形象了。

我們從湯顯祖的戲劇中還可以看到:《牡丹亭》和《紫釵記》的戲劇時間都發生在春天,而《南柯記》、《邯鄲記》的戲劇時間都又發生在秋天。這是湯顯祖對時間所賦予的又一寓意,深刻地烘托著主題。湯顯祖既認定「世總為情」,因而在他看來,萬事萬物都有情,時間也是有情的。他借劇中人物杜麗娘的口說:「因春感情,遇秋成恨。」春天是萬物復蘇,充滿生機,是美好的象徵,前二夢是歌頌善情的,於是湯顯祖在劇中安排杜麗娘與柳夢梅幽會在春天,李益向霍小玉「謀釵」也在春天。李益與霍小玉重諧連理也在春天。真是人美、情美、時也美。而後二夢是批判「惡情」的,他的情緒是「恨」的。秋天是一年之中落葉紛飛,萬物衰敗的季節,於是,在湯顯祖戲劇中,

盧生去邯鄲道是在莽暮秋，淳于棼在院庭借酒澆愁也是在秋天。盧生與淳于
棼做的夢也自然是秋夢。秋，對於這兩個惡情的典型，實為他們形象與靈魂
的象徵，也是他們命運的象徵。然而必須加以指出的是，杜麗娘與柳夢梅的
奉旨成婚又沒有安排在春天而是在秋天，在我看來，那是因為杜麗娘與柳夢
梅的團圓本不是真正的喜劇團圓，而是悲劇的團圓。預示他們的結局本質是
悲的。《牡丹亭》本就是個悲劇。所以湯顯祖也把它安排在「遇秋成恨」之中
了。

湯顯祖在戲劇中對時間處理上，由於人物的情緒不同，在同一個時間同
一個地點卻有兩種絕然不同的感受。如杜麗娘去遊園時，在他眼中的春天是
「夢回鶯囀，亂煞年光遍」，「姹紫嫣紅開遍」，可是只過了一個晚上，同一座
花園，同一個時令——春天，卻是「殘紅滿地」，「是這等的荒涼地面」。這是
時間（春天）變了嗎？不是，這是在她夢幻幽會地已找不到夢中的情人，於
是產生了「昨日今朝，眼下心前，陽臺一座登時變」，杜麗娘的情緒變了，於
是他感受的時光也變了，極鮮明地烘托了主人公的內心世界。湯顯祖在戲劇
中賦物理時間以人的情感，起到刻劃人物形象的妙用。

五、湯氏與莎翁在戲劇中對時間處理的異同

湯顯祖與莎士比亞是同時代人，他倆是東西方文化的代表。比較他倆對
戲劇中時間的處理的異同，有助瞭解東西方戲劇的異同。

西方戲劇自古希臘開始，就按時間、地點、行動三一致的規律進行寫作，
情節時間一般不超過二十四小時。但莎士比亞的戲劇則除《暴風雨》一劇外，
基本上都打破了「三一律」的局限，戲劇時間想寫多長就寫多長。在他的戲
劇時間中，最短的是《錯誤的喜劇》為一天，最長的《哈姆萊特》和《馬克
白》是幾個月。而湯顯祖的戲劇時間更為天馬行空，短的是三年，長的六十
年。

莎士比亞戲劇題材大都取於歷史、傳說和故事，而湯顯祖戲劇多取材於
唐人傳奇（《牡丹亭》取於明人話本《燕居筆記》，故事發生在南宋）。莎士比
亞把前人題材改編成戲劇時，往往將時間集中，如《羅密歐與朱麗葉》原來
民間故事是四十五天時間，莎士比亞集中為四天。但湯顯祖將傳奇小說改成
戲時，則基本不變小說情節時間。

莎士比亞之所以要把時間集中，是因為他的戲劇在時空環境上雖不是再

現生活環境，但是他的演出舞臺有一部分是建築舞臺裝置，另一部分才是時空舞臺的變換，每一場戲中，舞臺仍然是固定的。而湯顯祖的戲劇舞臺是可以流動的，舞臺只是供給演員的一個表演場地，而不是戲劇環境的再現。在角色未上場前，舞臺不具特定環境，也無一定的時間，只有當角色進行一番虛擬表演以後，觀眾從演員的唱、做、念、打中默認到舞臺的特定的時空。

在莎士比亞每個戲劇場面中，演出時間與戲劇中的情節時間大體相符，而湯顯祖戲劇中時間是有彈性的，可作快速運動，也可作慢速運動。作快速時，走一個圓場就表示從一個地方走到了另一個地方，途程走了百十里；作慢速時，唱一段慢板就表示過了五更天，剎那間的事成信地拉長，進行纏綿俳惻的表演。

莎士比亞戲劇很像話劇，它一般分五幕，每幕又分若干場，用幕、場來切割戲劇時間來服從演出時間；湯顯祖戲劇則分三十、四十至五十多齣不等，用齣（即折）來切割戲劇時間使之適應演出時間。

莎士比亞劇本每一場只標故事發生的地點，不標時間，時間都在第一、二場內通過演員的臺詞交代出來。如《羅密歐與朱麗葉》故事發生的時間就是通過班伏里奧回答蒙太古夫人問話而交代出來的。《哈姆萊特》故事發生時間是通過勃那多的臺詞交代出來的。湯顯祖的戲劇他每齣既不標時間也不標地點。時間、地點都是靠演員唱念交代出來的。如《南柯記》戲劇時間是發生在「唐貞元七年暮秋之日」便是通過淳于棼臺詞交代出來的，《紫釵記》戲劇時間的發生是「元和十四年春之日」便是通過李益的臺詞交代出來的，而《牡丹亭》戲劇時間發生在春天是通過杜麗娘臺詞交代出來的。

莎士比亞戲劇由於他的結構比較緊湊，第一幕便進入情節主線，戲劇節奏較快，而湯顯祖戲劇結構比較鬆散，前幾齣往往與情節主線沒有多大聯繫，節奏一般都較慢。

莎士比亞戲劇的時間觀念比湯顯祖較為突出。以題材最為相似的《羅密歐與朱麗葉》與《牡丹亭》比較，《羅密歐與朱麗葉》的戲劇時間真可謂不浪費一分鐘，四天時間，白天晚上都安排有戲。演出中，處處讓劇中人與臺下觀眾感到時間的迫切性。而《牡丹亭》的時間觀念卻十分恍惚，情節時間跳躍很大，有現實，有夢境，有人間，有地獄，體現主動超越性。

莎士比亞的戲劇也寫夢，如《麥克佩斯》中寫有麥克佩斯夫人夢驚；也寫鬼，《麥克佩斯》和《哈姆萊特》也都寫了鬼。但是湯顯祖筆下的鬼是情鬼，

《紫簫記》的寫作時間、地點與價值新探

　　《紫簫記》是湯顯祖「四夢」外的半本戲，是個「不成熟的作品」，有說「不成功之作」、「失敗之作」。也許此原因，長期以來不被研究者所看好，選它作課題研究者如鳳毛麟角。

　　1982 年，撫州周悅文先生曾就《紫簫記》的創作年代撰有一文。此後，湯顯祖研究空前的活躍，每逢「十」的湯公誕辰或逝世的日子，在湯公故里、遂昌和大連都舉辦過湯顯祖的學術研討會，論文集也出版了好幾本，但對《紫簫記》的研究鮮見有人問津。為了不讓這「殘本」太寂寞，筆者不避管窺蠡測之羞，就該劇的寫作時間、地點與價值作點新探，以就教於方家與同道。

一、《紫簫記》的寫作時間與地點

　　《紫簫記》的寫作時間和地點，研究者們基本都附和徐朔方先生的考證，「約當萬曆五年秋至七年秋兩年內作於江西臨川」〔註1〕。唯有中國藝術研究院戲劇史家黃芝岡先生認為：「湯寫《紫簫記》初稿，當即在他本年（萬曆八年）回到南京以後。如湯寫這部劇作不在南京，『訛言四方』的事就無從發生。」〔註2〕也許黃先生文中提出的理由過於簡單，未能進一步引用史料展開來談，信服力不強，故附和者寥寥。筆者當年為湯作傳記時，也是採用徐先生的說法。後仔細琢磨了湯的《紫釵記題詞》後，對徐先生這一說法有了動搖，感

〔註1〕徐朔方《玉茗傳奇堂創作年代考‧紫簫記》，《湯顯祖年譜》（修訂本），上海古籍出版社，1980 年 5 月。
〔註2〕黃芝岡《湯顯祖編年評傳》，第 94 頁，中國戲劇出版社，1992 年 8 月。

到《紫簫記》不是萬曆五年至七年作於臨川，而應是萬曆八年作於南京。令我產生動搖不再附和徐先生的考證是湯的《紫釵記題詞》中的那個「遊」字。「遊」者，流動也；「遊宦」指在外地做官；「遊學」，謂遠遊異地從師求學；「游子」指離家遠遊的人。「往余所遊謝九紫、吳拾之曾粵祥諸君，度新詞與戲」，說的是謝廷諒、吳拾之、曾粵祥三位故鄉友人是從臨川「流動」到他現在的客居之地，和他一起作劇度曲。如同在家鄉臨川，同住一座縣城，朋友之間的串門是很正常方便的事，「遊」從何來？

湯詩《赴帥生夢作》云：「子爲膳部郎，予入南成均。今上歲丙子，再見集庚辰。……昔是新相知，今爲舊比鄰。」〔註3〕錢謙益《列朝詩集小傳·帥思南機》載：「惟審爲郎，義入南城，均晨夕過從，故有『著冠須訪戴，脫冠須訪帥』之詩。……惟審有臨川四俊詩，爲湯孝廉顯祖、謝秀才友可、曾秀才粵祥、吳公子拾之。湯詩則以惟審爲首。」〔註4〕「子爲膳部郎，予入南成均」，「惟審爲郎，義入南城」說的是帥機任南京禮部精膳司郎中時，湯顯祖來到南京。「今上歲丙子，再見集庚辰」是萬曆四年（丙子）湯從宣城經過回臨川，在南京和帥相見了，到萬曆八年（庚辰）湯顯祖因再拒張居正結納下第，又回到南京國子監讀書。「均晨夕過從」、「昔是新相知，今爲舊比鄰」是指萬曆八年湯在南京國子監讀書時與帥機的住所離得很近，常可碰面。「著冠須訪戴，脫冠須訪帥」是說湯這時在南京國子監讀書時和時任祭酒（相當於校長）戴洵關係密切，課後常和帥機在一起。惟審（機）有《臨川四俊詩》實爲《四俊詠和湯生作》（帥機《秋陽館集》卷九有《四俊詠和湯生作》），《臨川四俊詩》（今佚）是湯顯祖的原唱。這是謝廷諒、曾粵祥、吳拾之來到南京後，湯顯祖他鄉遇故知詩興勃發，首起吟詠，帥機應聲唱和之作。然而徐朔方先生爲了要使他考證的《紫簫記》寫作時間地點能夠成立，竟把《臨川四俊詩》和帥機的唱列爲隆慶四年（1570）即湯顯祖中舉那年所發生的事。〔註5〕然而幸存的帥機唱和四首，每首詩題分別標明了四友此時的功名身份：「湯孝廉顯祖」，「謝秀才友可」，「曾秀才粵祥」，「吳公子拾之」表明這時湯顯祖是舉人，謝廷諒與曾粵祥已是秀才，吳拾之還沒有功名。曾粵祥，字如海，萬曆二十年（1592）中的進士，萬曆二十二年（1594）任福建南安知縣，次

〔註3〕《赴帥生夢作》，《湯顯祖詩文集》卷8，上海古籍出版社，1982年6月。
〔註4〕錢謙益《列朝詩集小傳·帥思南機》，上海古籍出版社，1983年10月。
〔註5〕見徐朔方《湯顯祖年譜》（修訂本），第23頁，上海古籍出版社，1980年5月。

年（1595）卒，時年 36 歲〔註6〕。可知曾粵祥應出生在嘉靖三十八年（1559），小湯顯祖 9 歲，這年他只有 11 歲，還沒中秀才。因此，《臨川四俊詩》和帥機《四俊詠和湯生作》不可能是發生在隆慶四年（1570）即湯顯祖中舉那年所發生的事，只有發生在萬曆八年他們在南京合作寫《紫簫記》的事才合乎情理。

再說，若作在臨川，臨川雖是「民秀而能文」，「樂讀詩書而好文辭」的文風昌盛之地，但畢竟是遠離京城小縣城，人文素質無法與文化精英聚會之地的留都南京相提並論。直到湯顯祖死後的第五年即天啓元年（1621），臨川全縣人口僅是 73159 丁口〔註7〕，縣城人口估計也就是一萬多決超不了二萬，能看懂駢四儷六，綺麗晦澀的《紫簫記》曲詞能有幾人？若劇中「譏託」是「指當秉國首揆」（《萬曆野獲編》），如黃芝岡先生說的那樣是張居正幼年從李中溪學禪的事，一座小縣城又能幾人瞭解當朝首輔張居正這段經歷，將劇中人物對號入座？若他們在臨川「度新詞與戲」，不僅「是非蜂起，訛言四方」不能發生，就是「觀者萬人」也是很難達到的事。若作在臨川，即使被人看出語有「譏託」，有「是非」議論，「諸君子」也不會有「危心」。因為湯家雖不是官宦之家，但在臨川是有聲望名門望族，特別是自湯顯祖中舉後，才名鵲起，受官府的尊崇。湯顯祖出的第一部詩集《紅泉逸草》臨川知縣為之贊助。傳說萬曆八年（1580）湯顯祖因拒張居正的結納落第而歸，知府古之賢還親自到碼頭迎接，對湯的品格大加讚賞，並說湯此科雖落第，但比中頭名狀元還更光彩。再說《問棘郵草》詩集中有《門有車馬客》等詩，十分明顯抨擊了張居正在科場的以權謀私的行徑。詩集初刻本在臨川刊刻，「行傳達四方馳示」，並沒有「是非蜂起」事情發生。如果該戲是作在臨川，和湯顯祖共「度新詞與戲」就不可能只有謝廷諒、曾粵祥和吳拾之三人，饒崙、周宗鎬、周憲臣、姜耀先等都是湯少年時代結社的好友。他們大都有彈琴拍曲愛好。饒崙與周宗鎬和湯顯祖曾是讀共案，睡同床形影不離的親密夥伴。他倆即使不參與《紫簫記》創作，那「供頓清饒」（美食佳肴）和「酬對悍捷」（應酬接待）之事不可能只見謝廷諒與曾粵祥兩人，他們不參與其中。

〔註6〕《通家之好曾如春》：「曾如海（1559～1595），字粵祥，曾如春之弟。萬曆二十年（1592）進士。萬曆二十二年作福建南安知縣，次年卒。時年 36 歲。福建泉州府志有傳」。楊安邦著《湯顯祖交遊與戲曲創作》，第 267 頁，江西高校出版社，2006 年 9 月。

〔註7〕見《臨川縣志》（同治九年版）卷 21，蒙金溪縣史志辦曾銘先生提供。

　　我還要說的一點是，《紫簫記》是一次性寫成，最後刊行時作了些修改。《紫簫記》的擱筆，主要是演出後「是非蜂起，訛言四方，諸君子有危心」所致，帥機看到湯在寫作中的手稿提出了「此案頭之書，非臺上之曲」批評，也是原因之一，但決不是徐朔方先生所說的「由於友人分散而中途擱筆」〔註8〕。「友人分散」正是因劇本不寫了，無「新詞與戲」可度，掃了他們賞玩之興，又都在異鄉客居之地，不便久留，友人們才考慮「分散」（很可能是提前「分散」）。還有研究者附和徐朔方《紫簫記》爲萬曆五年秋至萬曆七年秋作，但地點則說「是他三次春試落第後，兩次遊學國子監時，往返於臨川和南京期間寫作的。」事實若是如此，湯顯祖的友人們豈不爲了一個自娛自樂的劇本，要在萬曆五年至七年，跟隨湯顯祖往返於臨川和南京之間？顯然是不可能的事。

　　根據上述分析，筆者對湯顯祖當年寫作《紫簫記》作如下推斷性的描述：

　　萬曆八年的春試再次拒絕了張居正的結納，毅然放棄這科考試，又到南京國子國子監讀書。這一消息很快從京城傳到了臨川。謝九紫（廷諒）、吳拾之（玉雲生）、曾粵祥（如海）等一班少年時代結社的朋友合計一番後，決定去到南京作番旅遊，既觀遊留都繁華美景，又可會見湯顯祖對其進行慰問。帥機這時正在南京禮部任精膳司郎中，官居五品。帥是大家心目中的兄長，與湯情誼尤爲深厚，少年時被人稱爲「同心，止各一頭」的一對，現在南京住所離得很近，成了「昔是新相知，今爲舊比鄰」。謝廷諒三人南京行，有湯與帥在，吃住接待不愁，盡可玩個痛快。他們的到來，成了湯顯祖的故鄉朋友在南京的大聚會。在爲他們舉行接風洗塵的宴飲詩酒中，湯顯祖文思敏捷，首先出口吟了《臨川四俊詩》，第一首是贊帥機，次爲謝廷諒、曾粵祥、吳拾之。帥機接上作《四俊詠和湯生作》唱和，第一首贊湯顯祖，次爲謝廷諒、曾粵祥、吳拾之。詩云：

湯孝廉顯祖

> 湯生挺奇質，孕毓應文昌。恣睢辨說圃，崢嶸翰墨場。
> 汪洋探丘索，沉鬱挾風霜。厄言自合道，誰知非猖狂。〔註9〕

謝秀才友可

> 謝客體聰明，千言可立就。屬翰吐風雲，摛藻鋪綿繡。
> 託仙採澧蘭，載筆光名蚰。曼衍將窮年，聲華自日茂。

〔註8〕徐朔方《湯顯祖評傳》，第30頁，南京大學出版社，1993年7月。
〔註9〕錢泳《履園叢話》，中華書局，1979年12月。

曾秀才粵祥

> 曾子綴弓裘，稚志輕鼇蠻。擇交附青雲，摛詞多白雪。
>
> 毫塵若無人，識字能辨霓。早已入吾流，眾徒誹俊傑。

吳公子拾之

> 川嶽寶不虛，公子亦吾黨。溫沖玉樹芬，明悟秋氣爽。
>
> 傾蓋已披雲，大篇益心賞。倜儻似此瑜，安得載俱往。

文友們的相聚，玩得痛快比吃好還重要。那時人們的娛樂的方式主要還是戲曲。大量有地位的文人開始參與傳奇戲曲的創作，一時間辭調駢麗的作品風靡整個戲曲舞臺。商賈雲集的蘇州，已是「宴會無時，戲館數十處，每日演劇，養活小民，不下數萬人。」〔註10〕留都是戲曲表演中心地區之一。崑曲、弋陽、海鹽等聲腔劇種並存爭勝，戲曲班社出入宮廷、民間和私人之間，寺廟、船舫、酒樓、秦淮河區、私家的園林、廳堂皆有作場之地，人們可隨時隨地自由地觀賞。自譚綸把海鹽腔帶來宜黃，臨川地區青年才俊彈琴拍曲已成時尚。謝廷諒、吳拾之和曾粵祥都是戲曲愛好者。特別是吳拾之，有副「音若絲，遼徹青雲」好嗓音，且擅登場表演。到了南京後，他們的娛樂活動除了逛秦淮河，看戲、喝酒、彈琴唱曲之餘萌發了自寫戲自演，過過戲癮念頭。經過一番議論，湯顯祖提議說：「那《太平廣記》中《霍小玉傳》吾每讀為之動容，何不將其敷衍成戲曲？」湯的提議得到大家一致的贊同。捉筆者不用說，自然是湯顯祖自己。他們還為演出事務作了一些分工：謝廷諒負責對外聯絡唱海鹽腔的戲班和演出場地，曾粵祥負責後勤伙食。吳拾之身材苗條，發揮他能唱擅演的特長，客串主角霍小玉，過足戲癮。

湯顯祖在寫作中不是簡單的將《霍小玉傳》作戲曲形式的衍譯，而是進行再創作，寄託自己的思想。除兩個男女主人公採自小說外，其他花卿、郭小候、尚子毗等均為新增，將小說中「得官負心」的李益改成「志誠郎君」，把因門閥制度而造成的悲劇結局改成乞巧團圓。

當初要寫的這個戲是試圖演繹一段風流故事，用以消遣。劇本在寫作中，帥機是最早看到劇本的一個。他對已脫稿的幾齣便直率指出：「此案頭之書，非臺上之曲也。」可吳拾之戲癮大，不管那麼多，湯氏「一曲才就」，他就拿去排

〔註10〕《答中熙李尊師論禪》：「正昔在童年，獲奉救於門下，今不意送已五旬矣。……正昔有一弘願，今所作未辦……期以二三年後，必當果此。可得仰毗盧閣究竟十事矣。」《張太岳文集》卷26。

演。他那好嗓門加上那出神入化的表演，「莫不言好，觀者萬人」。當演到第三十一齣《皈依》時，社會上一時「是非蜂起，訛言四方」，說這齣戲是諷刺當朝首輔張居正的。這是怎麼回事呢？一個寫才子佳人風流韻事的愛情戲怎麼會被人說成譏諷了首相張居正呢？無風不起浪，問題出在這樣一個情節：

〔老和尚〕……有個舊人喚做杜黃裳，作秀才時，曾在俺寺裏讀書，與老僧談禪說偈。如今他出將入相，封爲國公，在朔方鎮守。……此人貴極人臣，功參蕭管，甚有高世之懷。倘他到時，老僧將他一兩句話頭點醒，著他早尋證果，永斷浮花。……

〔黃裳〕下官想人生少不得輪迴諸苦，今日便解取玉帶一條，乞取名香一瓣，向佛主懺悔。明日上表辭官，還山禮佛。……〔法香〕相國莫閣了諸天聖眾。

原來當朝首輔張居正，幼年時曾從李中溪學禪，自號太和居士。離開李中溪時，曾發下誓願，二十年後定來出家。可是二十年以後張居正不是出家，而是當了首相。萬曆二年，當張居正過五十歲生日時，李中溪寫信提醒他往日所立的誓願。可是張居正在回信中說，二、三年後，定來了結前願〔註11〕。可是兩三年也早已過去，張居正並沒有實現他的諾言，不是出家，而是貪戀首輔高位，連父親死了也不奔喪。很明顯，湯顯祖寫杜黃裳就是寫張居正，四空和尚就是李中溪。留都南京是文化精英會薈之地，對張居正幼年學禪及在科考中與湯顯祖科場有糾葛一事知情者大有其人。因此，當演到這一情節時，有人便將張居正對號入座，「是非蜂起，訛言四方」便發生了。此時的張居正大權獨攬，如日中天，留都的南京不能不安插耳目，若這些人打小報告說湯顯祖寫戲譏刺他，那還了得。人言可畏呀！幾個合作朋友爲湯顯祖擔心，勸他不要再寫下去。這樣，寫到第三十四齣《巧合》即「參軍去七夕銀橋」，湯顯祖只好擱下筆來。半本《紫簫記》就這樣形成了。南京刻印很方便，爲了表明這部戲不是在有意譏諷誰，他們將已脫稿的三十四齣稍作整理，署上「臨川紅泉館編」，交付「金陵富春堂」刊刻。

二、《紫簫記》的價值

《紫簫記》是部充滿世俗享樂情趣的賞玩之作。對男女情色與游俠任氣

〔註11〕徐朔方《湯顯祖評傳》第 30 頁，南京大學出版社，1993 年 7 月。

的描述使文風浮誇而綺麗。全劇辭藻華麗，駢四儷六，結構鬆散，枝蔓旁出。特別是作爲劇本缺少矛盾衝突，平鋪直敘，沒有張力。湯顯祖自己也認識到了劇本存在「沈麗之思」、「穠長之累」。帥機批評「此案頭之書，非臺上之曲也」可謂一針見血。然而「不成熟」不等於沒有價值。「一曲才就，輒爲玉雲生夜舞朝歌而去」竟「觀者萬人」，說明它能吸引觀眾，並激發了觀眾的想像力和創造力，收到了「是非蜂起，訛言四方」的社會效果。

一個作家的早期的作品往往是後來作品的基礎，所表現的的思想和藝術上的傾向有一脈相承性。「臨川四夢」的基調和特色能從《紫簫記》中看到雛形，其思想與藝術上價值至少體現在如下幾方面：

一、取材傳奇話本小說又重在更張。《紫簫記》取材於唐人最精彩動人的傳奇《霍小玉傳》，而主要關目則採自《大宋宣和遺事》亨集中的一段元夕觀燈故事，僅將女主人公拾得金杯改爲玉簫。還將小說中李益得官負心改成「不是兩心人」的癡情男兒，愛情悲劇改成乞巧團圓，賦劇本以新的主題。後作的「臨川四夢」都取材小說話本，但都不是將小說作戲曲形式的簡單轉換，而是對藍本進行改造和藝術再創造，注入新的思想內涵，體現鮮明的特色。

二、以情寫戲，以戲寫情初露端倪。湯少年接受羅汝芳「制欲非體仁」、「天理盡在人欲中」的思想說教，二十來歲時，「輒以六朝情寄聲色「(《與陸景鄴》)，晉人深於情的風采也影響了他，從而萌發了他的「情至」觀念。在《紫簫記》的《訪舊》，借劇中李十郎說出了「既生人世，誰能無情」，肯定了「情」的存在；在《巧探》、《下定》、《捧合》《就婚》等齣中的兩情相悅的描寫，表現了對人性人情的呼喚。此後，湯顯祖「以情寫戲」便不可收拾。如果說《紫簫記》表現的只是飲食男女，悲歡離合之情的話，到《紫釵記》已是「人間何處說相思，我輩鍾情如此」，有了動人的「有情癡」霍小玉，表達了「情」可格「權」；《牡丹亭》的問世，「情不知所起，一往而深，生者可以死，死可又生」標誌「至情」的形成。而杜麗娘就是「至情」的化身；《南柯記》揭示「無情蟲蟻也關情」，《風謠》齣所展示的是湯顯祖理想的「有情之天下」；《邯鄲記》「備述人世險詐之情」。盧生「於中寵辱得喪生死之情」，劇本旨在「把人情世故都高談盡」，作者椽筆直刺封建黑暗腐敗的最高層。

三、借史隱喻試刀成功。《紫簫記》寫於湯顯祖第四次落第，後兩次落第全因張居正作梗，積怨難忍，在臨川來的幾個朋友慫恿下，用杜黃裳影射張居正，借古諷今，居然「是非蜂起，訛言四方」。「臨川四夢」的共同特徵是

「有譏有託」，觸及晚明社會內政、外交、和道德風尚的方方面面，是一組「社會問題劇」，而「譏託」的運用正是由《紫簫記》開先河。

四、奠定麗詞俊音的語言特色。湯顯祖「十七八歲時，喜爲韻語，已熟讀騷、賦、六朝之文」（《答張夢澤》）。漢魏六朝華豔艱澀詩風影響湯顯祖詩文與戲曲創作。《紫簫記》一劇詞藻華美，賓白駢麗，斫字雕句，以詩化的賓白和綺麗的曲詞以表達濃鬱的情感，就是受此身文風影響的結果。後作的「臨川四夢」曲詞的麗詞俊音語言特色，體現了《紫簫記》一劇語言的基調。

五、「天下之政出於一」思想的嶄露。明朝政權的建立，突出了漢民族及其君主尊崇地位，與「夷狄」（北邊少數民族）關係緊張，常發生戰爭。「中國爲君之父，夷狄爲臣之子」〔註12〕，爲當時多數士人所認同的觀念。《紫簫記》的《出山》，寫了吐蕃尚子毗，在唐憲宗時來唐遊太學，與李益、石雄、花卿「才交一臂，便結同心」，回吐蕃後仍時念唐朝友人，說「俺雖胡人，心馳漢道」，並規勸吐蕃贊普與唐和親。這種安定國家，「中國」爲大的民族大家庭思想在以後「四夢」中都有描寫。《紫釵記》中大唐皇帝詔諭大、小西河降唐，「不服者興兵誅之」。蕃王老實就範，表白「自古河西稱大國，從今北斗向中華」；《牡丹亭》中金人佔據中華半壁江山，還要奪取江南，大宋的地方文武官都是酒囊飯袋，而金兵招的「溜金王」有萬夫不擋之勇，卻是淮揚一帶盜匪，最後被招安；《南柯記》中檀蘿國爲了搶財劫色屢犯槐安，淳于棼發兵圍釋，救出了公主；《邯鄲記》中吐蕃擁有十萬精兵，戰將千員，文臣滿腹韜略，武將智勇雙全，成爲大唐西方勁敵，國家安全隱患。盧生因受奸相陷害，被迫掛帥西征，用了「間離之計」，爲國家剪除了隱患，被玄宗封爲定西侯，食邑三千戶，兼兵部尚書。這些戲劇情節表明了這樣一種觀念：「夷狄」非文明禮儀之邦，國家要安定，應以漢民族政權爲中心，「心馳漢道」，「北斗向中華」，尊崇漢民族的君主地位。湯顯祖這種思想於萬曆十一年在時文《天下之政出於一》深入進行了闡述，論述國家要「安且永」，就不能政出多門，必須把政權牢牢掌握在漢民族君主手裏。

六、提供了湯顯祖劇作是爲海鹽腔而作的旁證線索。湯顯祖的「四夢」爲崑山腔作，爲海鹽腔作，爲宜黃腔作，或不爲某種聲腔而作是個長期爭論未休的問題。然而湯的劇作處女作《紫簫記》最初的搬演者是吳拾之。吳拾之能唱啥腔當就是湯顯祖「四夢」爲該聲腔而作。臨川是海鹽腔盛行地區。

〔註12〕 羅懋登《三寶太監西樣記通俗義》卷14，上海古籍出版社點校本，1985年版。

嘉靖年間譚綸「治兵於浙」，因丁父憂將海鹽腔戲班帶回宜黃教家鄉弟子，「食其技者殆千餘人」。臨川與宜黃相鄰，又是府治所在地。顧啓元的《客座贅語》告訴我們，「萬曆前期，以海鹽爲主；萬曆後期，始爲崑山。」〔註13〕因吳拾之在南京「夜舞朝歌」所唱聲腔只能是海鹽腔。吳是《紫簫記》創作參與者之一，臺本要爲他擅長的聲腔而作是情理中的事。吳拾之「夜舞朝歌」且達到「是非蜂起」決不是個人清唱，要請唱海鹽腔戲班加盟合作。湯顯祖一生都處在明朝後期，「海鹽多官語，兩京人用之」（顧起元《客座贅語》），在南京請唱海鹽腔的戲班參與他們自娛性質的戲曲演出很方便。湯顯祖棄官回臨川後完成了「臨川四夢」，「傷心拍遍無人會」，自恰檀板教的是「宜伶」。此時「宜伶」唱的是海鹽腔，但這種聲腔經過幾十年的發展已地方化，故後人稱之爲宜黃腔。

（原載江西省政府文史研究館編《江西文史》第七輯）

〔註13〕葉長海在《湯顯祖與海鹽腔——兼與高宇、詹慕陶二同志商榷》，據《客座贅語》卷9一條資料作解釋云：「萬曆前後南京演唱聲調的錯雜交變情況。顧起元耳聞目睹的聲腔凡三變：萬曆以前，爲北曲；萬曆前期，以海鹽爲主；萬曆後期，始爲崑山。」

二仙點化邯鄲夢（故事）

　　湯顯祖久困官場，乾脆丟掉浙江遂昌縣令不做，回到臨川老家寫戲本子。歸家的當年秋天，就寫完了《牡丹亭》。這個宣揚「情」可以戰勝虛偽封建禮教之「理」的傳奇一脫稿，立即就在社會上廣為流傳，致使王實甫的《西廂記》都為之減色。第二年，湯顯祖又寫了《南柯夢》，試圖以自己感受告誡世人，官場猶如一隻大染缸，不管是誰，一掉下去就要被改變顏色，弄得不可自拔。這個戲由宜伶搬演以後，看世間，芸芸眾生，為富貴利祿，你爭我奪，仍是有增無減。湯顯祖感到，要喚醒世人對功名利祿的追求，必須再寫一部傳奇，揭開官場種種黑暗，把它現形於人間。

　　九月的臨州，秋風習習。一天，湯顯祖正伏案於玉茗堂，冥思苦索，一陣秋風破門襲來，不禁使他打了一個寒顫。進門的家院慌張稟報：「湯先生，南京有訊，士蘧公子不幸病歿……」士蘧是湯顯祖的長子，年僅二十二歲，八歲的南京起大名，是不可多得的佐王之才。湯顯祖對他極為器重與疼愛。士蘧去世的噩耗如晴天霹靂，令他悲痛欲絕。不過幾天，人瘦了，眼陷了，鬢白了，淚也流幹了。湯顯祖也變得喜怒無常，時常化紙焚錢，心念士蘧超脫成仙。約一個月後，痛定之後的湯顯祖整天在玉茗堂奮筆疾書。但見素箋張張，每寫三、五行，再無法成文，只好化成丙丁。湯顯祖失去愛子後的精神狀態，使夫人傅氏十分焦慮。作為愛妻，傅氏知道，對湯顯祖說些「要愛惜自身子」一類的勸慰話是無濟於事的，應該讓他走出書齋，換換環境，陶冶心胸。於是便道：「若士啊，蘧兒已死不可復生，你棄官歸家，為的是要用傳奇澆胸中塊壘，看您近一個來月，哀思太重，文不成行，何不到城郊，觀賞故鄉山水勝迹，或許可以頓開茅塞。」傅氏不愧是湯顯祖的愛妻，她的話

果然靈驗。當日晚飯後，湯顯祖獨自一人，頂著麻風細雨，信步往西門走去。約莫走了二、三里路，但見湖池百畝，水光瀲灩，平如明鏡。因此地煙水景色，有似杭州西湖，所以郡中人稱它為西池。湯顯祖歸家一年多，雖久聞西池美景，卻還沒有領略。但見水天空闊，白鷺疾飛，池湖兩岸，落葉紛紛，暝暝的煙雨中，風片帶著雨絲，把衣服打濕了。面對此景，湯顯祖即興吟成《西池》一首：

> 白鷺低回疾，寒塘秋葉稀。
>
> 暝煙開雨色，飛濕藕絲衣。

西池不愧是臨川風景勝地，池的中央浮著一座小島，島上有一古樸八角涼亭，叫湖心亭。亭上有供遊人棲息的石桌石椅。傳說當年在二仙橋被浮邱公超度成仙的王、郭兄弟倆，就常在這裡下棋。去湖心亭並無曲橋通入，僅一葉孤舟、半邊長槳，可供興者自己橫渡過去。這樣，平常登湖心亭的人並不多。湯顯祖欣賞這湖光島色，心情豁然開朗，遊興一下增濃了。他帶著好奇心，有心晉謁王、郭二仙對弈的遺跡，同時也領略此湖池的秋色。這時毛毛細雨，越下越大，正需藉此涼亭暫時避雨。湯顯祖便登上小舟，解開纜繩，手持木槳，渡將過去。他登上湖心亭，環顧四周，但見西下的夕陽，倒映的蒲柳滿地的菱荷，青翠的遠山，遙望半裏外的二仙橋，聯想到在橋上飛升的王、郭二仙，感慨萬端，又脫口吟出《秋日西池望二仙橋》一首：

> 池上映秋光，登臨愛夕陽。鏡中蒲柳色，衣上芰荷香。
>
> 聽雨初留屐，當風一據床。猗蘭延客語，高菊以鄰芳。
>
> 紫翠連山暝，晴陰隔水涼。坐看人世小，仙馭白雲鄉。

吟完最後兩句，湯顯祖頓覺飄飄欲仙。他剛一搭坐石凳上，便覺困倦難支，恍恍惚惚中，只見二仙橋處升起兩朵祥雲，朝這西池孤島飄來。湖心亭上空，但見二位道長，一個模樣，飄然來到跟前。那年歲稍長的道長，見湯顯祖便問：「若士先生，難得你有閒情逸致，到此觀賞湖光島色。」湯顯祖看見他們打扮與模樣，先不作答，卻反問道：「看二位道長，貌似一人，又來自二仙橋方向，莫非就是當年常在吾郡好善樂施的王、郭二仙麼？」年歲稍小的道長回答道：「正是，此乃吾兄道想，吾乃道意，只因少小雅慕元風道意，我隱姓改而為郭。适才先生吟哦『坐看人世小』一句，知先生已洞燭人生真諦，頗合吾道家之意，故特來相見。」湯顯祖聽後笑道：「信口所吟，讓二位道長貽笑大方。當年您兄長二人，造福鄉梓，得以超度成仙，迄今郡人有口皆碑。

吾生性頑愚，不懂世事，悔恨半生失腳官場，雖覺今是而昨非，然世人並不能以我爲戒，我有心將人生寵辱之數，得喪之理，生死之情，化做傳奇，以醒世人，奈何自愛子夭殤，文思呆滯，不得敷衍成篇，有勞兩位道長點化愚頑。」說罷叩頭就拜，兩仙見狀連忙攙扶，那王仙搶步向前，道：「啊呀呀這可使不得！先生才華名播天壤，《牡丹亭》一劇，震憾當朝。你以傳奇喚醒世人，實乃上策，貧道不可助先生於萬一，僅略通弈理，可試作表演，或許可助先生傳奇寫作。」

　　湯顯祖聽後禁不住大笑道：「此眞奇哉，世間尚有弈理可通傳奇之理？」

　　郭仙聽後嚴肅地說：「先生且慢見笑，常言道：『世事如棋，五候事業都如一局棋枰』，弈理世事，自古相通，人間寵辱之數，得喪之理，生死之情，盡在其中矣。」說罷即用手在石桌上一摸，立即顯出縱橫交錯的棋枰，接上又從懷裏揣出一把把棋子。這些棋子寫的不是車、馬、炮、將、士、相，而是盧生、崔氏、宇文融、裴光庭、蕭嵩、高力士、矮力士、胖力士，瘦力士和金、木、水、火、土……等一些字樣。棋盤和棋子全是黑的，沒有黑、紅方之分。王仙舉「盧生」往右進一，郭仙即舉著「崔氏」和幾個兵卒將「盧生」團團圍住，湯濕祖對此棋做法是很感新鮮，卻又看不出個名堂，便問：「二位道長，世人有言，『觀棋不語眞君子』，然道長棋局我一竅不通，不知可否發問？」王仙答道：「貧道棋局，與世人棋局略有不同，先生不通，當在理中，但只要點化一、二、便可一通百通。觀我棋局者，應是『觀棋多問眞君子』。」王仙的回答，使湯顯祖觀棋興趣大增，便立即發問道：「王道長舉一棋，郭道長何以舉三、四棋呢？」郭仙解釋道：「先生你且不知，此盧生是學成文武之藝，未得售於帝王之家的落魄書生。他常道，『大丈夫當建功樹名，出將入相，列鼎而食，選聲而聽，使宗族茂盛而家用肥饒然後可以言得意也。』盧生此舉是誤入清河崔氏女後院，被崔氏管家老媽和侍女當著盜賊抓住。崔氏問他官休還是私休？」湯顯祖問道：「何爲官休？何爲私休？」王仙繼續解釋道：「官休送官府查辦，私休即與崔氏成婚。就這樣，剛才的盜賊，轉眼成了千金小姐丈夫，你說荒唐不？」湯顯祖聽後說：「說荒唐又不荒唐，大千世界，無奇不有，官場上昨日的座上客，今日的階下囚，我見多矣，這個我懂了。」接上王仙又舉「盧生」和幾個寫有「金」字的棋子，直進棋盤上的皇宮內，郭仙則舉著高力士、矮力士、胖力士、瘦力士，各占皇宮四方。湯顯祖又問：「此又何等通法？」郭仙解答道：「盧生與崔氏成婚後，因崔是清河高門望族，

不容有白衣女婿。盧生曾數科落第，崔氏爲使丈夫高中，帶著許多『家兄』前去相助。湯顯祖打斷郭仙話而問道：「進京科考，又不比打架鬥毆，爲何帶些兄弟相幫？」王仙搶而答道：「家兄者，金錢也，即用金錢，賄賂佔據當朝要津的高、矮、胖、瘦四門親戚，果然從落卷翻作第一，御筆親點頭名狀元。」湯顯祖聽後，大叫起來：「哎呀呀，今科場弊端正是如此。」就這樣，王、郭二個的棋子舉到哪裏，湯顯祖就問到哪裏。通盤棋局，以盧生與宇文融進退搏擊，隱約看到官場一會兒出將入相，一會兒殺頭充軍，一會兒迴旋臺閣，一會兒生離死別。棋局的變化使人聯想當朝的苛政、人心的險詐和世風的敗壞。這盤棋局展示，猶如當朝社會的官場現形記。湯顯祖已醒悟到，高興地拍手大叫：「啊呀呀，此乃正是我所要寫之傳奇也！」這時站在湖心亭頂上的一群烏鵲，被湯顯祖夢囈中一聲喊叫，「呼」地一聲飛走了，湯顯祖也從夢幻中驚醒起來。他揉了揉惺忪的雙眼，擡頭望瞭望遠山西下的夕陽，夜幕已籠罩湖池，身也被雨絲打濕了，頗有冷索之感。突然「啊氣！啊氣！啊……氣！」連連打了三個響響的噴嚏，使他從夢幻中徹底清醒，他看了亭子上下，景物依舊；再用眼搜索二仙，形跡杳然，只有向二仙橋方向遙遙致意。

回到家中，夢中之事歷歷在目。湯顯祖文思似泉湧，下筆如有神，當晚一口氣就用傳奇記下這個夢境。第二天一早，即高興地送給傅氏夫人先睹。傅氏夫人閱後對湯顯祖說：「官人，此傳奇雖直抒胸臆，大快人心，然當年《紫簫記》問世後是非蜂起，訛言四方，致使中途擱筆。此教訓應當記取。」湯顯祖說：「你意是要要讓它喬裝打扮？」傅氏說：「正是此意。當今豺虎當道，遍地狼犬，若姦人告你含沙射影譏刺當朝，不僅此劇不能流傳，還可問罪遭難。」湯顯祖說：「夫人所見極是，我看此夢與沈既濟《枕中記》頗多相似之處，我不如以《枕中記》作爲藍本，略作修改，讓傳奇一頭一尾，穿上仙家外衣，假借前朝寫當朝，我看那些狼犬又豈奈我何！」湯顯祖便立即將王、郭二仙改爲八仙，改頭換尾，定劇名爲《邯鄲夢》。這正是：

　　　一腔悲憤何處訴？
　　　二仙點化《邯鄲夢》。

（載《湯顯祖研究通訊》2005年2期，入編江西文化廳、撫州地區文化局合編《二晏和二仙橋》）

再談湯顯祖的世系源流

　　對歷史人物的研究，爲其尋根問祖是一項不可或缺的任務，但做起來可不是那麼簡單。對臨川文昌湯氏源流，北宋位居宰相的晏殊（991～1056）、唐宋八大家之一的曾鞏（1019～1083）、北宋參知政事（副宰相）（1178～1235）、舉人出身，官爲柳州知府、中憲大夫的湯顯祖門徒章世純（1575～1644）等名儒巨公都作過考證，留下了文獻。湯顯祖自己也有文論述，還存有清修《文昌湯氏宗譜》兩部，可謂資料翔實，似乎好搞。然而文獻所載，有眞有僞，湯顯祖家世源出何方？迄今仍存爭議，尚有進一步辨清的空間。先考察如下文獻記載：

　　　　晏殊在爲湯萬四作的傳中曰：「公諱季珍，字君重，號寶亭，唐季以詞賦掇科名，任撫州路宣慰，奮身追賊（指黃巢），爲國盡難，作爲一方保障，上嘉其『忠勇』，敕封爲『公』，葬於撫郡（治所在臨川）北飛雁投湖山。而是人民俱獲安全，立像廟祀於長春地，答乃丕勳厥後，子孫播衍、衣冠濟濟、累世簪纓，莫非公之正氣所鍾是也。」〔註1〕

　　　　曾鞏爲臨川湯氏宗譜作的譜序中說：「撫臨之湯，出於唐殷公文圭之子悅，以避國諱改而從湯，豈不以殷之與湯同出於天乙，與商之苗裔孔之宗締相聯貫乎。」〔註2〕

　　　　眞德秀對臨川湯氏作了考證後撰文：「臨邑湯氏肇自唐宣慰大夫

〔註1〕晏殊《湯季珍傳記》，轉引湯錦程《臨川湯學淵源考》，《東方龍》1995年總第九期。

〔註2〕曾鞏《臨川文昌湯氏宗譜‧序》，宋熙寧九（1076）。

萬四公湯季珍，原出自於蘇州溫坊，乃唐時名臣也，欽承簡命視事福州，捐身盡難葬於臨川。而翩翩公子五人遂遷家於撫郡，長子明一公定居撫州南門；次子明二公定居 43 都；三子明三公湯德，欽賜進士，官居雍州（湖北襄陽）文林郎；四子明六公定居汝水城東文昌里；五子明九公守祖墳，定居臨川溫（湯）坊，其宗支茂盛、子孫繁寓、家學淵源，吾知其必相之後人承籍。」〔註3〕

湯顯祖自在《吉永豐家族文錄序》中作了這樣的記述：「蓋予祖茂昭公言，予江南之湯，皆唐殷公文圭之後也。公之子悅，仕南唐，以文章高世。國亡，從其君入宋。藝祖悉曰，尚不知我先人諱耶。乃改殷爲湯，官其父子於宋，御醫平叔，其後也。餘子多留江南者。而予先祖適以南唐使之錢王所。國亡，遂留錢塘不歸。靖康之亂，以族從康王孟後，如洪、如臨、之盱吉。以故大江之西多吾氏而大，則文圭公之裔也。」〔註4〕

明末古文家章世純，在爲先生家族宗譜作序中談到課餘聽到湯顯祖講自的家世：「因憶講課暇，側聆先生道其家來自蘇州溫坊市，萬四公蒞吾郡家於汝北彭源。其五子：明一公遷城南；明二公遷未詳；明三公遷柴埠；明九公遷湯坊，萬四公墓在焉；明六公遷文昌之橋東。又二十三世而生先生焉。」〔註5〕

那麼「撫臨之湯，出於唐殷公文圭之子悅」，根在安徽貴池，還是「肇自唐宣慰大夫萬四公湯季珍，原出自於蘇州溫坊」？當年我作湯顯祖的傳記寫到其世系源流一節，我採取哪一說？思考之後，採用了湯顯祖自的說法。認爲湯的文史知識淵博精深，曾修過宋史，對自的祖宗來龍去脈不可能糊塗。因此，我以湯的《吉永豐家族文錄序》爲主要依據，對其家世源流時作了這樣的描述：

臨川雖然是湯顯祖的故鄉，但是要追溯到他家的世系源流卻還出在安徽省的貴池縣。當初他的祖姓殷；後因避國諱改成湯。……說到殷悅之所以避諱換姓，這裡面還有一段心酸往事：「五代十國時，安徽、江蘇南部和江西、福建一帶都屬南唐的領土。在唐代時，

〔註3〕轉引湯錦程《臨川湯學淵源考》，《東方龍》1995 年總第九。
〔註4〕《吉永豐家族文錄序》，《湯顯祖詩文集》卷二十九。
〔註5〕江西撫州《湯氏宗譜》原序七，崇禎十五年，章世純撰。

安徽貴池有個名叫殷文奎的，他的一個兒子在南唐做官，名叫殷悦，是個有名的才子。宋開寶七年（974）宋太祖舉兵攻打南唐，次年攻陷了京城金陵（南京），南唐後主李煜做了俘虜，從此，「四十年家國，三千里山河」歸了宋朝。殷悦也隨李煜一起投降了宋朝。有一天，宋太祖看見殷悦很不高興地對他說：「你難道不知道我的祖先有叫殷的嗎？」殷悦爲了避諱便將殷姓改爲湯。臨川文昌橋湯氏這支世系，便是殷文奎的後裔。南唐時殷悦的一個兄弟，被派到吳越京城錢塘（杭州）去做使者。南唐滅亡之後，他留在錢塘未歸。靖康元年（1126）遇金兵南犯，攻陷了汴京（開封），留在杭州的湯族便跟隨康王孟後避金難，流移到南京、臨川、南城和吉安一帶。湯顯祖的近祖就是當年流移支臨川最後在文昌橋邊定居下來的一支。……至於最初在臨川定居的那位祖先是誰，因元代譜諜散亡，無從查考。我們只知道湯顯祖前五代就已居在橋東文昌里了。現在臨川文昌湯氏僅尊湯顯祖前五代的湯伯清爲一世祖。〔註6〕

在製作寶塔式圖譜時，我將殷文圭標示「安徽貴池遠祖」，列在圖譜最高層，而其子殷悦緊接其下，尊爲撫（州）臨（川）湯氏始祖。他以下的繁衍世系我用省略號，行文用「元代譜諜散亡，無從查考」省略而過，僅將湯文德尊爲文昌湯氏開基一世祖。這樣做，帶著存疑，不是個理想辦法，但尊傳主之意，圖個穩當。

隨著研究的深入，筆者後查閱了《唐才子傳·殷文圭》、現存安徽貴池梅街鎮牌坊村殷文圭墓碑文，《中國野史集成》中未收的《十國春秋》卷十一中《殷文圭傳》、乾隆《池州府志·殷文圭傳》等文獻，知道殷文圭「青陽池州人」即今安徽貴池人。乾寧五年（898）中進士，後入翰林院進修。殷文圭在翰林院三年學習期滿，將要授官，因政局突變，封官無望，便逃出長安投奔揚州淮南節度使楊行密，授聘爲淮南節度使的掌書記。天復二年（902）吳國建立，楊行密封爲吳王，擢升殷文圭爲翰林學士。天祐二年（905）楊行密病亡，子楊渥繼王位，封文圭爲左千牛衛將軍。開平二年（908），行密弟楊隆演爲吳國稱帝。殷文圭在楊隆演任上即908～920年之間辭官致仕，後病歿故里。長子殷悦，原名殷崇義，生於安徽貴池馬鞍山，南唐保大十三年（955）

〔註6〕 《故鄉與家世》，《湯顯祖傳》（龔重謨、羅傳奇、周悦文著），江西人民出版社，1986年10月版。

中進士，爲南唐宰相，後隨其主歸宋，因避宋太祖諱改姓湯，官光祿卿；次子湯淨（殷崇禮）；孫湯允恭，宣和六年（1124）進士，官至兵部侍郎。

據湯錦程《中山湯氏源流‧巢湖世系》考證與《文昌湯氏宗譜》載，萬四公湯季珍爲吳縣（蘇州）溫坊人，唐懿宗年（860～874）以鴻詞博學科（科舉考試制科之一種），歷官豫章，娶豫章邵氏爲妻，生湯夔、湯升、湯德、湯復、湯英五子。公元874年唐僖宗即位，改元「乾符」，湯季珍任饒州（今江西鄱陽）知府。唐乾符四年（877）王仙芝遣義軍大將柳時璋攻江西撫州，唐僖宗恐撫州有失，搖動贛東，詔令湯季珍爲撫州路宣慰使赴撫州督鍾傳部擊敗柳時璋，撫州之圍得解。唐乾符五年（878）3月黃剿率義軍進攻福州，湯季珍奉旨入閩堅守抵抗，不幸福州城失陷，死戰殉國。唐僖宗賜湯季珍爲「公」，諡曰：「忠勇」，並應撫郡軍民所請，敕葬湯季珍於撫州飛雁投湖山（今臨川上頓渡）湯（溫）坊。宋丞相王安石（1021～1086）有詩盛讚：「忠貞貫日，義勇參天。英氣不滅，啓祐後賢。」〔註7〕

比照殷文圭與湯萬四在世的生活時間，湯萬四比殷文圭取得功名早二三十年。乾符五年（878）湯萬四沙場殉職，殷文圭還是新科進士。天復二年（902）殷文圭升爲翰林學士，湯萬四已是死後第四年。可見湯萬四比殷文圭年齡大，不可能是殷文圭的後裔。湯文圭之子湯悅是南唐太保十三年（955）進士，孫湯允恭是宣和六年（1124）進士，比湯萬四生活的年代就更晚。由此可見，撫臨文昌湯氏非殷文圭後裔，是湯萬四後裔，肇自蘇州溫坊，屬中山郡，而非安徽貴池。殷文圭與湯萬四只是同姓而非同宗。他們的遠祖甚至連姓都不同。

撫州籍學者，中國文物學會會館專業委員會會長湯錦程先生對湯姓源流研究後撰文說：「湯氏與湯姓是有區分的，湯姓是萬姓之源，他分演出了千百個氏，如：商、殷、宋、薄、杜、范、劉、唐等氏；而湯氏則是後來氏，是由御姓、樂姓、楊姓、陽姓、溫姓、唐姓、殷姓、蕩姓等40餘個姓氏演變過來的，所以湯氏是多元的起源，並不是共祖。」〔註8〕殷文圭本姓殷，是其子殷悅隨亡國之君李煜投降宋朝後，爲避太祖趙匡胤之父宣祖名弘殷，自殷悅開始才將「殷」姓改爲湯；而湯季珍則本姓湯，是因避唐高宗廟號，詔改湯

〔註7〕轉引於永旗、李劍軍《秋江雁影臨川夢，游子歸字費哲旋——湯顯祖家族南遷客家始祖有關資料的解讀、釐訂和蠡測》，《池州師專學報》，2004年第2期。

〔註8〕湯錦程《關於〈湯氏宗譜〉的尋根編纂問題》，《中華湯姓源流》，中國文聯出版社，2006年10月。

爲「溫」，因而史又稱其爲「溫季珍」。他是蘇州溫坊人，到敕葬之地在臨川上頓渡的飛雁投湖山也叫溫坊。湯顯祖在《吉永豐家族文錄序》一文中，對家世源流其實也並不清楚。他在文章開頭他就交待了是「蓋予祖茂昭公言」即聽他老祖父所說。正因此原因，萬曆十九年（1591）湯顯祖在受貶赴徐聞，經過陽江境內，遇到曾有過交往的湯瑞案。當湯瑞案提到與湯顯祖聯宗事，顯祖還是很謹愼，「未有以應，第曰：『元季譜諜散亡』，予祖文德友信公父子耳。」故我將湯文德尊爲開基文昌的始祖，算有了根據。

族居在臨川縣雲山鄉高橋圳上湯家的湯顯祖後裔湯甲雲、湯亮雲珍藏《文昌湯氏宗譜》兩部，我檢閱了保存完整的清光緒三十二年（1606）續修《文昌湯氏宗譜》。該譜所載臨川湯氏遠祖之源，是從湯萬四前九代開始：一世：三十七公（中山湯氏後裔）；二世：三公；三世：念八公；四世：適十五公；五世：靖大四公；六世：恕小四公；七世：細二公；八世：伯一公；九世：少一公，十世：萬四公（即宣慰公，臨川湯氏始祖）。自萬四公始，繁衍至今，世系分明，源流清晰。而殷文圭、子湯悅，孫湯允恭未入世系，譜無其名。

宣慰公，名季珍，行萬四，生子有五：明一、明二、明三、明六、明九。唐亡後，他的五個兒子都遷來撫州。長子明一公定居撫州南門；次子明二公定居 43 都；三子明三公湯德，欽賜進士，官居雍州（湖北襄陽）文林郎；四子明六公定居汝水城東文昌里；五子明九公守祖墳，定居臨川溫坊，即今臨川區溫泉戲鄉榆坊湯家。湯復之子湯文景（千四公），五代時遷居臨川雲嶺湯家寨，即今湯顯祖後裔族居之地——雲山圳上湯家村。湯顯祖爲萬四公湯季珍第四子明六公後裔，湯季珍第 23 世裔孫。萬四公生千四（即明六公湯復）；千四生伯五；伯五生春三；春三生廣一；廣一生念四；念四生廷二；廷二生亨公；亨公生書思；書思生日薰；日薰生宗悅；宗悅生志和；志和生必正；必正生日明；日明生文德；文德（臨川文昌里開基，建酉塘莊）。文德生友信；友信生峻明（子高）；峻明生廷用；廷用生戀昭；戀昭生尙賢；尙賢生顯祖、儒祖、奉祖、會祖、良祖和寅祖兄弟六個。1982 年 2 月我訪過臨川縣（今爲臨川區）雲山鄉圳上湯家，這裡是湯顯祖次兒子大耆、三子開遠繁衍後裔聚族而居之地，有 80 餘丁，均以農爲業。輩份最大是湯星魁，時年 80 多歲，爲湯顯祖第 11 世孫，最小的是湯志剛，時年 6 歲，爲湯顯祖第十四世孫。

臨川文昌湯氏根在何處？源出何方？隨著地方文獻的發現，各自爲據的說法也就多起來了。如 2004 年 10 月金溪縣文物工作者在左坊鎮善山湯家發

現湯國慶保存的《湯氏宗譜》，譜載唐武德七年（624）自號「隱叟」的殷正行所作的《殷氏重修譜序》，記載湯顯祖先祖從周朝初就居住在臨川小漿（今雲山、唱凱、李渡）一帶。這時還是殷姓，宋初避趙宋皇帝父諱而改姓湯，譜中的「宣慰公」爲殷崇禮（湯淨，殷文圭次子）。據此載，湯氏家族從中原遷徙臨川應提前近千年。

又廣昌縣文博工作者姚澄清先生根據本縣文物普查、重點文物田野考古調查及新發現的《廣昌平西湯氏家譜》中三種不同年代的《家乘》譜序記載，提出湯顯祖遠祖並非來自安徽貴池而是來自蘇州，時間爲唐末梁初（883～913）之間，開基於南豐，一世祖宣慰公於後晉居官臨川，十六世祖鐵郎公於元末明初（即永、宣之間）始遷廣昌縣白水寨（今赤水鎮）。甚至還認爲，湯顯祖並非生於臨川而是生於廣昌，是明嘉靖四十年（1561）避亂流寓臨川，後終老臨川。

撫州社科院於永旗與安徽貴池方志辦李劍軍合作撰文，極力認同湯顯祖遠祖貴池說，對湯顯祖《吉永豐家族文錄序》作了他們的解讀，並通過釐訂譜諜，認爲舊志和現代論著對湯翁有隱曲、誤讀和錯譯，認定湯顯祖南遷客家祖先遷撫州一世乃殷文圭的次子。殷文圭長子崇義，次子崇禮，三子崇範，崇義，就是自他改爲湯姓的湯悅；崇禮，就是湯淨；崇範，妾所生，仍殷姓。湯悅南唐保大十三年（955）登伍喬榜進士。湯淨與兄同榜。入宋爲撫州路宣慰使，綏和危仔昌保土安民，卒於官。夫人邵。並葬臨川塵漿市，實執建兩郡始遷之祖。〔註9〕

隨著新的資料發掘，見仁見智的說法還會出現。學術乃天下之公器，只要本著以史爲據，「百家爭鳴」的方針，不帶區域偏見的客觀負責態度，認眞釐清史料眞僞，讓臨川湯氏源流得出一種符合歷史事實，並爲「湯學」研究者們所普遍認同接受的說法是可以做到的。

（載《湯顯祖研究通訊》2011 年第 2 期）

〔註 9〕轉引於永旗、李劍軍《秋江雁影臨川夢，游子歸宇費哲旋——湯顯祖家族南遷客家始祖有關資料的解讀、釐訂和蠡測》，《池州師專學報》，2004 年第 2 期。

玉茗堂考

　　玉茗堂是湯顯祖萬曆二十六年（1598）從遂昌棄官歸家以後，新建用來寫作、會客、家宴和演戲的居所。這是我國戲劇史上富有紀念價值的一座文化遺址。湯顯祖生前曾以此堂名梓行他的詩文集《玉茗堂文集》。逝後，後學們在輯刊湯氏詩文和傳奇劇作時，都紛紛冠上這個堂名，如《玉茗堂集》（韓敬輯）、《玉茗堂集選》（沈際飛選）、《玉茗堂四夢》（臧懋循刻）、《玉茗堂四種傳奇》（清乾隆二十六年刻）等。湯顯祖也因此而被後人稱為「玉茗先生」。入清後的文壇，更有文人學士以玉茗堂作湯的象徵加以贊詠。如清初臨川進士、八股文大家李來泰作有「北地琅琊方狎主，頓開大雅獨斯堂」〔註1〕、康熙七年任撫州府學教授的南昌人丁宏誨作有「起衰八代有文章，海內爭推玉茗堂」〔註2〕，這些詩作都盛讚了湯顯祖戲曲與文學成就在明清文壇上的影響與地位。

　　玉茗堂雖然從明代一直聞名到今天，可令人遺憾的是，這座當年「鐘鼓何皇皇，賓從殊蟄蟄」〔註3〕的不平凡居所，早在清順治二年（1645）遭兵火之災，已名存實亡了。對於該堂的堂名由來，堂的建築時間、規模和興廢，不啻是中外「湯學」研究者們想瞭解的一件事情，也是作為湯顯祖故里的鄉

〔註1〕　李來泰詩《玉茗堂》，《臨川縣志·藝文》，清同治九年（1870）修，原藏臨川縣圖書館。

〔註2〕　丁宏誨詩《玉茗堂》，《臨川縣志·藝文》，清同治九年（1870）修，原臨川縣圖書館藏。丁宏誨，字景呂，號循庵，南昌人。康熙七年在臨川任撫州府學教授，十九年轉官河北獲鹿知縣至康熙二十三年，晚年歸南昌，貧甚，博學能文，尤工詩歌，著有《刪後集》、《景呂詩集》傳世。

〔註3〕　《生日詩戲劉君東》，《湯顯祖詩文集》卷17，上海古籍出版社1982年版。

民對家鄉這位世界級文化名人的故居情況也有所知情。鑒於此，筆者不揣譾陋，在搜集地方文獻基礎上，結合湯氏詩文試作考論。

一、玉茗堂的命名

玉茗堂以玉茗花而命名。玉茗花即白山茶，又名玉仙花。同治九年（1870）續修《臨川縣志》卷十七載：「在府署見山堂西宋雍熙（984～987）間，郡東院產白山茶一株，康定（1040～1041）間州守崔仁冀賦之名曰玉茗。」崔仁冀的《玉茗花賦》序云：「郡之東院有山茶一本，眾雲白華。覩前太守周申甫曾有詠聲，其奇未之甚信。及夫開也，宛若瓊華，方知周公詠言不虛，思而繼之仍目之為玉茗花。暇中述賦一篇，以示好事。」〔註4〕從而此花被稱為玉茗花。

臨川城玉茗花又是從何而來呢？《臨川縣志》載有宋黃庭堅（1045～1105）《白山茶賦》云：「此木產於臨川之崔嵬，是為麻源第三谷。」〔註5〕「麻源」之名在撫州地區有二：一是臨川溫泉鄉馬家莊；另是南城縣麻姑山鄉（今麻源水庫附近）。黃庭堅賦中所指玉茗花應該是臨川溫泉麻源第三谷的名花特產。宋代文學家曾鞏曾作有《臨川太守寄惠玉茗》詩，詩後自註：「初惟此花與揚川后土廟瓊花天下一株。近年瓊花可接，遂散漫，而此花為獨出也。」〔註6〕到南宋淳熙（1174～1189）年間，州守趙熠自東園移根到府署西見山堂，並建玉茗亭。南宋景定（1260～1265）郡守家坤翁作《玉茗亭記》中還提到寶應寺（遺址在今科協院內）還有此花，是從宋時東院分枝。到明代嘉靖十一年（1532）寺毀鐘移，花才枯萎。從地方文獻記載中，我們知道了臨川玉茗花在宋雍熙年間就有，來自臨川溫泉麻源第三谷，到明嘉靖十一年保應寺寺毀鐘移花枯死。也就是說，在湯顯祖出生前，玉茗花已在臨川絕跡。

由於玉茗花為無二本的天下奇花，宋代文人雅士讚它「純白得天眞」、「格韻高絕」、「為大人行，不與桃李爭春風」、「眾醉獨醒」、「有挺生於下土，獨宣素於春風」、「成潔介之性」。湯顯祖以此花命堂名，是以花的品格自喻，表示要像玉茗花那樣孤貞介潔，格韻高絕。他的一生，不隨時俗，不諛權貴，錚錚鐵骨，猶如玉茗之魂；二是「興寄高遠」，以楚人屈原為胸中的偶像。黃庭堅《白山茶賦》序云：「姨母文成君作白山茶賦，興寄高遠，蓋以自況，類楚人之桔頌，

〔註4〕見《臨川縣志‧藝文》，清同治九年（1870）修，原臨川縣圖書館藏。

〔註5〕見《臨川縣志‧藝文》，清同治九年（1870）修，原臨川縣圖書館藏。

〔註6〕見《臨川縣志‧藝文》，清同治九年（1870）修，原臨川縣圖書館藏。

感之而後作白山茶賦。」青年時的湯顯祖，躊躇滿志，立志要在政界大顯身手幹一翻事業後再退隱。出仕後，飽受仕途挫折，看清了官場的污穢，不願與明代統治者同流合污，未酬壯志便掛冠歸里，表現「類楚人桔頌」的高潔情操。

「玉茗」一詞，湯顯祖最早提到它是《紫釵記》題詞中「標題玉茗新詞」一句。該劇作於萬曆二十三年（1595），此時玉茗堂尚未建，有可能是指文昌里故宅的書齋。也就是說，這時他家書齋可能已用玉茗花來命名。其實臨川早在宋代就有人將寓所名爲玉茗堂的。《臨川縣志》載宋人史繩祖詩，其序云：「郡侯家編修，約余飲玉茗堂。余舊見南豐石湖詩意，其爲白山茶也。今觀其古樹奇花非山茶也。郡乘以爲天下止此一株，他皆接本於此，如揚之瓊花，因成二絕呈編修。」其絕一云：

　　　素豔絕如薝蔔朵，清芬渾是荔枝香；
　　　奇葩與立新名字，華篇高標玉茗堂。〔註7〕

史繩祖是四川眉山人，時任江西提舉（主管專門事務的官），他所提的玉茗堂是當時「郡侯」家的玉茗堂。「郡侯」在此是指一郡之主的知府。玉茗花既是高潔的天下惟此一本的奇花，在宋代且有那麼多文人雅士題詩贊詠，此時的撫州知府已用來作寓所名，不違情理。然而這一玉茗堂之所以沒有聞名，是因堂主官位雖不在湯顯祖之下，但沒有湯顯祖那樣的才名，所以也就不能像湯家玉茗堂那樣堂以湯相依，湯以堂得名而共同聞名於後世罷了。

二、玉茗堂的建築時間

湯顯祖故宅本在城東文昌里，爲今撫州市解放橋東湯家山（又稱靈芝山）山下的江邊。那時他家在城內唐公廟左（今市區若土路紅衛旅社對面）就建有湯氏家塾。湯顯祖幼年就在這家塾裏啓蒙讀書。隆慶六年（1572）除夕，文昌里故宅遭火災，造成住房緊張，過著「十載居無常」日子，不得不考慮另建不與鄰相連，獨門獨戶園林式的居所。湯有詩「瘴嶺夜珠回合浦，臨川小築寄香楠」〔註8〕，該詩作於萬曆二十年（1592），說明在此以前，湯家已在香楠峰下（今實驗小學附近），其家塾旁就建築了小室，以解決住房不足的困難。到萬曆

〔註7〕《臨川縣志·藝文》，宋史繩祖《玉茗花二絕·有序》，清同治九年（1870）修，原臨川縣圖書館藏。
〔註8〕《嶺外初歸，讀王恒叔點蒼山寄示五嶽遊，欣然成韻》，《湯顯祖詩文集》卷12。

二十六年（1598）春三月，湯顯祖從遂昌棄官歸家以後，「廢里千金買宅虛」〔註9〕，在「小築」附近，買了金溪友人高應芳的廢宅，連成一片，擴建成新的居所，實現建園林式寓所的藍圖。因這一新居附近有一水井，名叫沙井（今尚存），故又稱「沙井新居」。它包括玉茗堂與金柅閣兩部分，湯顯祖當年修建的主要是以玉茗堂為中心的一些建築。包括「省蘭堂」、「寒光堂」、「清遠樓」、「芙蓉館」、「四夢臺」等，佔地共 1000 多平方。從三月動工到「七月廿日移宅沙井」，僅四個月的時間，憑當時的建築生產力，不可能在這麼短的時間內，將這些建築全部落成，有的可能是在湯顯祖去世後，三兒開遠、四兒開先的續建。「寒光堂」楹聯由湯顯祖自作，「芙蓉館」在他生前就接待過新城鄧遠遊的來訪，「四夢臺」是「自掐檀痕教小伶」進行戲曲活動必不可少的場所。可以肯定，以上這幾座建築與玉茗堂均在湯氏生前已初具規模。「四夢臺」是以四夢傳奇劇本而起名。要建「四夢臺」，必先有「四夢」本，而「四夢」中最後一夢《邯鄲記》完成於萬曆二十九年（1601），以此論推，「四夢臺」最早落成不可能早於這一年。很可能玉茗堂落成就有了「自掐檀板教小伶」小舞臺，只是到「四夢」劇作全部完成後再冠以「四夢臺」之名。

從以上可以看出，湯顯祖沙井新居從萬曆二十年以前就開始築建，到萬曆二十九年規模初具，斷斷續續，歷時十年。這是因為，湯自棄官歸家以後，經濟條件也日趨貧困，有時還受朋友的接濟，在築建沙井新居中，逐漸更買廢宅擴建，一直拖到萬曆二十九年才基本完成，這符合湯顯祖當時的經濟狀況實際。

三、玉茗堂的規模

玉茗堂的規模在當時是很可觀的。據光緒三十二年（1906）重修《文昌湯氏宗譜》載玉茗堂地基云：「北後東址堯牆，至西址湯鄧共牆五丈九尺；南到前東址堯牆，至西址湯鄧共牆六丈五尺；北至南公路十四丈，連門首塘一口；塘西金柅閣地基，靠陣牆北，直至鄭橫牆五丈五尺；東址公路，至西址陳牆十一；中橫東址公路，靠鄭橫牆牽至陳牆十一丈；南上東路井下，至西李牆五丈五尺；東邊公路北，至南井下二十丈零五尺，西邊靠李鄭兩姓牆角，北至南十四丈五尺。」佔地約 3000 多平方米。據《臨川縣志》縣治圖所標玉茗堂位置：其四周接鄰的有紫府觀（今地區印刷廠後門）；沙井巷（原地區輕化局後有一巷，因旁

─────────────────────────

〔註 9〕 《新買公南高同卿比舍，卿病廢臥久，追念昔時歌酒法焉》，《湯顯祖詩文集》
卷 14。

有沙井一口而得名);攏子巷(今一商場後,已廢);大臣巷(今五一榮市場旁)。也就是東從沙井西到現在新華書店,南從地區印刷廠前半部,北到五皇殿這一大片地方,佔地約 3000 多平方米。玉茗堂是家居生活部分,佔地 1000 多平方米;《宗譜》所載金柅閣地基實是金柅園的地基,佔地約 2000 來平方米。金柅閣只是金柅園上一座建築,用於遊園時歇息,不是居所。由於玉茗堂是沙井新居的中心建築,且湯顯祖用來作他的文集名,隨著湯氏文章品節的揚名,玉茗堂實際代表了整個沙井新居。390 多年過去,至今的臨川人,只知這裡是湯顯祖的玉茗堂,而不知這裡爲湯顯祖的沙井新居。

至於沙井新居整體規模,《文昌湯氏宗譜》載康熙五十二年(1713)湯顯祖後人寫的《撫郡湯氏廨宇規模記》云:從唐公廟湯氏家塾算起,側有金柅閣,沙井巷後有玉茗堂,堂左是省蘭堂,右是寒光堂,堂後是清遠樓,堂前是芙蓉館,堂東是四夢臺。這些建築的堂內都書掛體現主人意志願望的楹聯,如湯氏家塾書的是:「光陰貴似金,莫作尋堂燕坐;天地平如水,相看咫尺龍門。」金柅閣書的是:「一鉤廉幕紅塵遠;半榻琴書白晝長」。玉茗堂書聯由崇禎進士湯顯祖門生陳大士(際泰)所寫:「古今三大業;天地一高人。」吉水狀元劉同升(湯的未過門女婿)也有書聯云:「門滿三千徒,四海斗山玉茗;家傳六七作,萬年堂構金湯。」省蘭堂楹聯由南州司徒太虛李公所書:「門牆日月高難並;哀鋮春秋贊莫能」;寒光堂楹聯爲湯顯祖自書:「身心外別無道理,靜中最好尋思;天地間都是文章,妙處還須自得。」玉茗堂後有清遠樓,湯顯祖晚年自署清遠道人大概由此樓而命名。芙蓉館(因爲它位於堂西,又叫芙蓉西館),館前有石牌坊,上寫「毓靄澄華館」;四夢臺兩側書聯是:「千古爲忠爲孝,爲廉爲節,倘泥眞,直等癡人說夢;一時或快或悲,或合或離,若認假,猶如啞子觀場。」我同意有的研究者的看法,上述玉茗堂規模,不是湯顯祖在生前玉茗堂落成時的規模,有些是三兒開遠、四兒開先爲官後出貲在原有基礎上的擴建。然而當初的玉茗堂也決不是如《列朝詩集小傳》說的「雞樹豕圈,接迹庭戶」的陋室。因爲萬曆四十年(1612)十一月,新城(今黎川)好友鄧遠遊(順天巡撫)來訪湯顯祖,湯留住他家芙蓉西館長達半年,可見這時的住房不隘,不然就不可能留客長住,客人也不便作久住長客。

玉茗堂不僅規模大,而且風景優美。湯顯祖有詩云:「沙井闌頭初卜居,穿池散花引紅魚,春風入門好楊柳,夜月出水新芙蕖。」〔註10〕可見玉茗堂

〔註10〕 《寄嘉興馬樂二丈兼懷陸五臺太宰》,《湯顯祖詩文集》卷14。

前有個池塘（解放後尚存，今廢），名叫藕池，池塘裏還種了荷花，養了金絲紅鯉魚，藕池旁邊還栽了柳樹。可以說，其園林格局已初具。

四、玉茗堂的興廢

玉茗堂沒有「大夫第」的氣派雍容，也不比居士草廬那樣寧靜寂寞。但這座經常「樂坐賓筵」不平常的居所，湯顯祖在這裏起居、交遊、寫作和從事戲曲活動，度過了他生命最後的整整 17 年。到清順治乙酉年（1645），清兵攻克江西，「是秋，永寧王自閩率峒寇萬餘人據撫州。大兵（指清兵）圍之三月始克，民居焚毀。」〔註11〕近城幾十里外都被擄掠，湯家玉茗堂和橋東祖居，均在這次被毀。到康熙丁未年（1667），學憲李公猶，將殘存玉茗堂門樓，寫上「名家故址」。此後，玉茗堂的地基被他姓所佔。直到湯顯祖同父異母兄弟寅祖之孫湯秀琦（1625～1699），在康熙三十二年（1693）得知沙井巷的「玉茗堂」舊址被他人傾佔，湯秀琦內聯撫州通判陸輅，外依工部尚書湯斌（當時已逝）餘威，終奪回了祖產。康熙二十三年（1684），陸輅來撫州任通判，他久仰湯顯祖文章品節，平時志趣也和湯頗為相近。抵任以後，與湯的侄孫湯秀琦結交論文，陸輅從秀琦處瞭解到很多湯顯祖的逸聞軼事。當陸輅問到玉茗堂故居在何處時，湯秀琦流著眼淚傷心地說：「栗里荒煙，豈可復問乎！」陸輅驅車前去玉茗堂遺址瞻仰，只見已是廢墟一片。陸輅想在原玉茗堂地基上建一祠，以恢復玉茗堂舊日規模。後因公事，沒有及時著手。到康熙三十二年（1693）夏，陸輅生病，宦情冷薄，思想上產有像湯顯祖那樣隱退的念頭，他感到如果不為湯氏恢復玉茗堂舊址，就談不上真的學習顯祖的品節，於是他就找到所屬六縣縣令進行捐貲。這些縣令出於對湯顯祖才名的景仰，大都很樂於資助。資金落實了，很快就在康熙三十三年（1694）在玉茗堂原址上建了一個家祠，稱作「玉茗堂祠」，並立了碑。該年秋，新堂落成時，陸輅作《鼎建湯若士先生玉茗堂祠記》，新堂上有書聯：「金柅再毓華，望秋水百川，畫圖不改王摩詰；玉茗留清遠，聽春風一曲，樓頭時見韋蘇州」。督學王公在上加一橫批：「文章品節。」更有意義的是，當落成那一天，陸輅大宴郡僚文人，並請來昆班藝人在玉茗堂演出《牡丹亭》，連續二日。清代大文學家王士禎聞事作詩道：

〔註11〕 《臨川縣志‧武事》，清同治九年（1870）修，原藏臨川縣圖書館。

落花如夢草如茵，弔古臨川正暮春。

玉茗又聞風景地，丹育長憶綺羅人。

望城回棹三生石，迦葉聞箏累劫身。

酒罷江亭帆已遠，歌聲猶繞畫梁塵。

陸輅重修的當然僅僅是沙井新居中的中心建築玉茗堂，而不是整個沙井新居。新堂也不僅僅是舊堂的再現，很可能超過了舊堂規模。但這新堂又是何年被毀？略訪本地一些老人，都說毀於火，具體年月和因何遭火，目前尚無資料，故不敢妄加杜撰。到 1949 年撫州城解放，玉茗堂故址上只剩下一塊高大的「湯家玉茗堂碑」，坐落於今市廣播站鹵榮門市部附近。立碑的時間是同治十二年（1873），可見新堂早在 1873 年以前就毀了。如果原玉茗堂是在萬曆二十六年（1598）落成，那麼，立碑時間與原玉茗堂落成時間相距 275 年，距陸輅捐資所建新堂落成也是 180 年。立碑人自署「西蜀居士」，與湯顯祖不沾親帶故，只是由於湯顯祖的《牡丹亭》聞名天下，劇中杜麗娘爲西蜀杜甫後裔，他有意與劇中人物杜麗娘認個同鄉。此故事說明湯顯祖文章品節對後世影響之深遠，《牡丹亭》一劇在晚清仍深受人們的歡迎，並產生精神力量。

五、玉茗堂的今天與明天

解放初，玉茗堂遺址一片瓦礫，雜草叢生。正如清代文人李傳熊和秦瀛所詠歎：「遺迹指點存居民」，「往事難尋玉茗堂」。1954 年，時任江西省文化局長的著名戲劇家石淩鶴，出於對湯顯祖文章品節的敬仰，挖掘民族文化遺產的苦心，專程到撫探訪湯顯祖墓塋與玉茗堂遺址。市政府對遺址圈定了地方，並修築了圍牆，準備修復。此後，國家領導人董必武，國家文化界領導人田漢、夏衍和中國藝術研究院戲劇史研究專家黃芝岡，著名畫家、音樂教育家豐子愷等先後都來到撫州憑弔湯墓，察看玉茗堂遺址。修復玉茗堂的工作很久成爲撫州群眾的願望，但由於種種原因，撫州市政府遲遲不見具體操作。到大躍進年代，玉茗堂遺址上豎起兩層樓的建築，但不是玉茗堂重現，只是一幢與玉茗堂沒有任何聯繫的圖書館。十年浩劫，逝去 350 多年的湯顯祖也被揪出來批倒批臭，就連那塊「湯家玉茗堂」碑，也被視作「四舊」而破除，至今下落不明。到 70 年代後期，那幢圖書館樓房成了危房被拆除，玉茗堂遺址已是空空如也，不存任何一點可作紀念的遺物。

三中全會，春風化雨，撥亂反正。民族文化得以弘揚，歷史文化名人受

到景仰。1982 年 10 月 22 日，國家文化部、中國戲劇家協會、江西省文化廳、中國戲劇家協會江西分會在湯顯祖故里，共同主辦了紀念湯顯祖逝世 366 週年活動。來自全國各地的研究家、學者、文藝工作者和各界人事共 1500 多人出席了紀念大會。活動內容有掃祭湯顯祖陵墓、舉行湯顯祖學術討論會，舉辦湯顯祖的生平著作展覽，演出了經過整理改編的「臨川四夢」和新編的湯顯祖歷史故事劇等。爲迎接這次紀念活動的召開，撫州地方政府撥款百萬在玉茗堂遺址上修建了「玉茗堂影劇院」。該影劇院由前廳、觀眾廳、放映廳、舞臺和湯顯祖紀念館等部分組成。建築面積 3600 平方米，觀眾廳座位 1500 個。影劇院樓高四層，前廳高占兩層，三樓正中大廳爲電影放映廳，四樓爲「湯顯祖紀念館」。湯顯祖生平事迹與著作在此分「少善屬文」、「忤相落第」、「宦海沉浮」、「歸里寫戲」和「玉茗流芳」五個部分進行陳列展出。

時到改革開放後的 1992 年，中共撫州地委、行署爲發揮「才子之鄉」的優勢，打造「湯顯祖文化」這一世界級文化品牌，帶動撫州經濟和文化的發展，投資 2000 餘萬元，在距城區兩公里的郆家山闢地 190 畝，修建湯顯祖文化中心暨湯顯祖紀念館。中心與紀念館由四夢村、娛樂園、別墅區組成，集文化、休閒、娛樂、教育爲一體。既爲當地市民提供了一個好的休閒環境，同時也成爲外地遊客瞭解臨川文化的重要窗口。該工程由南京園林設計院設計師設計，建有牡丹亭、梅花庵觀、麗娘墓、勝業坊、瑤臺、黃粱飯館、聽泉茶社、鼇龜、照壁、人工湖、竹林、土地廟、清遠樓、碑林、錢廊等景點。它巧妙藝術地再現了湯翁巨著中的意境情韻，讓遊客信步，恍如步入「臨川四夢」天地之中。現在中共撫州市委、市政府爲更好繼承與弘揚湯顯祖的戲曲遺產，打好湯顯祖這張一文化品牌，又在新城區選了新址，投資過億興建一座新的多功能的「湯顯祖藝術大劇院」。明日的臨川，正如田漢同志 1963 年重謁玉茗堂舊址，「聞將重建玉茗堂紀念湯若士」所欣喜賦詩：「煙波樓閣春如海，明日臨川更絕倫。」〔註12〕

（載 2006 年 8 月 22 日《撫州日報》與《湯顯祖研究通訊》2007 年第 1 期）

〔註12〕1963 年 1 月，田漢同志到贛南視察工作，在大庾憑弔了《牡丹亭》舊址，後重訪臨川，聞將重建玉茗堂紀念湯若士，賦詩云：「三百年前一義仍，敢拼肝腦向堅冰。徐聞謫後愁無限，庾嶺歸來筆有神。柳葉慣隨尋曲杖，梅花常伴讀書燈。煙波樓閣春如海，明日臨川更絕倫。」詩載《星火》1963 年 2 期。

湯顯祖和李贄未曾在臨川相會

　　李贄是明嘉靖、萬曆間「異端之尤」的思想家，是晚明富有戰鬥精神的反封建主義啓蒙運動的先驅。他反對禮教，抨擊道學，反對「咸以孔子之是非爲是非」，提出天理、人欲沒有區別，「穿衣吃飯，即是人倫物理」。在文學方面，重視小說、戲曲的地位，將《西廂記》和《水滸傳》稱作「古今至文」，與六經、《論語》、《孟子》並提。對文學創作，他反對復古摹擬，主張必須抒發己見。李贄的思想與文學主張對湯顯祖一生影響很大。湯顯祖有言：「見以可上人（達觀）之雄，聽以李百泉（李贄）之傑，尋其吐屬，如獲美劍。」〔註1〕湯顯祖在南京任禮部主事，得知李贄的《焚書》在湖北麻城出版，便寫信託蘇州朋友訪求。李贄被當局以「敢倡亂道，惑世誣民」治罪，並害死獄中，湯顯祖作詩哀悼。湯顯祖在「臨川四夢」所體現反傳統道德，抨擊封建禮教，揭露明代官場黑暗，更可看見李贄思想對其戲曲創作所產生的巨大影響。然而湯顯祖與李贄是否會過面一直是湯學研究者們所關心的一個問題。1962 年徐朔方先生在中華書局出版的《湯顯祖集》其《前言》談到李贄與湯顯祖的關係時只是說「和湯顯祖交往不密切」。

　　爲紀念湯顯祖逝世 366 週年，1982 年 11 月在湯顯祖故里——江西撫州市舉行了湯顯祖的學術研討會。我提交的《湯顯祖雜考》一文，披露如下資料和我的推斷：「同治九年修《臨川縣志》載李贄爲城東正覺寺寫的《醒泉銘》云：『萬曆己亥（即萬曆二十七年，公元 1599 年），余與湯西兒正覺寺後繫念，寺之伯用材上人邀余茶話，味甚奇。』湯顯祖於萬曆二十六年棄官歸家，此

〔註 1〕《答管東溟》，《湯顯祖詩文集》卷 44，上海古籍出版社 1982 年版。

時正居臨川。李贄既來臨川，一向尊崇李贄的湯顯祖，似不可不謀面；而湯氏文章品節早已馳名海內，李贄似亦不能不訪顯祖。且《銘》文所謂『湯西兒』係顯祖小兒名，然已於去年八月十九日夭亡，此『西兒』指誰？」該文在未開會前早幾個月就打印散發。徐先生爲了搶第一個提出湯顯祖與李贄在臨川相會的頭功，以顯其權威，1982 年 6 月由上海古籍出版社出版的《湯顯祖詩文集》的《前言》中，便改爲：「湯顯祖罷官的第二年，他和李贄曾在臨川相會。」從此許多研究者都以他這一說法爲依據加以引用。

首先，我要用徐先生自的說法來糾正徐先生所犯的文史常識錯誤。徐先生所說「湯顯祖罷官的第二年」指的是萬曆二十七年（1599），而這年湯顯祖從遂昌回到臨川不是被「罷官」是自棄官。用徐先生在《湯顯祖評傳》中話說：「湯顯祖在萬曆二十六年二三月間回到臨川。他既沒有辭職，也不是被罷免。他向吏部遞了一個告假單子，就管自回家了。」〔註2〕「他向吏部告了長假，管自回家，仍然保留著知縣的官銜，所以叫棄官。」〔註3〕而罷官就是免職，「湯顯祖棄官五年後正式免職。」〔註 4〕徐先生將「罷官」與「棄官」一鍋煮，煮得令人好糊塗。此後，徐先生在 1993 年出版的《湯顯祖評傳》中更斷言萬曆二十七年（1599）李贄來到臨川，說李贄「在爲正覺寺寫的《醒泉銘》中也提到對西兒的懷念」〔註5〕，「爲湯顯祖亡兒撰寫了正覺寺《醒泉銘》」〔註6〕。徐先生爲了說明李贄在正覺寺後「繫念」的「湯西兒」就是湯顯祖夭亡的年僅 8 歲的湯西兒，還搬出據說是已失傳的達觀致湯顯祖的長信中提到的「《悼西兒》名序」以和《醒泉銘》中的「湯西兒」相聯繫。然而正覺寺是否是李贄所寫？是否「爲湯顯祖亡兒撰寫？」下面我將《臨川縣志》所載的《醒泉銘》全文抄錄如下：

> 夫泉行地中而適得用於人間者，此未有不帶氣質者也。如苦泉、
> 酸泉、膻泉之類，第可灌園而已。如得用於人間世而氣質不能累其
> 天者，如中冷惠泉等。是萬曆己亥，余與湯西兒正覺寺後作繫念，
> 寺之伯用材上人邀余茶話，味甚奇。余曰：「此河水耶？井水耶？」
> 余雇朗生曰：此水似不帶氣質者，夫井泉而不帶氣質，尤所甚難，

〔註 2〕徐朔方著《湯顯祖評傳》，第 122 頁，南京大學出版社 1993 年版。
〔註 3〕徐朔方著《湯顯祖評傳》，第 176 頁。
〔註 4〕徐朔方著《湯顯祖評傳》，第 178 頁。
〔註 5〕徐朔方著《湯顯祖評傳》，第 167 頁。
〔註 6〕徐朔方著《湯顯祖評傳》，第 212 頁。

若中冷惠泉，一出於青山白雲，一出於岷江之心，其清奇固其分內
事也。如茲泉出近於城隍凡井風塵之間，吏人飲之，清奇醒然。醒
近覺，覺近悟，悟則心開，心開則我固有之性。水冷然而湧眼得之，
而明耳得之，而聰鼻得之，而嗅舌得之，而嘗身得之，而覺意得之，
而知又變而用之。耳可以聞聲，眼可以觀色，鼻與舌身與意皆可得
而互用焉。即此觀之，則醒泉之惠世溥矣。然終日汲而飲之，不知
其為醒，不知其為昏，則飲者，負泉多矣。故曰：泉昏則濁泉，醒
則清。予既得此泉清奇之味，又知鐵山之茶，始可配此泉。知而不
能銘，非仁也。銘曰：泉行地中，隱隱隆隆。大旱雲霓，惟泉是宗。
泉而清奇，不帶氣質。飲之夢醒，幽宵白日，人不得道。昏散擾之
醒除昏散。返我靈之，泉銘醒泉，其天本然。我願飲此，益知延年。

這裡說的是臨川城東正覺寺有口水味清奇的古井，此水泡上鐵山的茶葉，有
解夢之功效，讓人如夢初醒，大徹大悟，益壽延年，因此被稱作「醒泉」。就
文的內容看，「繫念」在這裡是指超度亡靈做佛事。李贄在正覺寺後為「湯西
兒」作「繫念」，「寺之伯用材上人」邀他茶話，品嘗了這醒泉泡的茶，從而
李對醒泉大加讚美，寫下了《醒泉銘》。並不是李贄「為湯顯祖亡兒撰寫了正
覺寺《醒泉銘》。」

查考李贄生平史料，特別是檢閱了林海權著《李贄年譜考略》〔註7〕，得
出了李贄從萬曆二十七年寓居在南京永慶寺，該年每月都有可考的活動蹤跡：

春，常融二僧自龍湖來訪。早春作詩《又觀梅》；春夏作《復晉
川翁書》；初夏作《書晉川翁壽卷後》；夏間，兩次會見意大利天主
教傳教士利瑪竇；秋七月，《藏書》六十八卷在南京付刻；秋冬間，
閒步清涼寺，瞻拜「既費又復立」的一拂清忠祠；從十月起，李贄
和焦竑、方時化、汪本鈳等五六個友人一起讀《易經》；秋冬之至，
接到梅澹然勸回龍湖的來信；冬十二月，河漕總督劉東升久其子用
相來信招李贄赴山東濟寧。李贄覆信說明無法離開的理由，並請劉
用相來南京蹄《易》以解鬱結。

由此可見，在萬曆二十七年李贄壓根兒就沒有離開過南京。而且此時的李贄
已是73歲的垂暮老人，臨川與南京雖同處長江南岸，但相距千里之遙，不是
一個古稀老人都能隨意的旅行。從上述資料來看，所謂「湯顯祖罷官的第二

〔註7〕林海權著《李贄年譜考略》，福建人民出版社2005年版。

年，他和李贄曾在臨川相會」誠爲子虛烏有。那臨川正覺寺的《醒泉銘》也只是假冒李贄之名的僞作。

筆者認爲，即使是萬曆二十七年李贄來到臨川，爲城東正覺寺寫了《醒泉銘》也不能斷言湯顯祖就與李贄會了面。因爲《醒泉銘》中所說的「繫念」是否就是湯顯祖夭亡的年僅 8 歲的「湯西兒」還是另一個同名同姓者？李贄若眞是爲湯顯祖已夭亡的 8 歲「西兒」作「繫念」那無非出於對湯顯祖文章品節的傾慕，但《銘》中卻沒有出現此「湯西兒」與湯顯祖有任何瓜葛的文字，無法認定此「西兒」就是湯顯祖的「西兒」而非彼家的「湯西兒」。我認爲，湯顯祖與李贄若眞是在臨川會見了，對他倆人都是人生交遊中的大事，特別是對湯顯祖來說，李贄是他心目中的所崇拜的一「傑」，不能兩人都沒有詩文記述。

湯顯祖與李贄只是神交，他倆始終沒有見過面，更沒有在湯顯祖棄官歸家的第二年而在臨川相會見。

（原載東華理工大學學報 2008 年（社會科學版）第 2 期，後有修改）

湯顯祖在肇慶遇見的傳教士不是利瑪竇

　　徐朔方教授早在 1961 年整理《湯顯祖詩文集》中，曾「懷疑」湯詩《端州逢西域兩生破佛立義，偶成二首》中「『二子西來』有一人是利瑪竇」。當他看到了《十六世紀的中國：利瑪竇紀行》和《明實錄》有關記載進行「互為印證」後，於 1979 年 12 月寫了《湯顯祖和利瑪竇》一文，發表在《文史》第十二輯（1981 年）。文章「推知」利瑪竇於萬曆十九年（1591）四月到十二月之間曾在韶州進謁了兩廣總督劉繼文。從而臆斷：「可以想見利瑪竇和特・彼得利斯神父（中文名石方西）一定曾在萬曆二十年（1592）春天回到肇慶，而這時正是湯顯祖取道肇慶北歸的時候。由此可見湯顯祖在肇慶遇見的兩位歐洲傳教士正是意大利神父利瑪竇和特・彼得利斯。」〔註1〕徐先生這篇考論不僅收進了他的湯顯祖研究專輯《論湯顯祖及其他》，並還納入到他的《湯顯祖評傳》作一個專節，可見他對這篇文章是多麼滿意與重視。筆者瀏覽了基督教進入中國的一些史料後，對徐先生此說不敢苟同，產生了湯顯祖所遇「西域二生」到底是誰的大疑問。

　　西方基督教對中國的傳入很早。早在唐代貞觀九年（635 年）和元朝至元三十一年（1294 年），曾在北京、泉州等地建立教堂。基督教三大教派分裂後，西班牙人沙勿略於 1552 年 8 月首次登上了廣東省臺山縣的上川島，企圖秘密駛入廣州，未能如願。在 12 月 3 日，因患瘧疾病，躺在一塊大石頭上死去。就在這年的 10 月 6 日，利瑪竇出生在意大利馬契拉塔城，9 歲（1561 年）進本城耶穌會學校，16 歲（1568 年）到羅馬學院學法律，19 歲（1571 年）開始學哲學、神學和數學天算。1577 年，25 歲的利瑪竇被派往印度天主教傳教

〔註1〕《湯顯祖和利瑪竇》，徐朔方《論湯顯祖及其他》，第 95 頁，上海古籍出版社 1983 年版。

團，次年9月到達印度果阿（當時屬於葡萄牙）。利瑪竇在印度和交趾支那傳教四年，並在此晉升爲神父。

自從1553年葡萄牙人進入並租居澳門之後，耶穌會士紛紛隨商船前來澳門傳播天主教。1555年7月20日耶穌會士是公匝勒斯和伯萊篤到達三年前沙勿略到過的上川島，8月到11月中旬從上川島移居澳門進行傳教。1578年至1579年，意大利人范禮安和羅明堅以天主教神父身份先後來到澳門，開始他的傳教生涯。1582年經兩廣總督陳瑞的批准，耶穌會士可以在肇慶建造教堂與住宅。8月，利瑪竇從印度果阿抵達澳門。1583年9月，利瑪竇等人從澳門取水道沿西江而上，進入了當時南方政治、經濟、文化中心的「兩廣總督府」所在地肇慶，在西江邊上建起了「仙花寺」教堂，成立了現代傳教所和聖母院。但好景不長，到1589年新任兩廣總督劉繼文爲占「仙花寺」作他的生祠，將利瑪竇趕出肇慶，迫使他們在8月15日昇天節那天遷往韶州。

1591年農曆閏三月，時任南京禮部主事的湯顯祖因上《論輔臣科臣疏》揭發時弊，觸犯了神宗。還好，神宗沒有將他一棍子打死，給了他一條生路，把他降職下放到廣東徐聞縣任典史。僅在徐聞「六月一息」的湯顯祖，神宗就爲他落實政策（那時叫「量移」），調他到浙江遂昌任知縣。1592年春，湯顯祖從徐聞取道端州（今肇慶）回臨川，在肇慶遇見兩個天主教徒來傳教，湯顯祖去會見了他們，並用詩記述他的所見：

> 畫屏天主絳紗籠，碧眼愁胡譯字通。
> 正似瑞龍看甲錯，香膏原在木心中。
> 二子西來迹已奇，黃金作使更何疑？
> 自言天竺原無佛，説與蓮花教主知。
>
> ——《端州逢西域兩生破佛立義，偶成二首》

「愁胡」不是指發愁的胡人。「胡」在這裏指「多鬚」。李商隱《驕兒》詩：「或謔張飛胡」意指張飛長著一副絡腮鬍。「愁胡」指西歐人滿嘴捲曲且長的鬍鬚。「碧眼愁胡譯字通」即湯顯祖所遇到的「西域兩生」外觀形象是藍眼睛，且蓄有滿嘴捲曲且長的鬍鬚通過翻譯（譯字）對來人進行「破佛立義（即破除佛教立天主教義）」的宣傳。徐先生認爲，這「西域兩生」「正是意大利神父利瑪竇和和特·彼得利斯（中文名石方西）」，「一定曾在萬曆二十年（1592）春天回到肇慶，而這時正是湯顯祖取道肇慶北歸的時候。」「此時歐洲神父由澳門進入內地肇慶長期居留很難得到明朝政府批准。兩廣總督和肇慶知府都

不願再讓第三個歐洲人入境。正式在廣東內地傳教的先是羅明堅和利瑪竇，羅明堅返回歐洲後由麥安東替補，麥安東去世由特・彼得利斯（中文名石方西）接充，人數保持不變。在此前後，澳門視察教務的司鐸曾增派馬丁內氏和費迪南多入境，但他倆都是華人。另外還有黑奴及印第安人若干名。他們和詩中所寫『碧眼愁胡』不合。」〔註2〕徐先生還認爲，湯顯祖和利瑪竇之所以能在肇慶巧遇是因爲「利瑪竇離開肇慶之後，曾因事由韶州返回肇慶，如他因夜間遇盜到肇慶處理訟案，又因腳踝扭傷經肇慶到澳門治療。此外當然也有《紀行》所未曾記錄的他在韶州──肇慶──澳門之間的短期旅行。」這些對「湯顯祖與利瑪竇在肇慶會晤已經充分得到證實」。〔註3〕

然而從筆者所看到的利瑪竇進入中國傳教文獻，「證實」的不是「湯顯祖與利瑪竇在肇慶會晤」，而是徐先生這一說法不符史實，不合情理，難以立足。

（一）利瑪竇於萬曆十年（1582）應召前往中國傳教，次年獲准入居廣東肇慶。他總結前輩沙勿略、范禮安等在中國傳教活動的經驗教訓，認識到要使中國人皈依天主，應使天主教本土化，即與中國傳統儒家學說相結合。從1583年9月10日利瑪竇與羅明堅抵達肇慶後，便削髮斷鬚，穿上僧袍，自稱「西僧」進行傳教活動。臺北輔仁大學校長兼天主總教羅光著的《利瑪竇傳》寫到這事的由來：「（1582年）12月18日巴範濟神父和羅明堅神父乘船前往肇慶……羅明堅神父去肇慶拜制臺比較順利，他送給制臺一座鐵製自鳴鐘，幾具沙漏計和若干眼鏡，然後委婉地提出想在中國學習，制臺也似乎願意讓他們留下。制臺的主簿對他們很客氣，所以準備讓利瑪竇攜一件禮物給主簿祝壽，借機來到肇慶。羅明堅和巴範濟還接受廣州都司的意見，爲了在中國獲得社會地位，把自己的頭和臉剃得精光，穿上袈裟同化成中國僧侶。」〔註4〕由此可見，如果1592年春湯顯祖在肇慶所遇的傳教士眞是利瑪竇和石方西，那這時他倆應是僧侶打扮，不留鬚髮，雖有「碧眼」但無「愁胡」；既有「愁胡」，就不是那時的利瑪竇的眞實面目，就不能妄加肯定是利瑪竇。因爲利瑪竇不能因湯顯祖的出現突然長出「愁胡」來。徐先生對這一時期的傳教士應「削髮斷鬚」這一史實是清楚的，但他爲了他的臆斷能夠成立，故意

〔註2〕《湯顯祖和利瑪竇》，徐朔方《論湯顯祖久其它》，第95～96頁上海古籍出版社1983年版。

〔註3〕同前註。

〔註4〕羅光著《利瑪竇傳》第二章，臺灣學生書局1983年版。

隱去具體時間，用「利瑪竇入境多年之後改穿這種寬袍大袖的儒裝，並得到上級教會允許留長鬍髮」〔註5〕相忽悠。讓人們產生了錯覺，以為這時利瑪竇「留長鬍髮」是「得到上級教會允許」。然而利瑪竇「改穿這種寬袍大袖的儒裝，並得到上級教會允許留長鬍髮」那是 1594 年下半年以後的事。史實是：1592 年初春，利瑪竇應瞿太素邀請前往南雄，瞿氏即力勸利氏蓄鬚留髮，且脫去僧服改穿儒服。本年 10 月 24 日～1594 年 11 月 15 日，范禮安神父第四次巡視澳門期間，范約利瑪竇去澳門商量傳教團的一些重大問題。利在與范見面時，「利瑪竇告訴范，有必要放棄僧侶打扮而改用文人裝束。……利瑪竇說，現在他們應該蓄起鬍髮，在會見文士官僚人等時應著合適的服裝，……范禮安對上述建議一一首肯，並答應親自向總管和教皇提出。於是，從 1594 年下半年開始，利瑪竇蓄起鬍鬚，1595 年 5 月第一次身穿儒服長鬚長髮出場。同時神父們開始行文人禮，並以『道人』自稱。」〔註6〕羅光著的《利瑪竇傳》也寫到此事：「1592 年 11 月 12 日或 13 日，范禮安神父從日本乘船抵達澳門，利瑪竇立即前往，兩人相見終成訣別。這次會見作出了兩項重大決定，.范禮安認為在華直接傳播天主教遲遲不得進展是因為對中國瞭解太少，他要求利

〔註5〕 《湯顯祖和利瑪竇》，徐朔方《論湯顯祖久其它》第 96 頁上海古籍出版社 1983 年版。

〔註6〕 馬愛德《范禮安──耶穌會赴華工作的決策人》：「也就在范禮安第四次巡視時，利瑪竇告訴范，有必要放棄僧侶打扮而改用文人裝束。因為從 1583 年 10 月起，他們就削髮並穿上僧袍。利瑪竇說，現在他們應該蓄起鬍髮，在會見文士官僚人等時應著合適的服裝，今後還應考慮遷往另一個空氣更好的省份去，這樣就會有第二個住處的便利條件。范禮安對上述建議一一首肯，並答應親自向總管和教皇提出。於是，從 1594 年下半年開始，利瑪竇蓄起鬍鬚，1595 年 5 月第一次身穿儒服長鬚長髮出場。同時神父們開始行文人禮，並以『道人』自稱。」轉引自澳門《文化雜誌》1999 年 4 期第 51 頁。

又〔美〕史景遷《利瑪竇的記憶之宮》（陳恒、梅義徵譯）第 156 至 158 頁：「利瑪竇明顯地察覺到這些印度基督徒在儀式及服飾方面發生了令人滿意的徹底變化。1580 年 1 月 18 日，利瑪竇寫信給他科英布拉的神學老師埃馬努埃萊‧德戈埃斯，信中陳述了這位老師可能很感興趣的一些內容：『如今，他們的服飾已開始模仿葡萄牙神父（並剃掉了鬍鬚），彌撒時穿的祭服也和我們如出一轍……』就在寫下這段文字後不到四年，利瑪竇自卻已經剃掉了頭髮與鬍子，身披佛僧的僧袍，坐在了華南地區的肇慶城。……到了 1595 年夏天，利瑪竇作出了最後的決斷。他給澳門的朋友愛得華多‧德桑德寫信說：『我們蓄起了鬍子，頭髮也已經留到齊耳長。與此同時，我們也穿上了文人墨客們參加社交聚會時的裝束（與我們原來穿的僧服截然不同）。我第一次出外遠足了，留著大鬍子，身著達官貴人們出遊時經常穿的長袍……』」上海遠東出版社 2005 年出版。

瑪竇繼續研習中文。利瑪竇認爲他被擋在中國社會之外的另一個重要原因是他與和尚之間的那種純粹是表面上的親緣關係。因爲傳教士們也要剃鬚剃髮，過獨身生活，有廟宇，在規定的時間念經。所以利瑪竇建議蓄鬚留髮，以免人們把他們看成僧人。但范禮安未敢當即就作出這一決定，直到 1594 年 7 月才正式通知利瑪竇表示同意。」〔註 7〕也就是說，從 1583 年 9 月至 1594 年 7 月這段時間，利瑪竇都是削去「愁胡」，穿上僧袍的「西僧」。從 1594 年 7 月後利瑪竇才開始「蓄髮留鬚」，1595 年 5 月恢復了他的「愁胡」面目，並脫去了僧袍，改穿儒服去拜見中國官員。這年，他根據瞿太素的建議，從韶州北上，5 月中旬到了江西吉安，在這裡拜訪了舊識曲江知縣龍應瑞。他是吉水人，爲嫁女來到家中。利瑪竇選擇在陌生地江西改頭換面，是爲不讓已習慣其僧服裝扮的廣東人士感到突然，因在明代不同身份的人規定了不同的穿著打扮，一般民眾不得冒穿儒生的襴衫和方巾，不然便會被治罪。利瑪竇與龍應瑞早已相識且關係不錯，估計即使不妥，亦不至於遭受苛責。結果，龍很高興地接待他，並免他行跪拜禮。

（二）在利瑪竇到達澳門之前，耶穌會士就已試圖到中國內地傳教，但遭到拒絕，理由是他們不會說中國話。1575 年，耶穌會士想把澳門一座佛寺裏的一個沙彌吸引信奉基督，由於不懂中國話，操之過急，差一點引起廣州民變。遠東傳教團視察員范禮安神父認爲要進入中國這個封閉的帝國傳教，首先要學會中文，不單要學會廣州話，而且要學會官話；不僅要會講，而且還要會讀、會寫。羅明堅神父接受了這一艱巨任務。他物色了利瑪竇，因爲利氏頗具語言天賦和數學才能。利瑪竇到達澳門就潛心學習漢語，並在范禮安指導下，饒有興味地瞭解中國的風土人情、國家制度和政權組織，爲進入中國做必要的準備。到了肇慶，他潛心研究中國的民情風俗，聘請當地有名望的學者介紹中國的情況，講解經書。1584 年 6、7 月，利瑪竇在一福建秀才的協助下，將羅明堅神父 1581 年用拉丁文寫成天主教理問答，整理、翻譯爲中文《新編西竺天主實錄》，迫使利瑪竇在漢語中找出最適合於表述基督教和西方思想的用語，促使了他中文水平的提高〔註 8〕。到 1592 年春湯顯祖經過

〔註 7〕羅光著《利瑪竇傳》第二章，臺灣學生書局 1983 年出版。
〔註 8〕羅光著《利瑪竇傳》第二章寫到利瑪竇的漢語水平說：「1584 年 6～7 月，利瑪竇在一福建秀才的協助下，審訂羅明堅神父初步編寫的教理問答，把它從白話文改成文言文。這一工作很艱辛，迫使利瑪竇在漢語中找出最適合於表

肇慶時，利瑪竇來中國已是 10 個年頭了。此時的他已是一個中國通，他習漢字，操流利華語，早已融入中國社會，進行傳教活動根本就不需「譯字」便「通」；要靠翻譯進行傳教只能是初入境不久的傳教士。

（三）1592 年的春節，利瑪竇應瞿太素邀請，出訪南雄，爲一位江西姓葛的商人作洗禮。〔註9〕

從韶州到南雄又從南雄回到韶州再到肇慶，那時的交通最方便也是水路，僅路上時間不會比湯顯祖從徐聞到肇慶所花時間少。而利瑪竇到南雄是傳教，並將 6 人接受了洗禮，還對一大批的人進行了考察，「列爲預備入教的一類」。僅這位新入教的葛姓商人在教團就住了一個月。可見，利瑪竇在南雄最少也待了一個月，當然遠不只是這些時間。而湯顯祖經過肇慶也正是在這一時間。我有理由說，當湯顯祖路過肇慶時，利瑪竇人還在南雄，不可能在肇慶相遇到。徐先生爲湯顯祖與利瑪竇在肇慶相遇所設想出來的諸多機會被這些無情事實所排除。

（四）湯顯祖經過肇慶時，利瑪竇等在肇慶建的歐式「仙花寺」教堂，早在一年半前就被新任總督劉繼文用 60 兩銀子強行買下（利瑪竇用了 600 兩銀子建成）作他的生祠，迫使利瑪竇遷移韶州。人走了，那神聖的「天主畫屏」必定隨人遷徙到韶州供奉，不可能留下在已屬於劉繼文的生祠裏。就算利瑪竇和石方西「曾因事由韶州返回肇慶」或是「在韶州——肇慶——澳門之間的短期旅行」也不可能將「天主畫屏」隨身背帶在身邊。

（五）發生在韶州的襲擊傳教士的個案有兩起：一起是 1591 年春節，因利瑪竇在教堂展出一幅聖母與耶穌聖約翰像讓人瞻仰，以「增加百姓的虔誠和信仰」，遭到住地附近人的不滿，晚上向教堂投擲石頭。因瞿太素親自出面把知府謝臺卿請到救堂，知府下令查辦此事，懲罰了首犯。韶州是府治所在地，這樣個案不必「到肇慶處理訟案」；另一起「夜間遇盜」，事發 1592 年 7 月初一個夜晚，20 多個手持火把、梭鏢、斧頭和繩索的人翻牆進入居留地，見人就打，見人就砍。利瑪竇從臥室跳牆而逃，由於窗子距地面有點高，所

述基督教和西方思想的用語。漢文化的博大精深使利瑪竇長年堅持學習漢語，以至後來他不僅能說一口流利的漢語，而且能用中文寫作，著書。這也成爲他能在中國立足的重要原因。」

〔註9〕〔意〕利瑪竇、〔比〕金尼閣著《利瑪竇中國札記》（何高濟、王遵仲、李申譯），第 184～185 頁，廣西師範大學出版社 2001 年出版。以下有引該書均爲同一版本。

以把腳崴了，只能吃力地爬到牆根呼救。居留地的一教徒爬上屋頂用瓦片砸襲擊者，襲擊者才逃跑，被斧頭砍傷的裴德立修士二個多月之後才勉強復原，利瑪竇到 9 月 1 日才能艱難行走。〔註10〕而湯顯祖路過肇慶時間是 1592 年春，此案還未發生。

　　（六）1591 年深秋，湯顯祖經韶州赴徐聞，特意到漕溪尋訪了禪宗六祖惠能大師弘揚「南禪禪法」的發源地——南華寺。這是受好友劉應秋之託，察看六祖惠能的衣缽是否還存在？並寫下《南華寺二首》觀遊詩。利瑪竇早在 1588 年就被兩廣總督劉繼文奪去「仙花寺」後被趕來南華寺，因不願與南華寺的僧侶住在一塊，便在韶州城西光孝寺前的西河岸邊蓋了新的教堂與居所。湯顯祖經過韶州，沒有跨進近在咫尺的利瑪竇的教堂門坎。因爲湯顯祖遊南華寺有《南華寺二首》，卻沒有遊天主教堂詩。徐先生辯解說：「湯顯祖在韶州的詩沒有提及教士，不等於他不知道或不曾去過當地的天主教聖堂和會所。」徐先生說「湯顯祖在韶州的詩沒有提及教士，不等於他不知道」這話我是贊成的。因爲湯顯祖本是個對佛、道都深有研究的宗教信徒，到這裡，不能不關心這座新蓋的「西域」人的教堂，也不能不知這裡有「西僧」利瑪竇。然而「不等於……不曾去過當地的天主教聖堂和會所」就說得有點想當然了。因爲若是去了「當地的天主教聖堂和會所」，此時利瑪竇和石方西正在這裡，必定要對湯進行「破佛立義」的天主教義宣傳。若是這次湯顯祖在韶州與利瑪竇見過了，那麼半年後在肇慶與利瑪竇應是重遇，湯在詩中必將與上次會見相聯繫，然而湯顯祖寫肇慶與兩天主教徒會見的詩的字裏行間表達的只是初次接觸西方天主教徒的新奇。

　　（七）利瑪竇在中國傳教期間，結交的朋友上至神宗皇帝，下至平民百姓，更多是士大夫階層名流。利瑪竇在日記和回憶錄中記載有名有姓的交友都有 100 多人。徐光啓、李之藻、王弘誨、沈一貫、李贄、焦竑、劉東升、鄒元標、王汝川等是利瑪竇著作中常出現的幾位王公大臣、社會名流。湯顯祖是晚明文壇巨子，政界的直節名臣，爲朝野所稱道，其社會知名度不在他們之下，正是利瑪竇最想結交的對象。若利瑪竇與湯顯祖眞的見面有過交往，利氏不能不留下有關湯顯祖的隻言片字。

　　以上七疑，說明湯顯祖 1592 年春在肇慶會見的「西域兩生」就是利瑪竇和特・彼得利斯神父（即石方西）不能令人信服。

〔註10〕《利瑪竇中國札記》第 186～187 頁。

　　那麼湯顯祖在肇慶所遇的「碧眼愁眉」的「西域兩生」有可能是誰呢？筆者認為，那時的廣東是海防前線，地方政府對進入廣東的外國人（包括傳教士在內）雖限制嚴格，但傳教士還是經常往來澳門與肇慶之間。利瑪竇自己都承認：「他（石方西）的入境既沒有提出申請，也沒有等待批准。他是在當局者每個人都很忙碌的時候到達的，沒有人阻止他的到來。」〔註11〕很有可能的是：在利瑪竇移居韶州後，澳門傳教團不願隨便放棄肇慶這塊基地，不時從澳門派出傳教士，到肇慶作短期的傳教活動。那時利瑪竇的傳教策略是適應中國的文化環境，結交學士名人，進貢「遠西奇器」的策略，但來華傳教士內部，有的人主張直接到廣場，到大街小巷宣講「福音」，「從高官大員開始而鄉下的愚夫愚婦，都應該勸他們信教」。湯顯祖在肇慶所遇到的「西域兩生」很有可能就是直接到廣場和大街小巷宣講「福音」的傳教士。後來我讀了羅光著的《利瑪竇傳》，證明我的推斷不謬。史實是：1589年8月15日，利瑪竇船離開肇慶，8月24日抵達南華寺，8月28到達韶州城，第二天，利瑪竇在韶州知州僚屬的陪同下選定靠近城西光孝寺前的西河江邊蓋教堂與居所。待總督劉繼文對此批覆後，利瑪竇及時寄送到澳門。「9月25日或26日，在澳門的范禮安神父接到報告之後，不僅給建設居留地撥了充足款項，而且從印度召來蘇如漢、羅如望兩名葡萄牙傳教士到澳門，要他們準備去內地傳教。」〔註12〕這就是說，湯顯祖第二年春在肇慶所遇見的「西域兩生」有可能就是從印度調來的蘇如漢和羅如望。他倆受范禮安神父派遣，像中國的遊方僧似的，背上「絳紗籠」罩的「天主畫屏」的神龕，在肇慶深入到大街小巷進行傳教活動。他倆因初入境內，沒有剃鬚斷髮，且中文沒有過關，還要靠翻譯幫他們講述教義，此時北歸的湯顯祖經肇慶與他們邂逅相遇。湯顯祖本無意接受天主教義，但因是順路經過，閒而無事，且出於對洋人和天主教的好奇，便去湊湊熱鬧，看了他們的傳教活動，聽他們宣講教義，並用詩記下這一見聞。從詩的內容也看不出他們作過親密交談。

　　徐先生在文章中還說：「利瑪竇進入中國的第一件事就是破除對佛教偶像的崇拜。」〔註13〕此話欠妥。利瑪竇進入中國的第一件事是學好中文，最終

〔註11〕《利瑪竇中國札記》，第182頁。

〔註12〕羅光著《利瑪竇傳》第二章。

〔註13〕《湯顯祖和利瑪竇》，徐朔方《論湯顯祖其他》，第96頁，上海古籍出版社1983年版。

目的是破除對佛教偶像的崇拜，布道天主教義。到了澳門是如此，進入內地肇慶建了傳教地，開初也是「緘口不談宗教事」，還是潛心學好漢語，熟悉中國的民情風俗以及與中國士大夫友好交往。因為利瑪竇傳教策略是「根據不同時代，不同民族，採取不同的方法，使人們對基督教感興趣」。為此，他到了肇慶又具體做了三件事：一是開放肇慶圖書館；二是刻印《世界地圖》；三是展覽各種天文儀器，吸收人們參觀。先博取當地老百姓的好感，彼此相處融洽後，更以西洋奇物和地理學識來接觸讀書人，贏得學者的敬重，再進而宣講天主教義，贈送印刻成書的要理，使人容易信服。正是通過與士大夫的交遊與傳播西方科學，以致教堂經常賓客盈座。從而使基督教得以在肇慶傳播。利瑪竇在中國的傳教，雖然取得了前所未有的成功，但始終沒有達到「破除對佛教偶像的崇拜」這一目的。

徐先生是海內外都很有影響的湯顯祖研究權威，他的《湯顯祖與利瑪竇》一文出來後，湯顯祖在肇慶遇見的兩個傳教士到底是誰的問題上起了誤導作用，在一些研究者的論著中也隨著徐先生的節拍起舞，什麼「劇作家湯顯祖是利瑪竇家中座上客」，「湯顯祖懷著強烈的求知欲去會晤這位外國學者」，「利瑪竇在肇慶廣交朋友，結交了當時著名的文人、大戲劇家湯顯祖，跟他學習中國音樂，並且有所酬唱」，頗是煞有介事，神乎其神。筆者在沒有接觸基督教進入中國史料前，對此說也是深信無疑。然而主觀推斷畢竟不能代替歷史事實。湯顯祖在肇慶遇見天主教徒到底是誰？應還其歷史本來面目。

（原載江西省政府《文史縱橫》創刊號與《湯顯祖研究通訊》2007 年第 2 期）

也談湯顯祖與利瑪竇

　　利瑪竇是意大利職業天主教傳教士，湯顯祖是江西臨川仕途出身的著名戲劇家、文學家。把這兩人扯在一起是因湯顯祖有一首《端州逢西域兩生破佛立義，偶成二首》的詩，已故浙江大學教授徐朔方先生就此寫了篇考證文字《湯顯祖與利瑪竇》。筆者除撰專文從七個方面對徐先生這篇文章核心內容提出質疑外，茲又從湯氏與利氏兩人的家庭背景、求學經歷、宗教信仰及對中國民俗文化的不同態度作番比較，也談一談湯顯祖與利瑪竇。

　　湯顯祖生於 1550 年，後二年利瑪竇出生；利瑪竇卒於 1610 年，六年後湯顯祖逝世。湯顯祖活了 66 歲，而利瑪竇只活了 58 歲。他倆所處的時代，哥倫布已發現美洲新大陸，麥哲倫率船隊作環球航行已將新的航線開通，東西兩半球相互隔絕歷史宣告結束，經濟全球化初露端倪。16 世紀末，西方耶穌會士找到澳門這個窗口，捷足先登來華布道傳教。傳教士在傳教布道的同時帶來了西方先進的科學技術文化，使中國在經濟融入世界的同時，文化也融入世界。「利瑪竇實為明季溝通中西文化第一人」〔註 1〕。湯顯祖 1591 年深秋遊澳門與第二年春在肇慶遇西方天主教傳教士，實為中國士大夫文人最早接觸西方文化第一人。他倆雖失之交臂，但他們共同生活在晚明社會，代表東西方兩種不同的思想與文化在隱形中相碰撞。比照他們不同的成長環境、人生追求、宗教信仰及對中國民俗文化的態度，能看出東西方兩種文化在交流中的融合與衝突。

　　湯顯祖出生在文化底蘊深厚，才人輩出的江西臨川縣。湯家是當地有名

〔註 1〕方豪《中西交通史》（重排本），第 692 頁，臺北中國文化大學出版社 1983 年版。

望的書香門第。他是長子,「生而穎異不群」,且有 6 個兄弟。13 歲從名儒徐良輔學古文詞。17 歲到南城從姑山再次從「王學左派」再傳弟子羅汝芳深造理學。父親湯尙賢是個務實的讀書人,他改變了上幾輩讀書不做官的家訓,「恒督」湯顯祖以「儒檢」,積極參加科舉,期望正如對他的起名——顯祖耀宗。

利瑪竇出生在意大利馬切拉塔城,這裡離文藝復興中心之一的佛羅倫薩不遠。父親醫生出身,曾任教皇國市長與省長(那時意大利尙未統一,該城歸教皇國管轄),母親是天主教徒。利瑪竇兄弟八人中也居長,少小「異穎聰敏」,在名師孟尼閣的指導下,接受啓蒙教育。16 歲就讀完了中學,這時他的父親已做了省長。父親對長子抱著很大的期望,把他「送到羅馬京都,就名師習諸學之蘊奧」,「以科第期之,冀紹家聲」。

湯顯祖在求學中遇到兩位良師,對他一生影響很大,那就是徐良輔與羅汝芳。前者是文學老師,後者是理學老師;利瑪竇在大學學習中,也遇到兩位名師,對他的一生產生重大影響,那是克拉維烏斯(也稱丁氏)和貝拉明。前者是著名數學家,後者是著名的辯論家。然而,當湯顯祖所處的晚明「一天到晚地在四書五經內翻筋斗,尋求其所謂仁義道德,自以爲除經書再也沒有其他學問」的時候,遠在意大利的利瑪竇便在文藝復興思潮影響下,「如瘋似狂地在爭向新知識的道路上冒險奔跑」。〔註2〕

湯顯祖是處在儒釋道「三教同一」的社會風氣裏,儒學是他的思想根基。祖父、祖母好道信佛,從小對他深有影響。壯年遇名僧達觀,更深明佛理。雖然「玄宮焚館,一再周旋」,「悠然有度世之意」,但終未能被「打破寸虛館」。〔註3〕湯氏科舉多折,仕途多舛,「胸中魁壘,陶寫未盡,則發而爲詞曲」,〔註4〕成就攀上中國傳奇戲曲的最高峰,成爲與西方莎士比亞比肩的世界戲劇大師。

利瑪竇求學一帆風順。幼小就跟神父讀書,在羅馬一所大學學法律期間,和耶穌會士有來往,內心慢慢起了變化。19 歲加入耶穌會,第二年在耶穌會的羅馬學院開始讀神哲學。25 歲時,總會長派遣利瑪竇等四位傳教士從羅馬到印度里斯本,充當傳教士,從此以此爲天職,且終身未娶,爲傳播天主福

〔註2〕林金水《利瑪竇與中國》,中國社會科學出版社 1996 年版。

〔註3〕〔明〕釋眞可《紫柏老人集》卷二十三《與湯義仍》之一:「十年後,定當打破寸虛館也。」即十年後將度湯顯祖出家。

〔註4〕《湯遂昌顯祖》,錢謙益《列朝詩集小傳》(丁集中)上海古籍出版社 1983 年版。

音，鞠躬盡瘁，死而後已。他在中國 28 年，在教案頻起的困境中，歷盡艱辛，起死回生，在布道天主福音的同時又將西方先進的科學技術也傳來中國，被稱爲「西學東傳第一師」〔註5〕「人類歷史上第一位集歐洲文藝復興時期的諸種學藝，和中國四書五經等古典學問於一身的巨人」。〔註6〕

湯顯祖一生中最爲崇拜、對他產生深遠影響的除老師羅汝芳外就是李贄和達觀。他曾說：「見以可上人（達觀）之雄，聽以李百泉（李贄）之傑，尋其人吐屬，如獲美劍。」〔註7〕湯顯祖與李贄只是神交，並沒有會面。湯顯祖在南京任禮部主事，得知李贄的《焚書》在湖北麻城出版，便寫信託蘇州朋友訪求。湯顯祖與達觀的交誼緣起他中舉去南昌西山拜謝座師張岳，經雲峰寺對蓮池照影搔首，掉下髮簪，即題詩於牆壁。後被達觀看見，認定詩人未出仕即有出世思想，有心度他出家。20 年後他們才在南京相會。此後頻繁交往。湯貶官徐聞，達觀就想去看他；後任遂昌知縣，達觀跋山涉水造訪；湯棄官回臨川，達觀又先後兩次來到了臨川。李贄、達觀先後遇害京城獄中，湯都作詩哀悼，並在對友人信中表達對他們的被害而無能營救的愧疚之情。

利瑪竇與李贄和達觀也有直接與間接的交往。1599 年利瑪竇北上南京，適逢李贄作客於此。本性不肯輕易謁見達官顯貴的李贄，因久聞利瑪竇的大名，不惜紆尊枉駕，登門拜訪。兩人暢談宗教許久。李贄認爲：「基督之道是唯一眞正生命之道。」〔註8〕體現他對外國學者和外國文化的融合胸懷。李贄送給利兩把摺扇，並在上面親筆提了兩首小詩，還對利瑪竇所作的《交友論》倍加讚賞，命人謄錄，加上自己的按語，寄回湖北加以傳播。1600 年，利瑪竇進北京朝覲萬曆皇帝，途經濟寧，在劉東星的主持下，兩人再次會面。利瑪竇對李贄的看法是：「到中國十萬餘里……今盡能言我此間之言，作此間之文字，行此間之禮儀，是一極標致人也。中極玲瓏，外極樸實。」〔註9〕利瑪竇談到李贄的評價是：「此人放棄官職，削髮爲僧，由一名儒生變成一名拜偶

〔註5〕汪前進《西學東傳第一師——利瑪竇》，科學出版社 2000 年版。

〔註6〕日‧平川祐弘《利瑪竇傳》，光明日報出版社 1999 年版。

〔註7〕《答管東溟》，《湯顯祖詩文集》卷 44。

〔註8〕〔意〕利瑪竇、〔比〕金尼閣著《利瑪竇中國札記》（何高濟、王遵仲、李申譯），第 253 頁，廣西師範大學出版社 2001 年出版。以下有引該書均爲同一版本。

〔註9〕〔明〕李贄《續焚書》卷一，中華書局 1959 年版。

像的僧侶，這在中國有教養的人中間，是很不尋常的事情。」稱他是「儒家的叛道者」。〔註10〕

如果說利瑪竇與李贄之交體現出一副彬彬有禮的君子風度，那麼他對達觀則暴露其世俗小人之心胸。利瑪竇傳教南北，與佛門中人多有接觸。普通僧侶在他眼中簡直就是「撒旦教士」，並且懶散無知、聲名狼藉。而對三准（即雪浪洪恩）、達觀（即紫柏真可）與憨山德清等高僧，利瑪竇一無好感。達觀是晚明四大名僧之一。他是個關心時政的和尚，萬曆二十六年（1598）冒著生命危險為停止礦稅進京而奔走呼號。由於達觀「名聲顯赫」，進京後博得上至「顯貴乃至宮裏的后妃」下至普通百姓的歡迎。利瑪竇要「破佛立義」，達觀是個大障礙，不惜放言中傷，說達觀把這些人「都引入了歧途」，是個「奸詐狡猾，熟悉所有宗教派別，視情況需要而充當各派辯護人」。但利瑪竇也不得不承認「這個達觀是個相當有學問的人」。當達觀表示想會見他們時，利瑪竇拒絕，說：「最好避免和這個人的卑賤階層有任何接觸。這個大騙子的傲慢簡直無法容忍。」當達觀因涉嫌宮廷罪案受刑而死時，作為一個講「仁慈」基督徒，不僅不予同情，還輕蔑嘲笑說：「他的名字成了那些枉自吹噓不怕肉體受苦的人的代號，但是他忘記了自己的吹噓，當他挨打時他也像其他凡人一樣地呼叫。」〔註11〕

湯顯祖是寫夢戲的戲劇大師，日常生活中也是個多夢、善夢，沉溺於夢想的人，留下的紀夢、吟夢詩文有20多篇（首）。「知向夢中來，好向夢中去。來去夢亭中，知醒在何處？」〔註12〕他把人間一切現象都看成夢。「夢是一種願望的滿足」（弗羅依德語），解夢者以夢預兆現實人生，作家以夢來補償現實人生。前者屬紀夢，後者為造夢。湯顯祖紀夢又造夢，而且是個造夢的聖手。他的「臨川四夢」劇作都是以夢作為劇情的中心，獨顯其劇作特色。利瑪竇當然也做夢。而他的最大願望就是進京傳教。他說：「假如不能在南北兩京到皇宮裏宣講福音，求得他們的許可，允許我們在中國境內自由傳教，傳教就得不到保障，什麼事情都不能做成。」〔註13〕因此，利瑪竇就紀有這樣一個夢：

〔註10〕 《利瑪竇中國札記》，第252～253頁。
〔註11〕 《利瑪竇中國札記》，第307～308頁。
〔註12〕 《夢亭》，《湯顯祖詩文集》卷20。
〔註13〕 轉引自《集權與裂變——1368年至1644年中國的故事》，第193頁，上海文藝出版社2005年版。

夢見他遇到一個陌生的行人向他說：「你就這樣在這個龐大的國家中游蕩，而想像著你能把那古老的宗教連根拔掉並代之以一種新宗教嗎？」原來，自從他進入中國時起，他始終是把他的最終打算當作絕密加以保守的。所以他答道：「你必定要麼是魔鬼，要麼是上帝自己，才知道我從未向人吐露的秘密。」他聽到回答說：「根本不是魔鬼，倒是上帝。」看來好像他終於找到了他一直在尋找的人了，他跪在這個神秘人的足下，含淚請求他：「主啊，既然你知道我的想法，爲什麼不在這困難的事業中助我一臂之力？」說完這話，他趴在地上哭，泣不成聲。到最後他聽見保證的話時才感到一陣安慰：「我將要在兩座皇城裏向你啓祥。」那和上帝曾在羅馬答應幫助聖依納爵的話，字數完全一樣。他仍在夢裏，恍惚進了皇城，完全自由而安全，沒有人反對他的到來。〔註14〕

經過多方努力，到萬曆二十九年利瑪竇終於進入北京，並得到神宗的嘉賞，以合法地位在京居留傳教，並取得很大成功。死後神宗賜給他葬地。

夢因情而生。日有所思，夜才有所夢。如果說湯顯祖「因情成夢，因夢成戲」，取得了成功，用夢補償了現實人生；那麼利瑪竇則是「因情夢，夢京傳教」，託夢預兆了現實人生，滿足了願望需求。

當利瑪竇生活在中國的時候，戲曲是中國人主要娛樂形式，「遍及全國各地」。他在廣東英德、江蘇的鎮江、南京和山東臨清等地，都看過戲曲、雜技及花燈等盛大民間表演活動。然而他對中國的戲曲極懷偏見，認爲「都起源於古老的歷史或小說……很少有新戲創作出來。」也許，作爲一個基督徒，他對長達十多個小時無節制地一邊吃喝一邊看表演難以接受，特別是有些「戲班班主買來小孩子，強迫他們幾乎是從幼就參加合唱、跳舞以及參與表演和學戲」更是不可容忍，因而利氏把這種演出活動說成「是這個帝國的一大禍害，爲患之烈甚至難於找到任何另一種活動比它更甚，簡直是罪惡的淵藪了」。〔註15〕這和湯顯祖視戲曲爲「爲名教之至樂」，「可以合群臣之節，可以浹父子之恩，可以增長幼之睦，可以動夫婦之歡，可以發賓友之儀，可以釋怨毒之結，可以已愁憤之疾，可以渾庸鄙之好。然則斯道也，孝子以事其親，敬長而娛死；仁人以此奉其尊，享帝而事鬼；老者以此終，少者以此長。外

〔註14〕《利瑪竇中國札記》，第 205 頁。
〔註15〕《利瑪竇中國札記》，第 18～19 頁。

戶可以不閉，嗜欲可以少營。人有此聲，家有此道，疫癘不作，天下和平。」
〔註16〕兩者情同水火，毫無共同之處。

　　湯顯祖從徐聞經肇慶北歸是 1592 年春。這時的天主教在中國傳教還屬
初步探索階段。利瑪竇繼承的還是沙勿略在日本的傳教路線。主張從教義上
批判佛教的信仰，以贏得社會威信，從而得到所在國對基督教的尊重與皈
依。傳教士羅明堅 1581 年用拉丁文寫成，1584 年譯成中文出版的第一部天
主教護教文獻《天主實錄》（又名《新編西竺國天主實錄》），其中第三章就
是對佛教及民間宗教的批判。湯顯祖詩《端州逢西域兩生破佛立義，偶成二
首》印證了當時這種傳教路線的存在。但此時傳教士們剃鬚斷髮著僧衣，自
稱「天竺國僧」。他們以爲中國僧侶也與西方僧侶一樣，在政治上有特權，
在社會上有地位，從而自願將自己劃入和尚和道士一類。但他始終不忘其宗
教本位。李贄與達觀同是佛僧，李是半路出家，相信「基督之道是唯一眞正
生命之道」，利瑪竇對他就友善；達觀是名振東南的職業名僧，對天主教有
異議，是他傳教的挑戰對手，便胸懷「刻骨仇恨」。湯顯祖從江西過庾嶺去
徐聞，在南雄乘湞水到達韶州。湞水與西江在韶州城外匯合成北江。利瑪竇
新落成的天主教堂就在城西河對岸的光孝寺的江邊。湯顯祖的行船當從其門
前經過。不管湯顯祖是否注意到這所教堂沒有，但在封閉的韶州山城，來了
個模樣有異的外國人總是一大新聞。湯顯祖定會從外界傳聞中知道利瑪竇到
了這裡。特別是湯顯祖還訪問了南華寺，也會從長老處得知有個利瑪竇曾從
這寺去了韶州蓋了教堂。湯顯祖在韶州沒有像李贄那樣，在南京時得知利瑪
竇的來到就前去「登門拜訪」。他沒有跨進利瑪竇的教堂門坎，無意結交利
瑪竇，更談不上懷著強烈的求知欲去向這位外國學者請教什麼學問。「黃金
作使更何疑」的一個「疑」字可發掘他不去拜見利瑪竇的原委。利瑪竇等在
中國傳教期間，中國士大夫階層中，既有堅決支持從而成爲忠實信徒者，如
瞿太素、徐光啓、李之藻等。也有一批反對派，在肇慶、韶州和南京都發生
了教案事件，便是與反對派的衝突。但更多人是審愼與懷疑，湯顯祖就在這
類人之列。這些洋和尚來到中國，既不從事生產，又不外出化緣，還蓋著漂
亮的房子，生活還不拮据，他們的資金從何而來？人們紛紛傳言說他們有煉
金術。就連李贄也有懷疑。他在給友人信中說：「但不知到此何爲，我已經
三度相會，畢竟不知到此何干也。意其欲以所學易吾周孔之學，則又太愚，

〔註16〕《宜黃縣戲神清源師廟記》，《湯顯祖詩文集》卷34。

恐非是爾。」〔註17〕利瑪竇等自稱「西僧」，既批佛反對偶像崇拜，但在傳教中不時還借用佛家術語，人們搞不清他們到底要來幹什麼。在韶州，湯顯祖到了利瑪竇家門口也不拜訪利瑪竇，可第二年春經肇慶時又去會見兩個傳教士，這怎麼解釋？我認為，這是湯顯祖已遊歷了澳門和香山，接觸了西方文化，看到了沿海開放經濟和西方生活方式與內地的不同，促使了他對思想觀念上的轉變與對現實的思考，從對外來文化從疑慮、審慎到包容、開放。他已想瞭解「西僧」面目及其所宣揚的教義。「二子西來迹已奇」的一個「奇」字表達了當時多數中國人對待外來文化的心態。從利瑪竇到南雄拜客，所到之處，人山人海，尾隨的人群，使他無法步行，只得坐轎子開路，便是封閉的中國看到洋人所產生的一道「奇」的風景線。湯顯祖是高智才人，又是普通人，他也好「奇」，當然他不僅僅是像普通人那樣對洋人形貌異樣而「奇」，而是對外來文化、新的外來宗教要探索「奇」的奧秘。因此，他北歸途中經肇慶閒而無事，便去參加了他們的傳教活動，聽了傳教士宣講的天主教義，並用詩記下他的見聞。從詩的內容，看不出他與傳教士作過什麼親密的交談。

正因為湯顯祖在肇慶會見的傳教士不是利瑪竇，他們沒有利瑪竇的那樣的學問與機鋒，所宣講的教義沒有對湯顯祖思想產生明顯波動。此後，湯顯祖與傳教士再也沒有任何往來。如果此次會見的真的是利瑪竇，憑利瑪竇那學貫東西淵博知識和他那從小訓練有素，能把大名鼎鼎的三淮和尚辯贏的雄辯口才，若針對湯顯祖的人生遭遇說法，使湯顯祖思想產生了強烈震撼，也像李贄一樣，認定「基督之道是唯一的真正生命之道」，那「四夢」中「後二夢」就不是現存面目的「後二夢」，《牡丹亭》也可能不是現在面目的《牡丹亭》，歷史上的湯顯祖也很可能不是以戲曲成就而揚名天下的湯顯祖。

「自言天竺原無佛，說與蓮花教主知」一句徐先生詮釋為「是利瑪竇在湯顯祖面前頌揚天主，破除佛教的一次傳教活動」，這似乎也說得過去。但我認為它是說；告訴佛祖啊！我們西方已沒有佛教了，就連佛教發源地印度也不存在佛教了。「天竺」本是古印度稱謂，但西方天主教傳教士到中國自稱「天竺國僧」；佛教於公元 6 世紀起源印度，到 12 世紀在本土消亡（現存的印度的佛教是 19 世紀後由斯里蘭卡重新傳入）。「蓮花教主」指的是佛陀。相傳創造世界的大梵天是坐在蓮花上出生。從佛祖教義上看，現實世界是穢土污泥，而佛教則使人不受塵世污染，似蓮花出水。因此釋迦牟尼布道的座位就叫「蓮

〔註17〕〔明〕李贄《續焚書》卷一，中華書局 1959 年版。

花座」，「西方三聖」之首的阿彌陀佛爲西方極樂世界的教主，又稱「蓮花智」。「蓮花」實爲佛祖的象徵，「蓮社」就是佛家的結社。最早使用「蓮社」一語可能是戴叔倫。他於興元元年（784）至貞元元年（785）在湯顯祖家鄉撫州任刺史，曾作詩《赴撫州對酬崔法曹夜雨滴空階五首》，其之二有「高會棗樹宅，清言蓮社僧」〔註 18〕的詩句。湯顯祖《續棲賢蓮社求友文》的「蓮社」引用出處大概在此。

（原載《湯顯祖研究通訊》2007 年第 2 期）

〔註 18〕《全唐詩》卷二七四，第 3098 頁，中華書局 1960 年出版。

湯顯祖與新城鄧渼

　　鄧渼（1569～1628），字遠遊，號直指，又號壺邱，小湯顯祖 19 歲，建昌府（府治在今南城縣）新城（1914 年更名黎川）縣城南津街（今日峰鎮）人。萬曆二十六年（1598）進士，授浙江浦江縣知縣。第二年調秀水（今屬嘉興）縣知縣。後又調河南內黃知縣，召為河南道御史，巡按雲南，出為山東副使，歷參政按察使，以僉都御使巡撫順天。著有《薊門奏疏》、《南中奏疏》、《留夷館集》、《南中集》、《芙蓉樓集》、《大旭山房集》、《舞水集》、《廣農書》等行世。

　　湯顯祖一生交遊甚廣，結友多為聲氣相投者。鄧渼就是他晚年一位重要的忘年至交。探討他倆的交誼對瞭解湯顯祖晚年思想與生活有一定意義，但尚未見有人提及。筆者管窺蠡測，試作初探。

　　新城位於贛之東武夷山閩贛邊界中段，是座山間小縣，明代隸屬建昌府。湯顯祖一生雖沒有到過新城，可早在少年 12 歲前就知有個新城縣。現存的詩文中有一首他 12 歲寫的《亂後》詩，序中說：「杉關賊大入，破下縣，連數千里，守令閉城束手。臨川十萬戶，八九逃散，歷秋而定。」〔註1〕「杉關」就在新城縣境內西北入閩第一關，閩贛兩省往來咽喉要道，自古軍事要塞，兵家必爭之地，歷代戰火不熄。「杉關賊」指的是就在湯顯祖 12 歲那年，被徵募上前線抗禦倭寇的兩廣民兵馮天爵、袁三等在福建閩清縣奪取倉庫起義，從杉關打進新城，南城、南豐、廣昌都失陷，十萬人煙的臨川，居民八

〔註 1〕《亂後》，《湯顯祖詩文集》卷 1，上海古籍出版社 1982 年版。

九都逃散，知府閉城而守。湯顯祖全家逃亡在外，到當年秋才回到家中。少年湯顯祖親歷了這場兵火的離亂的之苦。

檢閱遺存的湯氏 2200 多首詩文，涉及與鄧渼的僅有兩首詩和一封信。從《次答鄧渼兼懷李本寧觀察六十韻》詩序「予自辛丑蹲伏家食，得交秀水令鄧君遠遊。」〔註 2〕一句可知，湯、鄧結交在中萬曆二十九年辛丑（1601）。這是鄧渼中進士後的第三年，也就是湯顯祖從遂昌棄官歸家的第三年。鄧渼中進士後，做了一年浦江縣令後，第二年調秀水任縣令。本年，鄧在秀水縣令任上到北京上計。「上計」是明代吏部對地方官員每三年進行考察的制度。湯顯祖不在官位已三年了，本可不列爲考察對象，但都察院左都御史溫純，拿出前首相王錫爵的批示，說是要成全湯顯祖的高尙節操，給了湯一個以「浮澡」罪名，奪去官階，落得「閒職」處分。鄧上計後回新城老家探親，經過臨川順道訪了湯顯祖，既是對這位同鄉的不幸遭遇進行慰藉，更是出於對湯文章品節的傾慕，去與湯結交以獲取教益。

鄧與湯這次在臨川相見，湯顯祖有詩文記述說：「第尊酒疏燈，上下今昔，差不惡耳……」〔註 3〕，「尊酒疏燈，久闊談宴。而良書美韻，颯颯其來。情無泛源，藻有餘縟」〔註 4〕可見湯與鄧見面後是上下古今，無話不談，論文說政，推心置腹，無情不訴，看不到被吏部奪去官階的湯顯祖，思想上有任何不悅的影響。

這次見面後，他倆便開始了書信往來，多是暢談文學。鄧渼與湯闊別不覺過去了 11 個年頭，鄧調任雲南巡按，又先回新城老家探親後再赴任。從湯詩《聞黃太次計諧過別鄧直指新城，遂遊姑山，有所愛憐，特遲來棹。至閏冬仲過予，止其行，暫住芙蓉西館，立夏南旋，燕言成韻，用紀勝集云爾。十四首》〔註 5〕可知，鄧從新城到臨川訪湯顯祖有待上一段時間的計劃。廣昌黃太次知鄧回到了新城，因他要進京上計，特從廣昌來到新城，向鄧渼辭行。黃太次，名立言，號石函，廣昌縣赤水鎮人，明萬曆十九年（1591 年）中舉人，歷官浙江嚴州府推官、達州知府、遵義知府，後升任福建鹽運副使。他

〔註 2〕 《次答鄧遠遊渼兼懷李本寧觀察六十韻有序》，《湯顯祖詩文集》卷 15。
〔註 3〕 《答鄧遠遊侍卿》，《湯顯祖詩文集》卷 46。
〔註 4〕 《次答鄧遠遊渼兼懷李本寧觀察六十韻有序》，《湯顯祖詩文集》卷 15。
〔註 5〕 《聞黃太次計諧過別鄧直指新城，遂遊姑山，有所愛憐，特遲來棹。至閏冬仲過予，止其行，暫住芙蓉西館，立夏南旋，燕言成韻，用紀勝集云爾。十四韻》，《湯顯祖詩文集》卷 16。

們兩人商定同遊南城從姑山，後一起去訪湯顯祖。由於鄧渼到南城因事耽擱，黃太次就一人先去到臨川，和湯顯祖見面後再起程去京履行他的公務。太次走後，鄧渼才來訪湯顯祖，湯安排鄧住在芙蓉西館，且從本年冬至一直住到第二年的立夏，整整半年，然後才南下赴任雲南巡按。在這半年時間裏，這兩位久別知友，論文作詩。湯共寫十四首七絕，從冬至、臘月、除夕、寫到第二年的元旦、元宵、社日、花朝、上巳、寒夕到立夏告別。從《上巳》一首說：「癸丑年逢今暮春，繞塘流水吐庚辛。超超一夜談名理，玉茗斟蘭是此人。」可見這半年他們過得是多麼的愉快。

鄧與湯的結交，兩個詩文摯友，經過兩次「尊酒疏燈，上下今昔」在一起，無話不談，推心置腹的交流，對鄧的思想產生了深刻的影響。從鄧的詩文主張上考察，鄧在他的詩集自序中談到：「無李既廢，流派各別，喜聲奔逐，實繁有徒。孝豐吳稼蹬詞林老宿，見楚人而大悅，盡棄其學而學焉。予屬聲訶禁，乃止。」〔註6〕這就是說，鄧對詩文創作，既不贊成王世貞、李攀龍的擬古主義，也不追隨公安三袁和鍾惺和譚元春以首的竟陵派。湯的詩序和答書也談到：「至於商發流品，歸於才情，雅為要論。昔人已云，楚夏殊風，俱動於魂；蘭茝異臭，並感於魄。固無容誇此以訕短，愛素而卻丹。要於沒世可選而已。」〔註7〕鄧的這種文學主張是在他拜御史之後所形成，也正是與湯結交之後，可見受到湯顯祖的啓發。

在晚明，鄧在文學創作上是湯的追隨者和盟友。明代著名學者、詩人朱謀偉（寧獻王朱權七世孫）曾評價說：「當今之詩，撫（州）建（昌）獨盛天下，作者往往奉為師法，若湯祠部之《玉茗堂》，鄧侍御之《南中集》皆其詩選也。」朱還把黃太次與湯顯祖、鄧渼三家詩歌成就比作峨嵋、五臺、華嶽三座名山，說他們的詩「華文秀句，直超王（維）、高（適）、孟（浩然）而混一」。當然此話有點過譽。

從品格、官德方面來考察，湯對鄧的影響也是顯而易見的。鄧渼渼住在湯家玉茗堂半年。該堂是以玉茗花而命名。湯顯祖一生極愛這一天下奇花。因它具有「格韻高絕」、「為大人行，不與桃李爭春風」、「眾醉獨醒」的品格。湯顯祖以花的品格自喻，以玉茗為號。玉茗花又名白山茶。鄧渼對山茶花情

〔註6〕《鄧僉都渼》，錢謙益《列朝詩集小傳記》丁集下，上海古籍出版社 1983 年版。

〔註7〕《次答鄧遠遊渼兼懷李本寧觀察六十韻有序》，《湯顯祖詩文集》卷 15。

有獨鍾。他是晚明詩歌創作中以吟詠山茶花而名揚詩壇的一位詩人。他作有《山茶百韻詩》，為長達二百句的五言，描述了茶花的豔而不妖、長壽、高大、膚紋蒼潤、枝條如龍、蟠根離奇、豐葉如幄、有松柏操、花期長、可插瓶水養等十種美德，讚揚它「一種皆稱美，群芳孰與爭？」。鄧禮贊山茶花的美德，表達他與湯顯祖一樣崇尚玉茗花的格韻情操。

在為官施政中，鄧渼也深受湯顯祖的影響。湯顯祖貶徐聞任典史，用廉州太守周宗武清正廉潔事例告誡下屬要清廉行政，提倡為官首先自身要正，不能濫用職權，要用好的行為影響自己的子弟，否則就會「敗名滅種」。為改變徐聞「輕生好鬥」不良的陋俗，湯捐出自己薪金創辦貴生書院，發展徐聞的文教事業。湯調遂昌任縣令，建射堂、修書院，下鄉勸農，並去掉一些殘酷刑具，把囚犯放回家過春節，元宵讓他們出獄觀看花燈，並曾組織百姓葉塢滅虎，為民消滅虎患。他「因百姓所欲去留」而施政，又敢除掉「害群之馬」，打擊像項應詳（遂昌人，時任吏部吏科給事中）等這樣的地頭蛇。當朝廷派礦監稅使來遂昌擾民，湯顯祖毅然棄官歸里，其純吏名聲冠兩浙。鄧遠遊初授浙江浦江縣令，常到農村田間地頭，訪問民間疾苦；關心下屬，留意有用之才，破格選用。他辦事幹練，取信於民。百姓送他禮物，照價付錢。時值荒年，他下令停止徵糧，勸富戶開倉放糧，救活災民數以萬計；在巡按雲南時，他整肅民風，安撫邊民，懲處豪紳利用開礦橫征暴斂等非法行徑。任巡撫順天（今北京），在巡視薊昌兩鎮十五路時，撤換不稱職的將領，提出整飭邊備建議，所作所為都是以一個純吏來要求自己。

湯顯祖在南京任禮部主事時，為匡正時弊，上疏揭發輔臣申時行、科臣楊文舉，趁疏理荒政之機，貪贓枉法，掠奪荒民脂膏，並語犯了神宗，被神宗貶為廣東徐聞縣典史。一年後調遂昌任知縣，此職幹了五年後棄官歸里，始終未得官復原職；鄧渼任監察御史後，目睹閹宦當權的危害，剛正不阿，上疏痛斥：「奸輔當國，宦邪盛行，上道湮沒，人心憤抑」，「奸黨擅權誤國，為宗社安危大計，雖累百疏不為多。」對魏忠賢的拉攏利誘，不為所動，參論不止。巡城御史林汝翥因責打魏忠賢家人，被迫逃走。鄧渼代林疏辯，文中有「寧死金階，不死奴婢」句子，更加激怒了魏忠賢。魏唆使其養子和時任兵部尚書兼左都御史的崔呈琇，將鄧羅織進左光斗、楊漣一案中，矯旨將鄧流放貴州。到崇禎即位，魏忠賢陰謀敗露被誅。鄧在奉召官復原職時，不幸病故。

　　湯顯祖與鄧渼訂交雖在晚年，見面也就是那麼兩次，但友情能有如此深厚，何也？晚明「思想異端之尤」李贄的交友觀認爲，徒以「結交親密」定義友誼是不足的，朋友所繫之重，尤在於「亦師亦友」的感情。這種彼此推心置腹、至誠相與的精神，才是眞正友誼的命脈。湯、鄧正是這樣一種「亦師亦友」的交情。湯顯祖就是鄧渼心目中的師。萬曆二十九年鄧到臨川既是與湯訂交，實可看做去登門拜師。此時正是湯人生跌入低谷之時，但鄧卻是人生邁入仕途之始。萬曆二十六年（1598）湯顯祖從遂昌棄官歸家，鄧渼在這年成爲新科進士；三年後，湯被吏部在對地方官考察中被追論奪去「官階」，而鄧渼這時爲一方在職縣令。從京城上計回新城經過撫州還特登門拜訪湯顯祖；過了 11 年，湯顯祖已是「蹭蹬窮老」的垂暮老人，鄧渼這時在官場正春風得意，鄧又去訪湯，竟在他家一住半年，至誠相與。湯顯祖與鄧渼結交雖很晚，但情誼深厚，就在於他們的結交不僅是「相須相祐」，更是「可以心腹告語」，他們眞正識得何謂友誼之命脈。

2007 年 9 月於海口

滄桑興毀湯公墓

　　湯顯祖遠祖一說在安徽貴池，本爲殷性，爲南唐吳國創業勳臣殷文奎後裔。長子殷悅隨父仕吳任中書舍人，後因避宋大祖諱改爲湯姓。但從現存《文昌湯氏宗譜》所載，則是出自蘇州，是蘇州溫坊湯季珍（即萬四公）任撫州宣慰大夫，因督師追剿黃巢起義軍，在福建殉職，死後葬撫州北湯坊象山飛雁投湖形。南唐亡後，他的五個兒子都遷來撫州，有的隱居臨川溫坊（即今溫泉鄉），而隱居在臨川雲嶺湯家寨（即雲山圳上湯家，今湯顯祖後裔族居之地）是萬四公之孫明六公湯復之子湯文景。湯文景十三代孫湯文德，明初遷入臨川文昌橋文昌里開基。湯文德之子湯友信、孫湯伯清、曾孫湯峻明、玄孫湯廷用均是讀書人，爲臨川文昌里湯氏世代書香門第。湯顯祖爲萬四公湯季珍第 23 世裔孫，係萬四公第四子明六公這一支的後裔。〔註1〕湯廷用是湯顯祖的曾祖父。

　　《文昌湯氏宗譜・祖基復還記》記載，湯顯祖的太祖湯伯清（亮文）是位以德報怨而處世，以耕讀避科舉而傳家的一位讀書人。他看到明初朱元璋殺絕功臣，讀書人都不願爲官，曾「自矐其目以避舉」，死後「葬宅後靈芝園」即靈芝山，又叫湯家山。以後高祖湯子高，曾祖湯廷用，祖父湯懋昭，父親湯尚賢以及湯顯祖自己死後均葬於此。〔註2〕靈芝山實爲湯家祖墳山。

　　隆慶六年（1572）除夕，一場大火把文昌里故宅焚毀，造成湯顯祖一家「十載居無常」艱難處境。好在在香楠峰下（今實驗小學附近），其家塾旁還

〔註1〕瞿毓華《臨川湯學淵源考》臨川大文化協會會刊，1995 年總第九期。

〔註2〕《文昌湯氏宗譜・祖基復還記》，光緒三十二年（1906年）重修，臨川雲山高橋圳上湯家湯顯祖後裔藏。

築有小室可容棲身。萬曆二十六年（1598）春，湯顯祖從遂昌棄官歸家，爲解決住房困難，「廢里千金買宅虛」，在「小築」附近，買了金溪友人高應芳的廢宅，連成一片，擴建成新的居所，即「沙井新居」。中心建築就是玉茗堂。〔註3〕當年七月湯顯祖就移居到這一新的居所，橋東舊居僅留遺址和靈芝山墓地。

一、清代初，戰亂將墓踩踐平

湯顯祖死後的二十八年，「甲申（1644年）鼎革」，明亡清興。1645年揭重熙（臨川人）與同鄉曾亨應、東鄉艾南英等招募鄉人，組織抗清隊伍，被清兵圍困三個月，近城許多民宅都被焚毀，幾十里外遭清軍擄掠。城被攻破後，清軍在城裏駐防，湯家靈芝山地處城外，墓冢被「踩踐且平」，城內沙井新居也被毀。1646年冬，叛帥王得仁命人在橋東湯家「故基垣墉造馬王廟」。康熙初年，因湯家故居臨江，官府選在這設漕運碼頭，並在湯家遺址上興建儲運倉庫，這樣，湯家「數百年產業，一變爲異域」。湯顯祖的後裔爲討回這一祖基，打了45年的官司。從辛卯（1651年）請議歸還，到己巳（1689）定議同意，直到庚午（1690）才「遷倉告竣」〔註4〕，雖曠日持久，但終取得勝利。

二、光緒年，權知立碑彰名聲

由於湯家山的墓冢早在康熙初就遭「踩踐平」，可以想像，湯顯祖的墓也不存在有墓碑了，也許僅是標誌性的墓堆。這時湯顯祖的後人已遷往臨川雲山、榆坊等鄉下，對墓也不能隨時守護。由於湯顯祖的文章品節光彩照人，他逝後一直受到後人的景仰。光緒二十九年（1903），江召棠來臨川任代理知縣。江祖籍江西鄱陽，後流寓安徽桐城。他爲官清廉公正，有「青天」之稱。曾任上高、新建、南昌、廬陵、臨川、德化、鄱陽等縣知縣均有好名聲。上高建有「江公廟」，臨川命一條築堤爲「江公堤」，表達對他的懷念。江召棠和湯顯祖一樣，都是不懼邪惡的錚錚鐵骨。他調離臨川到了南昌任知縣時，因堅拒法國天主教無理要求慘遭殺害。江對湯顯祖的文章品節深爲傾慕，到

〔註3〕龔重謨《玉茗堂考》，《撫州日報》2006年9月22日第4版。
〔註4〕《文昌湯氏宗譜·祖基復還記》，光緒三十二年（1906年）重修，臨川雲山高橋圳上湯家湯顯祖後裔藏。

臨川後，曾察看到湯墓僅有一堆墓土，連碑都沒有，頗有傷感。爲了彰顯湯顯祖的文章品節，便捐貲購石請工匠，選在清明日爲湯重立新碑，並親自撰寫了這樣的碑文：

皇清光緒二十九年清明吉立

姒吳氏夫人

誥贈巡撫都察院湯顯祖公字若士名賢　之墓

趙

姒　氏夫人

傅

權知臨川縣事江召棠敬立

墓碑兩旁還豎了兩塊石柱，上刻有他的題聯：**文章超海內，品節冠臨川。**

　　江召棠爲湯重立新碑，彰顯湯公文章品節，對湯墓能保存到解放後起了至關重要的作用。

三、怡茂隆，私欲不意護墓塚

　　1942 年 6 月 3 日日軍佔領了臨川。6 月 5 日國民黨暫編第 6、第 89 師突入臨川城內和日軍展開巷戰。6 月 5 日晚，國軍與日軍在文昌橋激戰一夜，靈芝山緊連文昌橋的東頭，是控制文昌橋這一咽喉要道的有利地形。日本兵進入臨川就佔據了這裡，並鏟平了靈芝山上的許多墓葬，挖了戰壕工事。但湯顯祖的墓卻逃過了此劫，因爲這時湯墓緊挨著的建築是一家商號叫「怡茂隆」的黃煙店。煙店老闆爲了曬煙葉用地，用竹籬笆把湯顯祖墓圈入自家後園內，以圖長期佔用。而江召棠爲湯立的墓碑石質細嫩，是作磨刀石的好石材，店老闆就地取材，用它來作磨礪切煙葉大刀的磨刀石。這樣湯墓就成了煙店院子裏的建築。日軍挖戰壕沒有摧毀掉這家煙店，湯墓也便得以幸存下來，只是保存下來的墓碑石右上角因被煙店長期作磨刀石用而磨成了一大缺痕。到解放後，湯墓的坐落地點爲臨川文昌橋外太平街七號後門一號內。

四、57 年，舊墓修葺氣象新

　　湯顯祖生前與逝後，一直飲譽文壇。清初他的劇作就開始流傳海外。自 1916 年以後有日本、德國、法國、英國和前蘇聯等國的漢學家把湯顯祖的《牡丹亭》翻譯成本國文字，傳播該作品。從 1930 年至上世紀 50 年代，京劇藝

術大師梅蘭芳應邀到過日本、美國和前蘇聯等國演出了湯顯祖《牡丹亭》中的《遊園驚夢》和《春香鬧學》等折子戲，產生重大影響。湯顯祖的芳名蜚聲海外，湯顯祖的劇作光照世界戲劇舞臺。

　　建國後，隨著黨和政府對民族文化遺產的重視，宣傳湯顯祖，學習湯顯祖，繼承與弘揚其優秀的戲曲遺產的工作在文化界展開。1957 年，按臨川人多以虛歲定逝者所享壽齡和湯自稱「六十八歲之兒」的說法，定他逝於 1617 年，國家文化部要在江西舉辦紀念湯顯祖逝世 340 週年的活動。爲迎接這次紀念大會的召開，撫州市政府重修了湯顯祖墓，不僅將江召棠留下的墓碑洗刷一新，而且還將湯的墓地也擴大，四周栽有松樹，建有圍牆，並在墓地建造了六角型的牡丹亭。1957 年 11 月 12 日省、市文藝界在南昌舉行了隆重的紀念湯顯祖逝世 340 週年大會。撫州專、市因湯墓的修葺工程尚未完成，紀念大會推遲到 11 月 15 日上午 10 時在撫州市採茶劇院舉行。參加紀念大會的有全專區各市縣文藝界代表 600 多人。會前，中共撫州地委第二書記李子良、地委宣傳部長谷虹、副部長靳汾、湯顯祖的後裔和與會代表前往文昌橋東靈芝山晉謁了修葺一新的湯顯祖墓。江西省委宣傳部、省文化局和撫州地委、專署及撫州地區各市縣黨政部門以及文藝界和一些學校共 139 個單位向湯墓敬獻了花圈。在晉謁湯墓時，中央新聞紀錄電影製片廠江西攝影紀錄站攝製了紀錄片。另外還舉辦了湯顯祖文物資料展覽。當晚，市採茶劇團演出了湯顯祖的名著《牡丹亭》中的《鬧學》和《遊園驚夢》兩個折子戲，市京劇團演出了湯顯祖的《紫釵記》。〔註 5〕

五、文革中，毀墓營建冰棍廠

　　1966 年夏，文革「破四舊」的劫難中，11 年前修葺一新湯顯祖墓被紅衛兵挖平（但尚未深挖搗毀墓穴），墓碑被砸爛，六角型的牡丹亭被搗毀。臨川雲山圳上湯家村（湯顯祖後裔聚居地）在村頭修的湯公招魂墓也被造反派鏟平。村上年齡最長輩分也最高的湯星魁及其子湯甲雲、湯亮雲保存多年的康熙五十二年與光緒三十二年重修的兩部《文昌湯氏宗譜》，造反派已三令五申勒令交出化爲丙丁。湯星魁父子爲躲過造反派的眼睛，在村曬穀場上焚毀「四舊」東西時，讓甲雲、亮雲各提一個譜箱，把康熙年重修的第一卷譜序丟進

〔註 5〕谷虹、楊佐經《論湯顯祖的生平和他的著作——紀念我國明代大戲劇家湯顯祖逝世 340 週年》，載《試論湯顯祖和其著作》，撫州市文聯編，1957 年。

熊熊大火中以掩人耳目，其餘部份和另一部家譜完好無損保存下來。

1968 年經撫州市革委會抓促部的批准，在文昌橋東湯顯祖墓的墓基上建冰廠。1982 年遷墓時特叫來當年建冰廠的施工員胡雪輝來到現場。胡帶負責遷墓的傅林輝等同志到了冰廠的一間房子裏，畫了大概位置，並說當年就在此將一塊刻了字的青石板挖成了兩截，上面刻字依稀可辨，有幾個地方出現有「湯公」和「顯祖」字樣。其時「文革」還在繼續，人們思想還在極「左」陰影中，本屬寶貴的文物，文化部門無人收藏，任其丟棄在地上，只有橋下黃煙店老太婆拾去了半截當磨刀石，還有半截被橋下另一位老太婆撿去墊床腳。出土的一些瓷碗和陶缽，大多被挖爛，沒有人要。〔註6〕還有挖到爛的棺材板一說。此說如是事實，那麼 1968 年建廠挖地基湯墓才慘遭到毀滅性的破壞。然而 1980 年我因寫作湯顯祖的傳記搜集資料也曾作過些瞭解，參加建冰廠挖地基有一位姓胥的同志曾告訴過人說，當時挖出來許多瓷碗和銅鏡一面，並無挖到墓誌銘與腐爛棺材板之說。

六、82 年，廢棄原墓造新墓

三中全會，春風化雨，撥亂反正。優秀的民族文化遺產需要繼承，歷史上文化名人受到尊崇。作為國際級文化名人的湯顯祖受到國家文化行政部門的重視。1982 年 10 月，國家文化部、中國戲劇家協會、江西省文化廳和中國劇協江西分會在湯顯祖的故里——江西撫州市召開紀念湯顯祖逝世 366 週年大會。為開好這次紀念會，撫州市政府負責修復湯顯祖墓的工作。經反覆的調查研究作出決定，將墓遷往城西人民公園內。其原因有四：

1. 原墓面積小，地勢低窪，易被水淹種樹綠化較難，環境不美。
2. 將市製冰廠遷走就要化（花）33 萬餘元（修復湯墓費用不在其中），耗費很多。
3. 考慮到市人民公園環境優美，湖光島色，景致宜人，是湯墓最適合的地點。
4. 如在公園修復湯顯祖墓，將便於旅撫貴賓和廣大遊客瞻仰憑弔。〔註7〕

新墓由撫州市城建局傅林輝同志仿宜黃縣明代譚綸墓設計。墓冢由墓

〔註6〕傅林輝《我參與 1982 年紀念湯顯祖逝世 366 週年紀念活動的回顧》，《撫州社會科學》2006 年 3 期。

〔註7〕《有關湯顯祖墓的三個問題》打印稿，撫州市文化教育局，1982 年 10 月 20 日。

碑、墓誌銘、墓欄和墓坪組成。全部採用石雕榫接裝配式構件組合。石料取自福建江陰何厝，石雕特請莆田祖傳石刻工匠。「湯顯祖之墓」碑文由鄉賢、原中國書法家協會主席舒同書寫。

　　遷墓工作 1982 年 8 月 24 日秘密進行，現場具體指揮人是傅林輝。由他劃定位置，請四個工人兩人一班輪流作業開挖，挖到 25 日淩晨 2 點 35 分只見黃土不見雜物始停。僅挖到一些古磚、瓷碗陶缽的碎片少許腐爛的木屑，還有一支銀質的髮簪。遷墓人員只有將一些墓土、瓷碗陶缽的碎片、腐爛的木屑及銀質的髮簪視作湯顯祖的骸骨裝入備好的大瓷壇中。8 月 25 日晨，一輛車頭安裝了湯顯祖畫像小麵包車，載著地、市文物普查辦 4 人，市文教局 3 人，市圖書館和文化館館長各 1 人共一行 9 人，由圖書館陳且初館長抱著靈壇坐在駕駛室，其他人員或放鞭炮或隨車拍攝經文昌橋經交到贛東大道緩緩而過，車經過街道兩旁群眾夾道相送，到公園門口，又是鞭炮相迎，直到將靈壇放入新墓挖好的墓穴〔註8〕。

七、九泉下，湯公何處寄英靈？

　　雖然新墓較舊墓氣派得多且風景優美，但湯學專家們多有微詞。首先強烈反對的是原江西省文化局局長石凌鶴。1981 年 11 月，我在上海參加首屆戲劇節的觀摩學習，曾去探望住在漕溪北路 800 號的石老先生，聊天中順便扯到為紀念湯顯祖逝世 366 週年，撫州市準備將墓遷人民公園這一信息。石老聽了當即很不高興地說：「回去告訴你們市裏，300 多年的墓，能挖出什麼東西？若挖不出東西遷過去豈不就假了嗎。如沒有錢，就簡單一點，在原地方立個標誌性的東西也是好的。」我好像還聽到石老還對省文藝界一些人士說過，「若要遷墓，下次到撫州開會，我仍到原墓去憑弔。」湯學泰斗徐朔方先生，為參加湯顯祖逝世 366 週年來到撫州，會後我和他曾在人民公園湯顯祖墓旁牡丹亭中邂逅，他面對著湯墓對我說：「下次開這樣的會，我不再到臨川來！」果然，自這次後到他去世，真的沒有再來過撫州。湯學專家們這樣強烈反對不難理解，因為作為文物是已成過去不能再重新創造的東西，仿製得再精美逼真也只是贗品，毫無價值。現遷去的不是墓主的骸骨，而是一枚髮簪，幾捧黃土，這樣的墓，可以「克隆」出無數座，從文物價值上來看，委

〔註 8〕傅林輝《我參與 1982 年紀念湯顯祖逝世 366 週年紀念活動的回顧》，《撫州社會科學》2006 年 3 期。

滄桑興毀湯公墓

實是辦了一件毀眞造假的傻事。本來不遷冰廠，僅在認定墓穴處立上新碑，原墓就恢復了，不會有人會提出「這裡是否就是湯顯祖的墓」這樣問題。

我們還應注意到，光緒二十九年江召棠爲湯顯祖重立墓碑的碑文中，還將湯的三位夫人按名分列在湯顯祖名字的兩旁。這就是說，江召棠在爲湯顯祖重立新的墓碑同時也爲他的三位夫人重立了碑。這決不是江知縣心血來潮隨意可加上去的。那是因爲靈芝山是湯家祖墳山，湯顯祖死後和他的三位夫人安葬在一塊，這無論從傳統喪葬習俗還是湯的生平理想意願來說，他的子孫將他和三位夫人葬在一起是毋庸置疑的。然而1982年遷的是湯顯祖一個人的墓，立碑當然也只是立湯顯祖一個人的碑，三位夫人仍留在靈芝山，與湯顯祖分開。若湯顯祖地下有知，對這位「生生死死爲情多」的「情的哲人」來說，諒是無法接受的。

縱觀湯墓興毀，留下令人心痛的思索：清初（1645年）戰亂遭受「蹂躪」，這種蹂躪到何程度？從1645年到江召棠立碑的1903年這中間經歷了漫長的258年，已受「蹂躪平」的湯墓是否一直有可辨認的標誌？江召棠立碑的位置是否準確無誤？1968年建冰廠挖地基挖出了青石板和腐爛棺材板，撫州民間說法並不完全一致，沒有當事者的確切證言。青石板是否就是湯的墓誌銘？作爲國際級歷史文化名人的墓的開挖，本不可簡單從事，要具有相關的專業知識指引，應動用專業考古人員，而1982年湯墓的開挖僅叫14年前建冰棍廠時的一位施工員來指定位置，實爲對文物考古工作的無知與不負責任。銀簪怎能認定就是湯的隨葬品？黃土何處不可挖到？不見死者屍骸的遷墓遷的是誰的墓？湯顯祖的後裔至今聚居在臨川雲山鄉高橋圳上湯家村（1980年我統計有十一世至十四世孫80餘丁），遷他祖宗的墓爲何不見他們來參加？像湯顯祖這樣的墓的遷挖是他家族私事還是由行政主管部門包辦？不經墓主後人的遷墓是否有法可依？……筆者認爲，《文昌湯氏宗譜》中《祖基復還記》所說的1645年戰亂湯的墓冢遭「蹂躪且平」，有可能就已被毀，如果這次僅是將墓的表面蹂躪平，那麼湯墓也許還在靈芝山被鎮在冰棒廠之下。

湯公啊，你的眞墓毀棄了，新墓諒你也不會承認是屬你的。你和三位夫人忠魂飄忽在何處？九泉下你何處寄英靈？！

（原載2008年《湯顯祖研究通訊》第1期）

關於湯顯祖逝世的時間

　　今年是世界文化名人、我國明代傑出的戲劇大師湯顯祖逝世 390 週年。國家文化部、中國劇協、江西省文化廳、劇協江西分會、中共撫州市委、撫州市人民政府定於 9 月 21 日在撫州聯合舉辦紀念活動。然而，這 9 月 21 日並不是湯顯祖逝世的日子。撫州雲山圳上湯家村湯顯祖十三世孫湯高水、湯廷水保存的清代道光戊戌年（1838）和同治戊辰年（1868）修的兩部《文昌湯氏宗譜》都記載：「若士公，諱顯祖，字義仍，亦號海若……卒於萬曆丙辰年九月二十一日亥時」，換成公曆為 1616 年 11 月 6 日下午 9 時至 11 時。然而這個時間被浙江大學教授、我國著名的湯顯祖研究專家徐朔方所否定。早在 1958 年以前，徐先生在編著《湯顯祖年譜》中對湯顯祖的逝世時間作了一番考證後確認：湯顯祖「卒年最可靠的之記載」是其三兒湯開遠為《玉茗堂選集尺牘序》中的一段文字：「歲在龍蛇，六月既望，家嚴詞部公遂棄貌諸孤矣。」歲，即歲星；龍，指辰；蛇，指巳。「歲在龍蛇」出自漢時「歲在龍蛇賢人嗟」的籤語，《後漢書‧鄭玄傳》說，建安五年（200 年）春季，鄭玄夢見孔子告訴他說：「起來吧，起來吧，今年歲星在辰，來年歲星在巳。」鄭玄醒來後，用讖書來驗核夢境，知道自己壽命應當結束了，過了不久就臥病在床。鄭玄死於庚辰（200）即龍年，後來謂命數當終為「歲在龍蛇」。「既望」為農曆每月 16 日。故徐朔方先生斷定湯顯祖逝世的時間應是萬曆四十四年丙辰六月十六日（公曆 1616 年 7 月 29 日）亥時。也就是湯寫絕筆詩《忽忽吟》的第二天，湯詩自注：「此苫次絕筆在丙辰夏杪望日」，即六月十五日。一般說來，兒子對父親去世的時間是不會記錯的。湯開遠是萬曆四十三年（1615 年）鄉試中舉，胞弟湯開先同科補弟子員，然祖父、祖母亦同年而逝，父親湯顯祖

因思親而患病，二哥湯大耆以國學授徐州同知，家庭重負皆落於其一身，湯開遠為照顧父親，毅然放棄入京會試，盡孝於父病榻之前。湯顯祖病逝，他尊父囑從簡安葬父親於文昌橋湯家山墓地。《玉茗堂尺牘》刻印在湯顯祖死後的第二年即萬曆四十六年（1618 年）。這是他應故舊門生期盼能一覩文聖遺墨而編輯。湯開遠在《玉茗堂尺牘序》中所提的湯顯祖卒年應是可靠的。徐先生以此論定也是有道理和可信的。已故的中國藝術研究院資深的戲曲史專家黃芝崗先生在他所著的《湯顯祖評傳》中也認為「《文昌湯氏宗譜》所稱之『九月二十一日』，實是六月二十一日」，是在「湯寫《忽忽吟》後第七天就死去了」。但他忽略了「既望」二字是每月的 16 日。這兩位湯顯祖研究權威認為《宗譜》所載湯顯祖逝世時間「月日當有誤」卻是一致的。我對以上兩位專家的意見雖然表示認同，但又存有不解的迷惑。因為中國民間譜牒的修纂是十分隆重而嚴肅的大事。入譜者的生卒時間需要很認真的申報。像湯顯祖這樣有名望有地位身份的人入譜的生卒時間當更會慎重其事。湯顯祖作古時間正式入譜應是死後 26 年，即崇禎十五年（1642），這年《文昌湯氏宗譜》輪到了 30 年一小修。也許是因湯顯祖作古後第一次入譜緣故，劉同升、陳際泰、艾南英和章世純等都為該修作了序。劉同升（1587～1646 年），字晉卿，吉水縣人。明崇禎十年（1637）丁丑科狀元。父親劉應秋，是萬曆十一年（1583）的探花，曾任國子監祭酒等職，與湯顯祖是同科進士，兩人意氣相投，交誼深厚。湯顯祖曾將女兒詹秀許與劉同升，後因愛女夭亡而未過門；陳際泰、艾南英和章世純都是湯顯祖的得意門人，他們是有聲望的名士，他們的文學成就至今在我國文學史上都一定地位與影響。他們都來為湯顯祖家譜作序，顯然是出於對師哲的懷念和尊崇。這些人對湯顯祖逝世的時間都應是清楚的，若《宗譜》所載湯顯祖的卒年「月日當有誤」，他們不可能會熟視無睹。再說湯顯祖入譜的生卒年月定是由他的三個兒子大耆、開遠和開先所提供。他們不可能提供「月日當有誤」的湯顯祖去世時間。特別是湯開遠，他是守候在父親身邊送終的一個兒子，父親卒的時間最為清楚。他不可能不看到這部新修《宗譜》，不可能不關心《宗譜》上記載的父親去世時間。然而事情偏又出在他所寫的《玉茗堂尺牘序》與《宗譜》記載兩個時間的不相符。一個人的生卒年月只有一個，從研究考證的角度，容許多種說法並存，但認定的只有一個。依筆者淺見，按我國傳統習慣，一個人的生卒年依家譜為據較為恰當，何況徐先生在「時」上又採用了家譜的「亥」時。若說「月日當有誤」，

上述我所提幾點的疑惑又誰能解開？湯顯祖和莎士比亞現同被聯合國教科文組織列為 100 個世界文化名人之一。莎士比亞逝世時間是公曆 1616 年 4 月 23 日是沒有爭議的。再過 10 年，就是他倆逝世 400 週年，屆時紀念他們的活動將是沒有國界、國際性的。認定湯顯祖的逝世的唯一時間對宣傳與紀念這位世界文化名人都是有必要和有意義的一件事。

2006 年 8 月於海南

「湯顯祖死於梅毒」之說大可質疑

　　2000年一期《文學遺產》刊載了浙江大學徐朔方先生的《湯顯祖和梅毒》一文。這篇考證湯顯祖死因的文章，提出了「湯顯祖死於梅毒」。文章認為，「此時梅毒自國外傳入」，湯顯祖的好友「屠隆的死因是梅毒」，「湯氏《訣世語七首》小序」「同屠隆彌留時吩咐他兒子玉衡的話十分相似」，因而「湯顯祖無法想像的是他自己和屠隆一樣死於同一種惡疾」。徐先生還舉出了明人張師繹的《祭故祠部郎臨川湯若士先生文》〔註1〕中引用湯的學生朱爾玉的話——「其疾為瘍於頭」，認為是「梅毒患者後期常見的症狀」，又對湯詩《七年病答繆仲淳》〔註2〕末句「古方新病不相能」作出解釋說：「說明這是一種新病，用傳統的古方無法進行有效治療。這種新病只有新從國外傳入的梅毒才能得到確切的解釋。」

　　徐先生還明確表示，他寫這篇文章的目的是為了要「還他（指湯顯祖——引者）真實的歷史面目」，「沒有義務為他們隱惡揚善」。徐還認為，「四夢」中的一些齣目中的色情描寫，能說明「湯顯祖致死的疾病和他生平及創作有這樣密切的關係」。

　　然而梅毒傳入的「真實的歷史面目」是這樣的嗎？湯顯祖真是死於梅毒嗎？「四夢」中的一些色情描寫能與湯氏死因扯得上關係嗎？帶著這些質疑，我翻閱了有關資料，得出不同的結論。

　　一、梅毒不是明代才由外國傳入的。《呂氏春秋》說：「昔太古……其民聚生群處，知母不知父，無親戚、兄弟、夫妻、男女之別，無上下、長幼之

〔註1〕張師繹《月鹿堂文集》卷八。
〔註2〕《湯顯祖詩文集》卷十九。1982年，上海古籍出版社。下同。

道。」《列子・湯問》中也說：「男女雜遊，不媒不娉。」這種「雜遊」即有不潔的性行為，就會產生性病。我國最早的古方書《五十二病方》已有「蠱者」這一病名。《左傳》說：「近女室，疾如蠱。」即認為淫亂產生「蠱」，也就是後人稱之的「梅毒」。我國甲骨文有「蠱」字記載。現代科學工作者已在古人的骨上找到梅毒疾病的痕迹。南宋楊士瀛的《仁齋直指》中《走皮趨瘡》項即有「淫夫龜頭上生瘡，初發如粟，撫之則痛」的記載。元人繼洪的《嶺南衛生方》中也曾記載有「楊梅瘡」。到了明代，梅毒不是自國外傳入，而是我國傳統醫學對梅毒的防治取得前所未有的巨大成果。16 世紀初，醫學家韓懋著有專治梅毒的《楊梅瘡治方》（1 卷），為我國最早醫治梅毒的專著，惜已佚失。與韓懋同時的我國大藥物學家李時珍，於 1589 年著成的《本草綱目》中，論及「楊梅瘡」的病症與治療。在湯顯祖去世後的 16 年（1632）海寧人陳司成在深入調查研究，總結家傳治療經驗及名家秘授的基礎上，寫成了《梅瘡秘錄》一書，今為我國現存的第一部有關梅毒的專著，也是世界上最早使用砷治療梅毒的記載，並指出了預防方法。

　　由此可見，在湯顯祖的時代，「梅毒」不是什麼「新病」，中國傳統的「古方」對此種病並非「不相能」。因而徐先生對「古病新方不相能」的解釋也就不「確切」了。

　　二、「瘍」是惡瘡，不能等同梅毒。徐先生說湯顯祖死於梅毒的唯一根據無非是明人張師繹的《祭故祠部郎臨川湯若士先生文》中引用湯的學生朱爾玉的話——「其疾為瘍於頭」，並說這是「梅毒患者後期常見的症狀」。「瘍」的本義是皮膚「膿腫的潰爛」。《左傳・襄公十九年》：「荀偃瘭疽，生瘍於頭」杜預注：「瘭疽，惡創。」唐・張鷟《朝野僉載》卷二：「李氏頭上生四處瘭疽，腦潰，晝夜鳴叫。」，可見這種生在頭上的「惡創」（即「惡瘡」）並不是梅毒，也不能說這是「梅毒患者後期常見的症狀」。我咨詢過皮膚病的專業醫生，他沒有遇到過這樣的病例，梅毒一般是不會長在頭上。

　　三、湯顯祖致死之疾為梅毒不足信。湯顯祖生活在晚明社會，受當時士大夫習氣的影響，染指蓄妾、娼遊。湯顯祖自己也曾坦認：「吾前時昧於生理，狎侮甚多。」然而這個「前」字表明了主要是年輕時在南京的風流韻事。到萬曆十四年（1586），羅汝芳到了南京講學，和湯見了面，對湯的浪漫生活提出了批評。羅問湯：「子與天下士日伴澳悲歌，意何者，究竟於性命何如，何時可了？」湯顯祖「夜思此言，不能安枕。久之有省，知生之為性是也，非

食色性也知生；豪傑之士是也，非迂視聖賢之豪」。〔註3〕從此湯的風流行爲大有收斂。他在《答管東溟》的信中，說他以後生活，將從「遊衍判渙」轉向「掩門自貞」和「永割攀援」。〔註4〕再從湯顯祖去世的年齡看，已是67歲的老人，距古稀之年僅差三歲，這在那個時代可稱得上高壽。如湯氏當年眞的染上梅毒，且中醫「古方」又「不相能」的話，湯顯祖也不可有如此高壽。《撫州府志》對湯的死因記述甚明：「家居二十年。父母喪時，顯祖已六十七歲。明年以哀毀而卒。」

四、湯顯祖和屠隆彌留之際的遺言有相似之處，不等於他們死因也相似。湯、屠既爲同僚知交，又是詩文摯友，更是戲曲知音。他們都是「狂狷」之仙才，且都染有風流浪漫習性。不過湯氏能較早收斂，而屠隆卻走向「縱欲」。但他倆又都崇信佛道，希望死後超度仙界，因而在彌留之際所留遺言有相同之處，本不足爲奇，硬要往「死於同一種惡疾」上掛靠，不禁令人失笑。屠隆之所以被後人認爲患梅毒致死，主要依據來自湯顯祖那首《長卿苦情寄之瘍，筋骨段壞，號痛不可忍。教令閹舍觀世音稍定，戲寄十絕》〔註5〕。然而，屠隆彌留之際，湯顯祖遠在江西臨川，相隔千里，其病狀未曾目睹。湯詩所寫，完全是根據傳聞。而目睹屠隆死狀的是其親翁張應文和友人胡文學。他倆詩文記述屠隆彌留之際的狀況，則又是另外一副樣子。如張應文爲屠隆作的小傳說：「及疾革，猶扶床凝望，幾慧虛飆迎我。悵快而卒，得年六十三。」〔註6〕既然在明代社會士大夫患梅毒不是什麼「大驚小怪，把它看做可卑可恥的事」，那屠隆的親翁張應文又爲何爲用得著對隆死因不說實話？可見屠隆是否死於梅毒也還是有待進一步研究的問題。再考察屠隆去世前二年的行蹤：61歲，他還帶家庭戲班出遊，到江西南城與福建武夷山區，赴福州參加烏石臺中秋戲曲晚會，並奮袖串演了《漁陽摻鼓》。62歲，他又與家班留連在常熟烏目山和南通一帶，到明年八月才重病歸家。很難想像，一個六十多歲的老人，又是梅毒晚期患者，竟能有如此體力和興致，能和戲班長期跋涉在閩、贛、蘇、浙山水之間。

四、「四夢」中的一些色情描寫與湯氏死因沒有必然聯繫。徐先生列舉的

〔註3〕《秀才說》，《湯顯祖詩文集》卷三十七。

〔註4〕《湯顯祖詩文集》卷四十四。

〔註5〕《湯顯祖詩文集》卷十五。

〔註6〕張應文《甬上耆舊詩》卷十九。

「四夢」中那些色情描寫，是作者出於表現劇本的「意趣」需要，旨在反映那個無惡不包、無醜不備的社會面貌和人們心態。不能認為那些都是糟粕，更不能視為湯顯祖「風流浪漫」經歷的寫照。《金瓶梅》出現在晚明社會，被視為「奇書」，在傳抄階段就引起文人學士的矚目，該書在批判淫欲時流露出某種欣賞意味和低級情趣當然也會影響湯顯祖。湯在表現情愛情節時，出現一些低級情趣描寫，表現了當時文人的創作心態，若硬要與其「死因」相聯繫，硬要為湯的「梅毒病患」尋找依據，令人感到牽強附會。

另外，徐先生在文中還提到湯的元配吳氏夫人早逝和續娶傅氏是妓女出身問題，以圖來說明「湯顯祖致死的疾病和他的生平及創作有這樣密切的關係」。然而吳氏夫人在湯顯祖中進士那年在家鄉病故，與三十多年後湯顯祖的去逝的死疾能產多大關係呢？難道能說青年的湯顯祖感染上梅毒傳染給了吳氏，吳氏死了而湯顯祖頑強地活到了67歲？說傅氏夫人是妓女出身當然能為湯顯祖感染梅毒找到直接的來源。然而說傅氏夫人是妓女出身有何根據？現存湯顯祖詩文中有哪一篇能予以佐證？我想，如果傅氏夫人今天還健在，她一定要與徐先生對簿公堂，為自己的名聲和人格尊嚴討個說法。湯老夫子地下有知，他大概也會向徐先生交涉：「依子之言，吾之《牡丹亭記題詞》當易之為『生者可以死，死可以生，皆梅瘡所致也』。」徐先生還忽略了這樣一個重要事實：妓女不僅多有性病且一般不能生育，可傅氏嫁湯後生有開遠、開先和詹秀等。除詹秀夭折外，開遠、開先均長大成人。他們都有文名，倡導古文，造詣深，且開遠官至監察副使。

綜上所述，筆者認為，徐朔方先生的《湯顯祖和梅毒》一文質疑之處甚多，「湯顯祖死於梅毒」不足為信。徐先生撰作此文明明是沒有根據想當然的「揚」湯顯祖的「惡」，以顯權威，可在文中又要遮掩，因而難免自相矛盾。前面說，「我們大可不必為此（指湯顯祖染上梅毒——引者）而大驚小怪，把它看做可卑可恥的事」，後面說，「我們沒有義務為他們隱惡揚善」。在談到湯氏的《訣世語》時，徐先生用了近似詆毀的口吻說湯顯祖「表面上說的一套，實際上行的是一套」。徐先生是位有影響的湯顯祖研究專家，不管他寫作此文主觀動機如何，但在客觀上起到的作用決不是「擡高」、「美化」湯顯祖，而是不負責任「貶低」、「醜化」湯顯祖，向湯顯祖臉上抹了灰，有損於一個世界文化名人在人們心目中的形象。誠然，對待古代文化遺產應站在歷史唯物主義立場進行批判的繼承，然而這種「批判」應以「歷史事實」為依據，而

不能似是而非，妄加聯想和推斷。我無意要求徐先生爲湯顯祖「隱惡揚善」盡「義務」，然而，任何一個湯顯祖研究工作者又確有「義務」向世界宣傳一個眞實的湯顯祖，而不是一個被扭曲了的湯顯祖，一個值得世人學習和弘揚的湯顯祖，而不是一個令人鄙夷的湯顯祖。

（原載《撫州師專學報》2000 年 4 期，後有修改）

附：徐朔方《湯顯祖和梅毒》

　　長久前我曾寫過一篇內容與此相似的文章，1990 年編入《徐朔方集》（1993，浙江古籍出版社）時，我尊重出版社負責同志的意願，自行把它刪除了。他們以友好的口吻對我說，「你這樣寫的目的何在呢？」現在找不到原文，只得重寫。同時被刪的還有一篇論文《請不要破壞漢字》，表面上他們說這不是學術論文，實際上則因爲此文批判我黨的新文字運動的左傾主張。其實當時的文字改革委員會已經改組爲國家語言文字委員會，黨和政府已經同這種「左傾幼稚病」劃清了界線。可是出版社有些同志還是顧慮重重，當時我考慮到出版社推出我的文集已經蒙受虧損，我想不應該使它在政治上再蒙受損害，因此我作出了讓步。

　　對於湯顯祖問題，我想最重要的是還他眞實的歷史面目。無論人爲地擡高他或貶低他都是徒勞有害的。對待古代文化遺產——文學遺產，我們只能是批判繼承的態度。

　　既然出入花街柳陌在湯氏詩文中，如同在他以前的古代詩文中一樣，是大量地公開地存在，而此時梅毒已自國外傳入，在這樣的情況下，不管當事人的道德操守如何，被傳染的可能是實際存在的。我們大可不必爲此而大驚小怪，把它看作是可卑可恥的事，當然這同所謂衝破封建婚姻制度的大膽行動毫無關係。我們沒有義務爲他們隱惡揚善，無論美化和醜化都是不可取的。

　　據《簡明不列顚百科全書》（中文版，北京，1986）的介紹，廣泛流行的惡性傳染病梅毒始於新大陸。自哥倫布從新大陸回返後，歐洲文獻中才有確實可靠的梅毒記載。哥倫布第一次遠航在 1492 年，即明孝宗弘治五年。中國文獻有關梅毒的最早記載也在此年之後。沈德符《萬曆野獲編》卷二十三《王

百穀詩》說：「時汪太函（道昆）介弟仲淹（道貫）偕兄至吳，亦效其體作贈百穀詩：『身上楊梅瘡作果，眼中蘿葡翳爲花。』時王正患楊梅瘡遍體，而其目微帶障故云。然語雖切中，微傷雅厚矣。」查汪道昆、道貫兄弟作客蘇州有兩次：一在萬曆十一年（1583），一在萬曆十四年（1586），即在哥倫布遠航之後將近一百年。大約過了二十年之後，寧波文人屠隆死於梅毒。有趣的是他的宗譜只說他是病死。他的親翁張應文《鴻苞居士傳》（見《鴻苞集》卷首）記載屠隆彌留時的情況說：「寢疾數日，不火食。命其子玉衡曰：吾將歸矣。其薄斂，殺俗禮，勿溷我。援筆作《辭世詞》……書畢翛然而逝。此其爲鴻苞居士云。」

胡文學編《南上耆舊詩》卷十九附小傳云：「先是，吳人孫榮祖挾乩仙，稱慧虛子，先生（屠隆）篤信之。及疾革，猶扶床凝望，幾慧虛飆輪迎我。悵快而卒，得年六十三。」

張應文和胡文學可能目擊屠隆的死狀，卻幾乎把他寫成白日飛升的成仙證道的形象。

湯顯祖根據傳聞寫成的十首七言絕句，題爲《長卿苦情寄之瘍，筋骨段壞，號痛不可忍，教令闔舍念觀世音稍定。戲寄十絕》。詩中說：「雌風病骨因何起，懺悔心隨雲雨飛」；又說「非關鉛粉藥是病，自愛燕支冤作親。」可見屠隆的死因是梅毒。梅毒因不潔性交而傳染的事實似乎已經模糊地爲人所認識。

湯顯祖這十首詩，可能和汪道貫的贈王伯谷詩一樣「語雖切中，微傷雅厚」，但是湯顯祖無法想像的是他自己和屠隆一樣死於同一種惡疾。湯氏《訣世語七首》小序說：「僕老矣。幸畢二尊人大事。苫塊中發疾彌留，已不可起。愼終之容，仍用麻衣冠草履以襲。厝二尊人之側，庶便晨昏恒見。達人返虛，俗禮繁窒。怪之，恨之。恐遂溘焉，先茲乞免。」這一段話同屠隆彌留時吩咐他兒子玉衡的話十分相似：「吾將歸矣。其薄斂，殺俗禮，勿溷我。」如果說屠隆當時思想以求仙問道爲主，湯氏則在心底保留了更深的儒家操守。表面上說的是一套，實際上行的是另一套。

張師繹《月鹿堂文集》卷八《祭故祠部郎臨川湯若士先生文》引用湯的弟子朱爾玉的話說：「其病爲瘍於頭。」「瘍」正是古代對腫瘤或潰瘍的通稱。後者是梅毒患者後期常見的症狀。

湯顯祖有一首詩《七年病答繆仲淳》說：

不成何病瘦騰騰，月費巾箱藥幾楞。會是一時無上手，古方新病不相能。

據《野獲編》卷二十二《督撫‧許中丞》，繆仲淳是蘇州的山人，即游手好閒在官府做幕客的文人。「古方新病不相能」，說明這是一種從未在國內發現的新病，用傳統的古方無法進行有效的治療。這種新病只有新從國外傳入的梅毒才能得到確切的解釋。

湯顯祖死於梅毒，對研究他的作品和生平思想有甚麼關係呢？

湯顯祖考中進士的那一年，夫人吳氏在家鄉病故。他的續娶夫人傅氏是妓女出身。

湯顯祖的傳奇《紫簫記》第七齣《遊仙》前腔〔惜奴嬌〕：「還笑，洞房中空秘戲，正落得素女圖描。」傳奇完成於萬曆五至七年（1577～1579）。他的《紫釵記》傳奇第二十五齣《折柳陽關》，女主角霍小玉和新婚丈夫李十郎告別時，預想到今後獨寢的情景說：「被疊俯窺素女圖。」今美國印地安那大學「金賽性與生育研究所」藏有明版鄔華生《素娥篇》。《素娥篇》和《紫簫記》、《紫釵記》提到的《素女圖》應是同類的貨色。它著重描寫行房的四十三種姿勢，插圖與詩詞對照。

《牡丹亭》是湯顯祖的代表作。它第九齣春香轉述杜麗娘的話：「關了的雎鳩，尚然有洲渚之興，可以人而不如鳥乎？」最後一句一字不易地來自色情小說《如意君傳》。

《牡丹亭》第十齣《驚夢》是膾炙人口的名作。在〔山桃紅〕和相連的〔鮑老催〕兩支曲子裏有幾句赤裸裸地描寫性行為的句子。在清代的演出本《綴白裘》裏，《驚夢》分成《遊園》和《驚夢》兩齣戲，後來又在兩齣戲中間插入一齣《堆花》。這是民間藝人的傑作。但是懾於《牡丹亭》的傑出成就，他們只是增加了一些加強歡快氣氛的句子，而對湯氏的無法公開表演的原句卻存而不論。我不知道新近的演出本對此作何處理。

湯顯祖《南柯記》傳奇第四十四齣《情盡》，主角淳于棼忍受焚燒手指的劇痛，許下宏願。真誠所至，天門大開。他屠然目睹大槐安國軍民螻蟻五萬戶口同時昇天，包括他的亡父亡妻和親戚故舊在內。這顯然來自《金瓶梅》最後一回普靜禪師薦撥出魂的情節。這也是湯顯祖是《金瓶梅》的最早讀者之一的證明。

既然湯顯祖致死的疾病和他的生平及創作有這樣密切的關係，對此避而不提似乎並不適合。

就湯顯祖履歷幾個問題答萬作義先生

　　為紀念湯顯祖誕辰 430 週年，筆者執筆撰寫了《傑出的戲曲家湯顯祖》一文，發表在 1980 年 9 月 24 日《江西日報》副刊。不久《江西日報》轉來讀者萬作義先生（萍鄉金山中學老師）《對〈傑出的戲曲家湯顯祖〉一文的看法》批評文章，就湯顯祖履歷的幾個問題提出了「商榷」。這幾個問題涉及對湯氏生平歷史的基本瞭解，有必要作出答覆。覆信如下：

　　萬作義先生：

　　謝你對我們文章的關心，對先生嚴謹的治學精神表示欽佩。蒙指教的幾個問題答覆如下：

　　一、我認為我們文中「祖父和父輩都是既善詩詞歌賦，又愛彈琴拍曲的讀書人」這句話本身語意並不含混。你提出問題的實質是湯顯祖的祖父和父親、伯父是否都有彈琴拍曲這一愛好的問題。這三個人，你對其伯父（湯尚質）是不抱懷疑的，因為有詩《月夜輕點拍》可佐證。然而湯氏祖父懋昭喜愛彈琴拍曲也是有依據的。《文昌湯顯祖氏宗譜・酉塘公傳》談到他祖父四十歲以後隱居城郊酉塘山莊的生活情景說：「由是閉戶潛修，或賦詩以言志，或彈琴以自娛」。湯顯祖父親雖不像他的父兄那樣可以找到詩文根據，但我有理由認為也是個愛彈琴拍曲的人。其理由是：

　　1. 讀書、藏書、樂善好施、業餘彈琴娛情是湯家家風。既然他的父兄都有這一愛好，尚賢又是個「嗜古耽奇」的人，在家庭環境的薰陶下，也跟著彈琴拍曲是完全可能的事。再說湯顯祖父號承塘，是「繼尊公酉塘志也」。承塘確也繼承了酉塘之志：酉塘「閉戶潛修」，承塘「可聞不可見」；酉塘「或

賦詩以言志」，承塘「爲文高古，舉行端方」；酉塘「或彈琴以娛情」，承塘在那一家庭環境中焉能不彈琴拍曲以娛情乎？

2. 湯家藏有元人院本上千種，湯顯祖對許多曲詞的精彩唱段都可一一背誦，湯尚賢對這些院本不能不瀏覽。

3. 當時臨川地區海鹽腔盛行，從藝的演員上千人，嗜唱此腔在臨川城鄉已蔚然成風，一些書香人家更是當做一種雅趣，這一雅趣事實上在湯家已形成。

二、關於三年後，湯顯祖是否進京參加了會試問題。三年後，當是萬曆八年（1580 年）。這年湯顯祖 31 歲，確是到北京參加了會試。但到京後他並沒有入圍考試。這是因爲張居正得知湯來了，又派了他的親信王篆和兒子懋修去見湯。他們舊話重提，又談鼎甲條件。湯顯祖不僅避之若浼，還說了「吾不敢從處女子失身也」一樣有骨氣的話。此事鄒迪光在《湯義仍先生傳》中說得很明白：「庚辰（萬曆八年，1580），江陵子懋修與其鄉之人王篆來結納，復啖以巍甲而不應，曰：『吾不敢從處女子失身也。』」鄒傳是湯顯祖生前親自看到過的，故此事不會有錯。對湯顯祖進京後不入圍應試，臨川民間有種說法是：湯顯祖是絕頂聰明人，他深知考了也必然落第，若這科又落第了，知情者對我同情，不知我者還說我才不如人。其實從常理上看，對湯這一做法不難理解。因爲三年前的落第不是他拙於才情，而是觸忤了時相張居正。今番張家又羅網重開，不就範必將重蹈覆轍，像湯顯祖這樣高智商的人怎沒明智之舉？你舉的《門有車馬客》這首詩是湯顯祖 28 歲至 30 歲以前所作，入編在他的詩文集《問棘郵草》中。這首詩寫的是二十八歲那年上京赴考前，曾在安徽宣城姜奇方家作客，遊開元寺認識了沈懋學，同他們在開元寺一起課文時，張居正派來一個父輩（張的一個叔父，不是王篆）人物，用甜言蜜語來拉攏他，要湯陪張的兒子同場科考，遭到湯的拒絕的情景。你把湯顯祖 30 歲以前寫的《門有車馬客》來說明湯 31 歲時再拒張派王篆來結納，從而證明湯顯祖參加了這科會試，這是你一時疏忽，鬧了個張冠李戴。

三、你認爲 1593 年春天，湯顯祖調到浙江遂昌任知縣不是調升，而我們卻堅持認爲是「調升」。湯顯祖從一個典史添注即沒有編制的九品臨時小官到一個七品縣太爺，不是「升」算什麼呢？在論述湯顯祖生平事迹的文章中，類似提法很多。趙景深先生稱「稍升浙江遂昌知縣」（《曲論初探·湯顯祖傳》），

《中國戲曲通史》論湯顯祖及其「四夢」謂「被貶的第三年，湯顯祖又升為遂昌知縣」（張庚、郭漢城主編）。你列舉的《列朝詩集小傳》（錢謙益著）、《玉茗堂選集》（沈際飛輯）和《撫州府志》中有關的湯顯祖傳我都看過了。還有鄒迪光所作的《臨川湯先生傳》，他用的是「轉遂昌令」，這「轉」字當然就是「遷調官職」，從低職位「轉」到高職位，也就是升了。明清間為湯顯祖作的傳記中把湯從徐聞調遂昌用「升」「遷」的很多，《明史·湯顯祖傳》用了「稍遷」，《萬曆十一年癸未進士同年序齒便覽·湯顯祖簡歷》用的是「壬辰升遂昌知縣」，萬斯同的《湯顯祖傳》用的是「稍遷遂昌知縣」，清蔣士銓的《玉茗先生傳》用的是「升遂昌知縣」，《遂昌縣志》用的是「升縣令」，《徐聞縣志》用的是「遷遂昌知縣」。《明史》在談到湯從太常博士升禮部主事時，用了「就遷禮部主事」，可見「遷」就是「陞遷」。至於「量移」那是唐代的一種制度，當罪官貶至遠處，遇赦則酌量移至近處，白居易有詩云：「一旦失恩先左降，三年隨例未量移」，可見這種赦期是每三年一例。然而明代已沒有此制度，何來「赦期」？。對於「量移」用現在的話來說，有點似「落實政策」，受量移的貶官，雖不是都官復原職，但生活與工作條件都得了改善，絕大多數都較原職升了。湯顯祖這次調遂昌和唐代對貶官酌量移近性質差不多，借用了「量移」一詞，並非遇到什麼「赦期」。

　　四、《廟記》一文，我們說他是我國戲曲史上談表演藝術的一篇寶貴文獻，感覺不到有「悖於客觀願望」，而是文章實質使然。誠然，《廟記》內容豐富，但從湯氏當初寫《廟記》的動機目的而言是為紀念宜伶表演藝術祖師爺——清源師，刻意把他放到與孔子、佛老同等地位看待，號召宜伶學習清源師的高尚品德和對戲曲表演藝術的執著追求，創造出「形神兼備」且「如其人」的舞臺藝術形象。全文 1100 多字，其中涉及聲腔源流的僅 107 字。這是湯顯祖在談表演藝術順帶提到的一筆，為的是表彰將海鹽腔引入宜黃的有功之臣譚綸，勉勵大家要努力提高表演技能，不要讓譚大司馬在九泉之下長歎：「奈何我死而道絕也！」經三百多年後，這段文字成了記載聲腔流變的重要文獻，為我們今天研究戲曲聲腔源流提供了極為難得的文字依據。這是當初湯顯祖下筆時所未料的意外收穫，不是湯當初寫作的意圖。再說戲曲是要靠表演塑造舞臺藝術形象的藝術，沒有表演何談戲曲？一部戲曲史其實就是戲曲表演藝術的發展史。從具體的、狹義的角度說《廟記》是談表演藝術的重要文獻與稱它是我國戲曲史上一篇的重要文獻並不矛盾。

附：傑出的戲曲家湯顯祖

湯顯祖是我國早期傑出和有影響的戲曲家之一。今年 9 月 24 日是他 430 週年誕辰。430 年前，他誕生在我省臨川縣城東文昌里（今屬撫州市）。在我國近世戲曲史上，他的地位可與關漢卿並駕齊驅；在世界戲曲史上，他的名字與莎士比亞一樣響亮。湯顯祖字義仍，號若士，別署清遠道人，出生在一個開明的中、小地主家庭。祖父和父輩都是既善詩詞歌賦，又愛彈琴拍曲的讀書人。他家有數萬卷藏書，其中有元人院本近千種，爲湯早年學習和以後從事戲劇創作提供了良好的條件。

湯顯祖從小就很聰明，13 歲從羅汝芳學習理學，對少年湯顯祖有很大影響。後來又是崇尚李贄，並與以禪宗反對朱程理學的達觀和尚結爲好友。這些人的思想對以後湯氏的思想及其戲劇作品具有反抗性有著深刻的影響。

湯氏是個頗有風骨的文人。由於他不肯阿諛權勢，以至在仕途中幾經挫折。當他 28 歲到北京趕考時，首輔張居正爲了想讓自兒子及第而又顯得有眞才實學，要找兩位名士同場科考，便私下派人來拉攏湯顯祖，並暗許功名，但湯氏斷然拒絕，因此沒有被錄取。3 年以後，張居正又派他的同鄉王篆和兒子懋修來與湯結納，再次許以功名，湯還是沒有答應，並表示：「吾豈敢從處女子失身也。」湯因此也就不參加這科考試。直到張居正死後的次年（1583）他 34 歲時才中了個三甲進士。第二年，他出任南京太常寺博士閒職，1589 年升任禮部主事。1591 年，他在禮部主事任內，因上《論輔臣科臣疏》，公開對輔臣申時行和科臣楊文舉、胡汝寧進行彈劾，還指責了神宗朱翊鈞本人。這份奏疏像一顆重型炮彈，震動了整個朝廷。神宗大怒，把湯降到廣東徐聞縣去做典史小官。

　　到了徐聞以後，湯顯祖建立了貴生書院，並親自講學，轉變當地輕生好鬥不知禮義的不良民俗。1593 年春天，他調升到浙江遂昌縣任知縣。一到遂昌，他便在城裏瑞山腳下建立「相圃書院」，發展文教事業，並組織群眾打虎，一舉消滅了虎患。後來，他又在除夕放囚犯回家過年，元宵節放囚犯出獄去看燈。由於湯顯祖在遂昌施行的一些政治措施，觸犯了當地地方豪紳，因而遭到他們的反對和上司的挑剔，終因不附權貴而被議免官，從此不再出仕。

　　湯顯祖的戲曲創作活動早在青年早期就開始了。他的處女作《紫簫記》就是 28 歲至 30 歲年間在臨川寫的。《紫簫記》取材於唐人小說《霍小玉說》加以渲染而成的。全劇平淡，曲詞賓白也過於豔麗，可說是他早期不成熟的作品。後來，他在南京供職時，將《紫簫記》改為《紫釵記》，使內容富有人民性和現實性，並在劇中譏諷時事。湯氏的《紫釵記》和他回臨川以後寫的《牡丹亭》，《南柯記》、《邯鄲記》都是以夢為劇情中心，所以後人稱他的四種傳奇為「臨川四夢」。其中《牡丹亭》是湯氏根據話本短篇小說《杜麗娘慕色還魂》再創作的。劇情是寫少女杜麗娘因遊春傷春，相思夢中遇到的理想情人而死，死而復生，最後衝破家庭阻攔與情人結成眷屬。《牡丹亭》是我國戲曲史上浪漫主義傑作。它揭露了封建禮教的罪惡與脆弱，號召被封建禮教和虛偽理學束縛的青年，起來爭取個性解放和自由幸福而鬥爭。作者賦予愛情以超越生死界限的力量，在當時歷史條件下，是具有進步意義的。

　　由於《牡丹亭》反映了那個時代青年婦女的苦悶，喊出了她們的呼聲，加上它自身具有激動人心的浪漫主義藝術力量，所以它一問世，在當時社會產生了強烈的震撼力量，達到「家傳戶誦，幾令『西廂』減價」的地步。並在婦女界出現不少遺聞軼事。如婁江女子俞二娘讀了劇本自傷身世而自殺；杭州商小玲因表演過度情真而死在臺上；揚州女史金鳳鈿因讀《牡丹亭》慕湯而情死，死前還囑咐要用《牡丹亭》殉葬。

　　湯顯祖不僅進行戲曲創作，而且還參加演出活動。他的居所玉茗堂，就是當年他「手掐檀板教小伶」指導宜黃戲演員進行排練和演出的場所。他對戲曲表演藝術有自己的卓越見解。他寫的《宜黃縣戲神清源師廟記》，就是我國戲曲史上談表演藝術的一篇極為寶貴的文獻。

　　湯氏在戲曲理論上，堅持「以意、趣、神、色為主」，不必「一一顧九宮四聲」，反對以沈璟為首的格律派所謂「寧協律而詞不工；讀之成句，而謳之始協」的形式主義。他自己在創作中，有時為了內容需要便不受格律拘束。

正如他自所說：「餘意所至，不妨拗折天下人嗓子。」

湯顯祖除創作「臨川四夢」外，還著有《紅泉逸草》、《雍藻》（今佚）、《問棘郵草》和《玉茗堂集》詩文二千多篇。他的詩文成就遠比戲劇遜色，但為研究湯顯祖生平及其著作提供了極為寶貴的資料。

（原載 1980 年 9 月 24 日《江西日報》）

湯顯祖是我們的驕傲

　　英國出了個莎士比亞，了不起，被認爲是英國的驕傲。但是，和莎士比亞同時的公元 16 世紀末到 17 世紀初，我們中國也出了個了不起的、值得驕傲的劇作家，他就是湯顯祖。

　　提起湯顯祖，人們就想到《牡丹亭》這部歷三四百年之久，至今讀來仍舊使人迴腸蕩氣的愛情傳奇。湯顯祖的名字也因此而更加閃耀著光輝。

　　那麼，湯顯祖又是怎樣的一個人呢？

　　他是江西人。1550 年 9 月誕生在臨川縣（今屬撫州市）的一個世代書香的家庭裏。因爲天資聰明，21 歲中舉人，28 歲就是全國聞名的才子了。在他面前展現的應該是一片「錦繡前程」，可是，他卻選擇了一條道路：寫戲。因爲他的性格，不適應官場中那一套吹吹拍拍，順著高枝兒向上爬的作風。有許多在別人看來是千載難逢的交好運的機會，都由於他那耿介的秉性，失掉了。

　　首相張居正爲了想擡高兒子的身價，派人去拉攏他，暗許功名，約他陪同張的兒子去赴考，遭到拒絕，因而落第。

　　張居正不死心，過了三年，又派了三兒子來同湯顯祖結交，湯還是不識擡舉，索性放棄了考試。

　　直到張居正死後的第二年，湯顯祖 34 歲，才中了進士，朝廷的輔臣申時行、張四維想把他收在門下，他又不願意，曉得在京城裏待不下去，自請到南京做了太常博士的閒官。

　　以後，他又因爲揭發時弊，給皇帝上了《論輔臣科臣疏》，更得罪了不少人，被貶到廣東的徐聞，連知縣也做不著，只好做典史。1593 年，調到浙江

遂昌，總算升了縣令。在任五年，為老百姓做了不少好事，「一時醇吏聲為兩浙冠」，但是更大的抱負無法實現，終於在他 49 歲的時候，主動辭職，回家專門從事戲劇創作，把一腔悲憤的心情寄託在倚聲度曲上面。當時有不少人對他的這個舉動不理解，包括他的老師張位，看了他寫的《牡丹亭》後，勸他說：「君有如此妙才，何不講學？」他答道：「此正吾講學，公所講是理，吾講是情。」藝術是感情的產物，這個道理，湯顯祖老早就用實踐來證明過了。

湯顯祖的戲劇才華，是從小種下的根。他的祖父、父親都是詩詞歌賦的能手，尤其是他的大伯父湯尚質，早年在外度過一段歌舞生涯，回家後未能忘情，常在月夜拍曲，使他深受影響，也經常同謝九紫、吳拾芝、曾粵祥等一班曲友唱著玩。他家藏有元人院本近千種，他能背出好些精彩的唱段和對白。

《紫簫記》是湯顯祖的處女作，最初是同謝、吳、曾等合寫的，每寫一段，就試著演唱，看的人上萬。風聲傳了出去，流言四起，說這個戲是諷刺當朝首相張居正的，那還得了，迫使湯顯祖不得不中途擱筆，直到他在南京做官時，還被有關當局認為這個戲與大官有礙，而將刊行的本子禁掉了。壞事變成好事，湯顯祖後來將《紫簫記》改編成《紫釵記》，思想性和藝術性，反而大大提高了。

《牡丹亭》大概是他在遂昌做知縣的時候開始動筆的，同時還構思了《南柯記》。他的創作態度相當嚴肅認真，傳說他有時坐了轎子去拜客，也在苦苦思索，有時想到一句好詞，便馬上下轎，到市集上借來筆和紙，寫好了，貼在轎頂上，再細細琢磨。又傳說他在「玉茗堂」寫《牡丹亭》，有一天突然失蹤了，家裏人到處尋找，發現他躺在庭院的柴堆上掩面痛哭，一問，是為「填詞『賞春香還是舊羅裙』句也」。這是《牡丹亭·憶女》中的一句唱詞，寫女主角杜麗娘害相思病死了（後來又還魂復生），服侍她的丫頭春香想到小姐平日待她的好處，再低頭看看身上穿的羅裙，還是杜麗娘生前送的，越想越傷心，而作者湯顯祖這時也完全進入了春香的角色，哭得不可開交。

《牡丹亭》一問世，便在當時引起熱烈的反響，「家傳戶誦，幾令《西廂》減價」。婦女們更是產生了強烈的共鳴。這方面的故事不少。如婁江有個十七歲的姑娘俞二娘，讀了這個劇本，自傷身世，憂憤而死；杭州有個女演員商小玲，以演杜麗娘出名，本人與角色幾乎融為一體，有一天演劇中的《尋夢》

一折，唱到「待打拚香魂一片，陰雨梅天，守得個梅根相見」時，因為過於情真，隨聲撲倒在臺上，春香上場看時，小姐已經真的斷氣了……等等。至於林黛玉聽了《遊園》中的「如花美眷，似水流年」等句，那種如醉如癡的情景，凡是看過《紅樓夢》中「牡丹亭艷曲警芳心」一章的人都知道，就不必多說了。

《牡丹亭》的藝術魅力對後世的戲劇創作也產生了影響，如吳炳的《畫中人》，有著《牡丹亭·叫畫》的影子；沈璟的《墜釵記》幾乎與《牡丹亭》大同小異。而鼎鼎大名的《長生殿》，在寫作手法上，洪昇是心悅誠服地拜湯顯祖為老師的，雖然他們不是同一時代的人。

除《紫釵記》和《牡丹亭》外，湯顯祖又寫了《邯鄲記》和《南柯記》，這兩齣戲雖然言佛言仙，表現了作者晚年的消極出世思想，但對晚明的社會黑暗作了某種程度的揭露，有人還說《邯鄲記》是晚明《官場現形記》。把這四齣戲合在一起，就是戲曲史上稱豔的《玉茗堂四夢》。

湯顯祖不但會寫戲，而且有演戲的才能，當過戲班子的導演。他在《醉答君東二首》的一首中寫道：「玉茗堂開春翠屏，新詞傳唱《牡丹亭》。傷心拍遍無人會，自招檀板教小伶。」這就是他指導演員排練的情景。他還寫過戲曲理論的文章，有些論述，今天看來仍有教益。

（原載 1980 年《藝術世界》4 期）

湯顯祖在嶺南

引 言

中國封建時代知識分子要想進身、報國爲民，必經科舉這座獨木橋。湯顯祖在這座橋上走得光彩，更走得艱難。他 14 歲中秀才，文才就受到主考官的推崇，21 歲中舉，更是文名遠播。此時的他躊躇滿志，自認「頗有區區之略，可以變化天下」，可在京試中便碰得頭破血流，一連四次失利。有說前兩次是文章不合考官的胃口。然而考官的「頭腦大半是陰沉木做的，什麼代聖賢立言，什麼起承轉合，文章氣韻，都沒一定標準，難以捉摸」。（魯迅：《透底》）也可能是他名聲太大，文章又有特色，反而給他招來麻煩。科場難有眞伯樂，歸有光是明嘉靖朝的大才子，翰林院的那些大學士也素仰其名，可他連考九次才中。湯顯祖比歸有光幸運，第五次就中了三甲進士。後兩次落榜乃是他拒絕當朝首輔張居正的結納而遭到的報復。中進士後，新入閣的申時行、張四維又想招他入幕，可他那耿介秉性與個人政治取向而拂卻了，自求外放到南京禮部作閒官。從太常博士做到禮部主事，時間耗了八年。到南京不久，湯顯祖就捲入政治漩渦中，與一些激烈抨擊朝政的中小官員站在一起，以致萬曆十五（1587）年在京述職差點打入「不謹」之列。目睹全國性的災荒和邊防洮州失事，湯顯祖對現實極爲憂慮與不滿。萬曆十九年（1591）的閏三月，因慧星出現，視爲「不祥之兆」，神宗藉此責備言官，湯顯祖覺得時機到了，上疏彈劾那些無行的輔臣科臣，並語犯神宗，被貶爲廣東徐聞縣典史。貶謫徐聞是湯顯祖人生的轉折，命運的改變。時間雖是「六月一息」，還包括進入嶺南旅途往返時間在內，實際在徐聞活動僅爲三四個月罷了，但這

是他人生跌入谷底非常經歷，對他思想的震撼與人生閱歷的豐富難有第二地可與匹比。田漢老有詩「庾嶺歸來筆有神」，點出了此行對他思想觀念與戲劇創作產生的重大影響，沒有嶺南之行就沒有《牡丹亭》。

對湯顯祖的生平研究，進入上世紀 80 年代後雖取得可喜成果，僅出版的傳記就達五六部之多，但徐聞一段都是薄弱一環。如大庾流傳的太守女借樹喊魂故事與《牡丹亭》一劇有無關係？在徐聞湯是否到過海南考察？在肇慶遇到兩個西方傳教士到底是誰等一些問題涉及者不多，有的權威論著也留下空白，有的意見值得商榷。筆者重讀湯公在嶺南寫的詩文，考察了嶺南的歷史文化，試以傳記文學形式，追蹤湯顯祖在嶺南足迹，再現湯顯祖在嶺南的歷史真實。奈何筆者學識譾陋，毫鋒殊鈍，穿鑿附會之處在所難免，敬請海內外高明雅士，不吝批評指正。

一、勝遊山水到徐聞

萬曆十九年（1591）五月十六日，當神宗「以南都爲散局，不遂己志，敢假借國事攻擊元輔」的罪名將湯顯祖貶爲徐聞典史的諭旨下達後，湯顯祖自己並不怎麼感到意外，因爲上疏後的後果他是有思想準備的。他在給朋友信中說：「乘興偶發一疏，不知當事何以處我？」他不爲自此舉而後悔，也沒有爲發配荒蠻之地而悲觀。「塞翁失馬，焉知非福」。正如他給帥機的信中所表示：「去嶺海，如在金陵，清虛可以殺人，瘴癘可以活人，此中殺活之機，與界局何與耶！」（《寄帥惟審膳部》）故當朋友們替他的處境而擔心時，他卻「夷然不屑」，打算此行將嶺南的浮邱、羅浮、擎雷、大蓬、葛洪煉丹井、馬伏波銅柱等名山勝迹作番遊覽。這是他多年做夢都想去的地方，現藉此機會，正好了卻多年夙願。他把貶謫徐聞看做如漢代陸賈爲漢高祖安定天下出使南越哩。〔註1〕

徐聞地處雷州半島最南端，自然與社會環境都較惡劣，但畢竟還不是天涯海角，比蘇軾貶去儋州好得多。湯顯祖能發配至此，許多好心人爲之慶幸，說是「九廟神靈默護」，其實主要是劉應秋的周旋，新任吏部尚書陸光祖「力持清議，推轂豪俊，不遺疏賤」，從而對湯顯祖作出這樣的安排。劉應秋是湯

〔註1〕雷州半島曾是南越之地，高帝十一年（公元前 196 年）大夫陸賈受高祖劉邦
　　　派遣出使南越，勸服趙佗歸漢，爲結束嶺南地區的分裂狀態，統一全國，立
　　　了新功。

顯祖的同年進士，江西吉水人，和湯顯祖既是摯友又是未過門的兒女親家，此時他是南京國子監任司業（相當於副校長）。劉應秋對遭貶的湯顯祖極爲關心。顯祖離開南京到了臨川，他把每期朝廷動態的邸報都寄去臨川給湯顯祖。七月初七日貶官憑單到達南京吏部，劉應秋及時託便人帶給湯顯祖，並附了一信，告訴湯顯祖：暫不必帶家眷，到後看那裡情況再定，不成便請假回歸；若作長期打算，那就帶家眷去也可；到徐聞報到的「憑限尚寬，九月後起身未遲」；行李和書都不必多帶，只有內典數種可作日常功課。劉應秋對湯顯祖可謂情重如山。

五月的南京，天氣已有暑熱之感。十六日諭旨下達了對顯祖的處分，不久他就冒暑啓程回老家臨川。

從南京回臨川，溯長江走水路是方便且經濟的路線。湯顯祖離開南京時，好友鄒元標和時任南京邢部主事的沈瓚都趕來碼頭送行。儘管繁華的留都他並不留戀，但是啓程後的心情總還是不好受的，畢竟八年留都官府生涯就這樣結束了。

行船到達安徽境內的採石磯，他登岸到宣城和蕪湖等地作了一番舊地重遊。憶起十四年前來此交遊的一幕，開元寺和敬亭山依舊，可沈懋學已不在人世，梅禹金去到北京國子監學習，姜奇芳調到杭州任通判，龍鍾武早在萬曆十一年（1583）在考察中被人搆陷而革職。物是人非，留下的是「共夢常千里，相思偶一方」（《謫尉過錢堂，得姜守沖宴方太守詩，淒然成韻》）。

由於沿途受了暑熱，加上心情的鬱悶，湯顯祖一到臨川就患的是瘧疾，常發高燒做惡夢。有一次夢著自在黯淡的月光下，只有尺把長，連房門都摸不著，正急得要命，忽然聽得父親叫了一聲，霍然驚醒，滿身是汗。在患病期間，愛好戲曲的伯父常來看望，病癒後老伯父又設酒宴爲他慰勞。

一場瘧疾將湯顯祖折磨了四個月，眼看到了九月，「憑限」歸定的時間臨近，身爲受貶「罪臣」，不敢再拖延時間，忙收拾好行囊，拖著剛剛康復的身軀，踏上了赴徐聞的旅程。

九月初的一天，撫河瑤湖的岸邊站著前來送行的人群。秋風和人們的心情都充滿著涼意。前來送行的人不僅有家中的老幼和親戚，還有帥機、姜耀先和周宗鎬等一些少年時代結社的朋友。和帥機握別時，「相看憔悴」，情緒低落；而周宗鎬的心情是最難過。宗鎬是個落魄的窮秀才，年已六十歲的人了，多次鄉試落榜，始終沒有中到舉人。他也曾學了些騎射兵法，想從軍界

找條出路，但他去北京投譚綸時，譚綸只用了他的策略而不用他的人，結果把眼睛都氣瞎了。據說後來是用了他的妾的乳汁才醫好。他曾把兵書交給饒侖，準備外出流浪，但饒侖已於去年在臨川病逝，連兵書也丟失了。現在只有他一個人，孤苦伶仃。眼下湯顯祖又要到邊遠的地方去，他預料自也活不長久了，臨別時他緊緊握著湯顯祖的手，噙著淚花哽咽地說：「我和你這次可算是長別了！」聽了他的話，湯顯祖心裏十分難過，此去蠻煙瘴雨之地也是凶多吉少的，何時再會確是渺茫無期，此時除了囑咐周宗鎬多保重身體外，便再也找不到恰當的話語來安慰他了。

出發的船隻扯起了風帆溯汝水而上，約莫行進了二十多里，就靠岸了。這裡是廣溪，湯顯祖的外祖家就在這裡。外祖雖然去世了，但還有舅舅和內弟們，順道經過，他下船在這裡住上一宿向他們告別。第二天船經滸灣，過石門峽，溯盱江而上，九月初九重陽日到達南城。

南城是建昌府治所在地。從姑山在距縣城東南方向約五里地，臨盱江巍然聳立，與麻姑山遙遙相對。從姑山分南北兩峰。北峰巍然當空，如擎天一柱，稱天柱峰；南峰如神鼇欲翔，名飛鼇峰。兩峰相抵，僅距數尺，形成一條窄長峻峭的石罅。由罅底窺天，天空細如一線，此景稱「一線天」。兩峰絕壁上架一石拱小橋，長 2 米，名「步天橋」，連接兩峰。明嘉靖二十三年（1544），羅汝芳曾在此建「從姑山房」，接待四方來和他共同講學的人。湯顯祖十七歲曾負笈求學於此。湯顯祖會同昔日從姑遊學舊友，從石罅重窺「一線天」再登「步天橋」，俯瞰盱水依舊，前鋒書屋尚存，羅汝芳親書在東西絕壁上的「飛鼇峰」三字赫然醒目，但先師三年前已去世，當年同窗學友各奔東西，自己仕途多舛，此番又要發配到那蠻煙瘴雨之地，此情此景，湯顯祖不禁發出了「世上浮沉何足問，座中生死一長嗟」（《入粵過從姑諸友》）的感歎！

湯顯祖的行船從南城經南豐到廣昌靠岸，然後陸行到寧都。儘管劉應秋囑他「必過舍下之門」，但因取章江水路到大庾，不是從南昌溯贛江而上，不必經過吉水，故未能與其「老父相待一別」，在寧都乘船經於都、贛州、南康到達章水的源頭——大庾上岸。

大庾，又稱南安，以庾嶺而得名，地處庾嶺北麓，贛粵邊陲。它「南控百粵，北挹三江」，是溝通中原與嶺南的要衝。在明代，南安設為府，統轄大庾、南康、上猶和崇義四縣。自唐代張九齡主持庾嶺鑿山開道，庾嶺便成為中原通往南方的官道。唐代的宋之問和宋代的蘇軾等許多名賢文臣貶謫嶺南都經大庾嶺，留下或傷感哀婉，或難言之隱的詩篇。

　　仲秋的黃昏，湯顯祖登上梅嶺，**楓葉已帶秋色，蟬聲歸於沉默**。遠眺樹影如雲，暮靄徐徐升起；近看江花帶露，在夕陽中漸趨迷蒙。兩岸的青山，隨小舟的行進不斷地變換著色彩；粼粼的波光，在夕陽下灑滿了游子的衣襟。湯顯祖在蕭瑟冷月下徘徊，憶起宋之問的「陽月南飛雁，傳聞至此回」詩句，自明天就要如「孤鵲」繼續南飛了，前路叵測，怎不叫人落寞惆悵！他寫下此景此情：

> 楓葉沾秋影，涼蟬隱夕暉。
>
> 梧雲初晻靄，花露欲霏微。
>
> 嶺色隨行桿，江光滿客衣。
>
> 徘徊今夜月，孤鵲正南飛。

　　　　　　　　　　——《秋發庾嶺》《湯顯祖全集》卷十一

湯顯祖到達南安在驛站小住，相傳曾向驛承打聽附近有何好景致可作觀賞。驛承告訴他，南安府衙後花園甚好，不妨前去探勝尋幽。

　　湯顯祖來到府衙後花園，但見不大的林園，小橋流水，臺池掩映；花木扶疏，曲徑通幽；牡丹亭、舒嘯閣、芍藥欄、綠蔭亭、梅花觀錯落其間。正值湯顯祖為園林景色流連忘返之際，只見東牆角的一棵大梅樹在一片「叮叮噹噹」的砍伐聲中轟然倒下。湯顯祖好不納悶：園中這梅樹多麼難得，為何要砍？遂上前詢問。眾人你一言我一語，道出了一段離奇故事：前任杜太守之女如花似玉，情竇初開，曾在這花園私會情人，遭父怒責，憂鬱成疾，生前將自己美容描下，藏在紫檀匣內，死後太守將愛女葬在這棵梅樹下。從此每當月黑風高夜，這梅樹便會索索發響，有時還會發出「還我魂來！還我魂來！」的呼喚。現任太守不堪夢魘之苦，因而雇工將這棵索魂梅樹砍掉。湯顯祖聽完這一離奇故事，陷入了深深的思考，以此為題材寫一部傳奇劇的構想在他腦海萌發。

　　然而傳說畢竟是傳說，隨著晁瑮的《杜麗娘慕色還魂記》話本的發現，湯顯祖的《牡丹亭》依據該話本進行創造性的改編已成不爭的事實。但劇本受大庾之行的影響又是明顯的，如第十齣《驚夢》，杜麗娘云：「望斷梅關，宿妝殘。」第十六齣《詰病》，院公云：「人來大庾嶺，船去鬱孤臺。」第二十二齣《旅寄》，柳夢梅：「我柳夢梅秋風拜別中郎，因循親友辭餞，離船過嶺……一天風雪，望見南安」等。自從曹雪芹在《紅樓夢》中，借李紈之口，對南安府署中猶存杜麗娘梳粧檯和署後尚存石道姑之梅花觀，認為「這兩件

事，雖無考，古往今來，以訛傳訛，好事者故意的弄出這古迹來以愚人」之說提出後，清代倪鴻在《桐蔭清話》中也說：「麗娘本無其人」，「亦不當有墳在南安，後人好事，遂多附會耳。」據此，當今研究者徐扶明先生歸結爲：「總而言之，南安有牡丹亭、杜麗娘梳妝樓、杜麗娘墳墓和梅花觀，都是《牡丹亭》影響的產物。」〔註2〕上述說法，實際上提出了一個重要問題，那就是湯顯祖的《牡丹亭》故事源頭到底在哪裏？與南安後花園的故事誰影響誰？大庾的謝傳梅先生經多年的悉心研究撰文提出：早在南宋年間，南安（今大餘）府就流傳幾個版本的官宦小姐鬼魂與現實青年男子相愛交歡的故事，被乾道至淳熙（1165～1190）年間在南安相鄰的贛州做官的著名學者洪邁記載在《夷堅志》「支戊」和「甲志」中。故事發生的時間、地點與中心人物和主要情節與湯顯祖的《牡丹亭》有著驚人的相似，實爲《牡丹亭》故事的最初雛型。這個故事雛形被擴展爲話本《杜麗娘慕色還魂》，湯顯祖加工爲《牡丹亭》又使故事臻於完美。由此可見，南安後花園故事正是《牡丹亭》故事之源，而不是《牡丹亭》影響的產物。這一意見值得研究者們重視。

翻過庾嶺小梅關，便入廣東省的南雄縣境。湯顯祖從南雄乘船順湞水南下，在韶關曲江縣城的芙蓉驛站住下。曲江縣城東南的曹溪之畔便是南華寺，受劉應秋之託，湯顯祖要到這看六祖惠能留下的衣鉢是否還存在。

南華寺規模宏大，生活著一千多名僧侶。寺廟面向曹溪，背靠象嶺，峰巒秀麗，古木蒼鬱，猶如世外桃源。看到這裡的環境，湯顯祖禁不住讚歎：「西天寶林只如此！」（《南華寺二首》）

禪宗是典型的中國佛教。惠能在華南寺創立了禪宗，形成了曹洞、雲門、法眼、臨濟和潙仰五大宗派，遠傳到東亞、東南亞和歐美等國。相傳慧能樵夫出身，目不識丁，一日聽人誦讀《金剛般若經》而悟道，於是投到禪宗五祖弘忍門下，深得五祖器重。弘忍將衣鉢傳於慧能，慧能後被尊爲禪宗六祖。六祖圓寂後，其肉身成胎，用中國特有的夾苎造像工藝塑成「六祖眞身像」。湯顯祖是佛教徒，對惠能爲佛祖的獻身精神無限敬佩，對照自己，深感「慚愧浮生是宰官！」（《南華寺二首》）

結束南華寺的遊訪，行船順北江南下，過英德、進入飛來峽，一路多灘多磯。這種灘和磯的命名多以石頭形狀。有子篙灘、憑頭灘、瀉灑灘、翻風燕灘、浪石灘等灘磯和湞陽峽、大廟峽、中宿峽（一名峽山）等峽谷。這時

─────────────

〔註2〕徐扶明《牡丹亭研究資料考釋》，第319頁，上海古籍出版社1987年版。

的湯顯祖還沒有從遭貶的陰影中完全掙脫出來，行船在這深山峽谷漂流，他感到自己像隻南飛的離群孤鳥。前頭就要經過「彈子磯」，「彈子」是專用來打鳥，面前的地名與自己的實際遭遇不由自主相聯繫，感到自己的人生之旅正面臨著危機四伏的惡劣環境：

> 南飛此孤影，箐峭行人稀。
> 烏口灘邊立，前頭彈子磯。
>
> ——《憑頭灘》，《湯顯祖全集》卷十一

在這種心情下的湯顯祖，和周宗鎬握別時的悲苦一幕不時浮現眼前。到湞陽峽時，他做了一個奇怪的夢，夢見周宗鎬向他告別，說他已經和饒侖在一起了。湯顯祖出於對朋友生離死別的真摯情感，哪管這夢境的真假，便寫了《哀偉朋賦》以示悼念。

行船經清遠於十月小雪前後就到達了嶺南古都——廣州。廣州城北靠高山，南臨大海，珠江環城過，五河滙於海；水得山而壯，山得水而活，城得山水而靈。自唐漢以來，廣州作為中國海上「絲綢之路」的發祥地和長盛不衰的外貿城市，到此時一直是全國唯一對外貿易的港口城市，擁有 60 多萬人口，上千艘的樓船湧立在珠江之濱，湯顯祖作有《廣城二首》，其中一首抒發了他對熱鬧繁華廣州的驚歎：

> 臨江喧萬井，立地湧千艘。
> 氣脈雄如此，由來是廣州。
>
> ——《廣城二首》之一，《湯顯祖全集》卷十一

抵廣州後，走官道應西行肇慶，過陽江、高州而入雷州半島，但湯顯祖並沒有這樣走，而是繞道去了東莞的羅浮山。這是湯顯祖他做夢都想遊的嶺南第一山。它位於廣東東江之濱，與增城、龍門兩縣接壤。山勢雄偉壯麗，自然風光旖旎，是道家修練的神仙洞府，佛家坐禪的福地。道家稱它為第七洞天，第三十四福地。山上寺觀遍立，鼎盛時有九觀十八寺之多。沖虛古觀為東晉著名的道教學者葛洪所創立，有煉丹竈遺址、洗藥池和衣冠冢等。十月最後的一天，湯顯祖抵達山上的朱明觀。初四日下山。曾夜宿朱明曜真之館，夜坐沖虛觀，觀看山上的日出和大簾泉。當登上羅浮最高峰頂飛雲嶺，感到山上「草樹飛走，光氣有異」。湯顯祖少小深受家庭與老師的道教思想影響，得遊此道教名山，心滿意足，回來「枕石起臥」，寫下了《遊羅浮山賦》。

回到廣州，已是十一月初六日。湯顯祖又乘船上去南海、香山後又繞道

去遊了澳門。他的船隻經香山到達開平縣南三十里處，有個長沙圩，臨蜆江。由於這一地名與湖南長沙同名，便聯想到西漢賈誼曾遭權貴的妒忌，貶爲長沙王太傅，今天的自己不正如當年賈誼一樣嗎？湯顯祖寫下了這樣的詩句：

> 樹慘江雲濕，煙昏海日斜。
>
> 寄言賈太傅，今日是長沙。

——《度廣南蜆江至長沙口號》，《湯顯祖全集》卷十一

遊澳門後，湯顯祖乘船過恩平抵達陽江。仲冬天氣，在臨川已有幾分寒意，而在陽江道中仍有暑熱之感。爲避熱，湯顯祖在陽江改乘海船去瓊州海峽，他要先遊潿洲島後再到徐聞貶所。

潿洲島位於徐聞西北，北海半島東南。這裡夏無酷暑，冬無嚴寒，氣候宜人。在潿洲島東南 9 海里有斜陽島煙波相望，兩島被喻爲「大小蓬萊」。湯顯祖乘船經斜陽島再登上潿洲島，斜陽島是因從潿洲島觀太陽斜照此島全景十分壯觀而得名。湯顯祖夜宿潿洲，參觀了島上的珍珠養殖，寫下「日射潿洲郭，風斜別島洋。交池懸寶藏，長夜發珠光」（《陽江避熱入海，至潿洲，夜看珠池作，寄郭廉州》）的詩句。第二句的「洋」爲「陽」誤，指斜陽島，不是「船過徐聞靠不了岸，只得隨風漂流」。〔註 3〕潿洲、斜陽二島，都是死的火山島，湯顯祖站在潿洲觀看了海上日出日落的壯麗景觀，看到了珠民的苦難生活，面對一萬年前火山噴發留下的熔岩奇觀和海蝕海積地貌，他發古人之幽思，歎大自然之神奇，賦詩記下「陽江避熱入海，至潿洲，夜看珠池」的此情此景，寄廉州知府郭廷長，然後在合浦廉州停泊上岸，才折回徐聞。

二、澳門行與端州逢傳教士

澳門古稱濠鏡，位於南海之濱，珠江口的西岸。明時屬香山縣管轄，故又稱香山澳。嘉靖三十六年（1557），葡萄牙人以晾曬貨物爲由，又通過行賄地方官員、繳納地租方式，取得了中國朝廷允許他們在澳門居住的權利。他們在澳門搭建住房、營造村落、建教堂。澳門從此成爲中國最早和西方發生全面接觸之地。

三十四年過去，此時的澳門已成爲溝通東西方經濟的重要商埠，晚明對外貿易的重要通道。

〔註 3〕徐朔方《湯顯祖評傳》，第 79 頁：「也許是『風斜別島洋』，船過徐聞靠不了岸，只得隨風漂流。」

　　湯顯祖之所以要去澳門，主要是懷著好奇心考察大明帝國唯一對外開放的窗口。還有是「病餘揚粵夜」，即他的瘧疾未能痊愈，進入廣東後還有發作，他聽說「番鬼」（洋商人）帶進的西藥治療此類病比傳統中藥見效。湯顯祖欲到澳門購買這種「靈藥」。

　　澳門所見令他眼界大開，在內地還是自給自足的農桑經濟，而眼下澳門的葡萄牙人，不務農田不栽桑，住著高樓大廈，穿著華麗衣裳，佩戴貴重珠玉，靠的是登船出海，到海外採購珠寶來到澳門交易，以致連河海都染上珠光寶氣：

> 不住田園不樹商，戔珂衣錦下雲檣。
> 明珠海上傳星氣，白玉河邊看月光。
> ——《香嶴逢胡賈》，《湯顯祖全集》卷十一

番禺與澳門相鄰，已深受澳門葡萄牙人的影響，打破了以農為本的傳統觀念，轉而經商。為了尋求生意的贏利，番禺人不惜離鄉背井，別下妻小，經歷十天的海上風波，去「真臘」（柬埔寨）去做生意：

> 檳榔舶上問郎行，笑指貞蒲十日程。
> 不用他鄉起離思，總無鶯燕杜鵑聲。
> ——《看番禺人入真臘》，《湯顯祖全集》卷十一

通過翻譯（「譯者」），湯顯祖瞭解到，那些去南洋諸國的葡商從占城（印度半島的一個古國）出發，十日便到達交欄山（即印度尼西亞的格蘭島），眾多的西洋船舶在東海上疾駛如飛。葡人下海也用「握粟」（即占卜）來預測凶吉。占卜的結果是，要先在三佛齊的港口停泊，然後再去九洲山採購香料：

> 占城十日過交欄，十二帆飛看溜還。
> 握粟定留三佛國，採香長傍九州山。
> ——《聽香山譯者》之一，《湯顯祖全集》卷十一

澳門的葡萄牙少女，長得如花似玉，用薔薇香水沾灑衣裳。少女的美麗如西海邊上剛升起來的新月，口中吐出的香氣就像爪哇國張尾翅放香的倒掛鳥。湯顯祖用詩這樣描繪所見的外國女郎：

> 花面蠻姬十五強，薔薇露水拂朝妝。
> 盡頭西海新生月，日出東林倒掛香。
> ——《聽香山譯者》之二，《湯顯祖全集》卷十一

澳門港的中外商船往來不絕，這些船舶不僅進行香料的貿易，而且已有了鴉

片的交易。用於淫樂用的「金丹」、「紅丸」大都是由鴉片製成,皇上常不惜「千金一片」派人到澳門高價採購。湯顯祖瞭解此,委婉地表達了諷喻之情:

> 不絕如絲戲海龍,大魚春漲吐芙蓉。
>
> 千金一片渾閒事,願得爲雲護九重。
>
> ——《香山驗香所採香口號》,《湯顯祖全集》卷十一

「海龍」,指海神海龍王;「大魚」,指船頭畫有龍或鼇魚的海船;「芙蓉」指阿芙蓉,即鴉片;「九重」,指人君,此指神宗皇帝。此時的湯顯祖雖是受貶「罪臣」,但對神宗吸食鴉片影響健康表示擔心,願像雲追隨龍一樣保護皇帝神宗。

葡萄牙人入居澳門後,不同民族的商業貿易帶來文化的交流。宗教是文化的重要組成部分,歐洲的傳教士也隨著商船紛至沓來。嘉靖三十一年(1552)公曆 8 月西班牙天主教傳教士沙勿略用偷渡方式,在一個中國翻譯的陪同下第一個來到廣東沿岸的上川島。萬曆六年(1578)至萬曆七年(1579),意大利人范禮安和羅明堅以天主教神父身份先後來到澳門,開始他的傳教生涯。1582 年經兩廣總督陳瑞的批准,耶穌會士在肇慶建造教堂與住宅。萬曆十一年(1583)公曆 9 月,利瑪竇等人從澳門取水道沿西江而上,進入了當時南方政治、經濟、文化中心的「兩廣總督府」所在地肇慶,在西江邊上建起了「仙花寺」教堂,成立了現代傳教所和聖母院。從此揭開了東西方文化交流的歷史新篇章。但好景不長,到萬曆十七年(1589)新任兩廣總督劉繼文要將「仙花寺」占著作爲自的生祠,把利瑪竇趕出了肇慶,迫使他們在公曆 8月 15 日昇天節那天遷往韶州。

萬曆二十年(1592)春,在徐聞「六月一息」的湯顯祖,神宗爲他「落實政策」(「量移」),調離徐聞由吏部另行安置工作。他從徐聞取官道經過端州(今肇慶)回臨川,在肇慶旅店住下歇息聽到當地百姓說,那個叫利瑪竇洋和尙遷到韶州一年多了,現又來了兩個天主教徒在廣場和街頭巷尾進行傳教活動。湯顯祖想起去年經過韶州時他就看到了在城西光孝寺前的西河岸邊新蓋的天主教堂,人們議論住在那裡的幾個洋和尙不像出家人那樣隱修,而是常出入官府,結交了許多達官貴人,又從不向人化緣,生活還過得很好。還說有個叫利瑪竇的,「身懷無數奇技異能」,能把土煉成黃金。華南寺的長老們對他們嗤之以鼻。湯顯祖聽到這些,對利瑪竇等人的來到的目的產生疑慮:這些人來這到底幹什麼?天主教到底是怎麼回事?他想去看個究竟,以長長見識,於是他前去觀看

了他們的傳教活動。但見這兩個傳教士，長著一對藍眼睛，蓄著長而捲曲的滿臉鬍鬚，隨身背帶有耶穌天主油畫像，堆積的油彩使畫面表皮像鱗片一樣的粗糙（甲錯），把它鑲嵌在精美的有似神龕樣的鏡框之中，用紅紗籠罩著，顯得十分莊重珍貴。就像龍腦樹，樹皮粗糙，可那香氣卻藏在樹中一樣。湯顯祖觀看傳教活動後，認爲他們從遙遠的西方來到中國是個奇迹，他們持有羅馬帝國鈐以金印的黃金文書，表明身份不用懷疑。通過翻譯，傳教士自我介紹他們來自西方，那裡是不信佛教的，告訴佛祖啊，那佛教的發源地天竺（即古印度）也早已沒有佛教了。湯顯祖有詩寫下所見的一幕：

> 畫屏天主絳紗籠，碧眼愁胡譯字通。
>
> 正似瑞龍看甲錯，香膏原在木心中。
>
> 二子西來迹已奇，黃金作使更何疑？
>
> 自言天竺原無佛，説與蓮花教主知。

——《端州逢西域兩生破佛立義，偶成二首》，《湯顯祖全集》卷十一

對「西域兩生」，徐朔方先生認爲是意大利神父利瑪竇和和特·彼得利斯（中文名石方西）〔註4〕，然而利瑪竇在肇慶和韶州期間是削髮斷鬚穿著僧袍的洋和尚。「愁胡」不是指發愁的胡人。「胡」在這是指「多鬚」。李商隱《驕兒》詩云：「或謔張飛鬍」即謂張飛的絡腮鬍。因此，「愁胡」在此指滿嘴長著捲曲且長的鬍鬚，它和「碧眼」爲西歐人最爲典型外貌形象，與這一時期利瑪竇在肇慶的形象不符。湯顯祖是萬曆二十年（1592）春節後的二三月間經過肇慶，恰在此時利瑪竇去南雄進行傳教活動，而且時間不短〔註5〕。湯顯祖路過肇慶時，利瑪竇人還在南雄，不可能在肇慶與利瑪竇相遇。再說1592年已是利瑪竇來中國傳教10個年頭，此時利瑪竇已是一個中國通。他習漢字，操流利華語，早已融入中國社會，進行傳教活動根本就不需「譯事」便「通」。那時的廣東是海防前線，地方政府對進入廣東的外國人雖限制嚴格，但傳教士還是可以出入澳門與肇慶之間。石方西的入境，就是既沒有提出申請，也沒有等待批准。他是在當局者每個人都很忙碌的時候到達的，沒有人阻止他的到來〔註6〕。很有可能是在利瑪竇移居韶州後，澳門傳教團不願隨便放棄肇

〔註4〕徐朔方《論湯顯祖及其它》，第95頁。

〔註5〕《利瑪竇中國札記》第185頁，第182頁，〔意〕利瑪竇、〔比〕金尼閣著，何高濟、王遵仲、李申譯，廣西師範大學出版社，2001年9月。

〔註6〕《利瑪竇中國札記》，第185頁、第182頁，〔意〕利瑪竇、〔比〕金尼閣著，何高濟、王遵仲、李申譯，廣西師範大學出版社，2001年9月。

慶這塊基地，不時從澳門派出傳教士，到肇慶作短期的傳教活動。史實是：
1589 年 8 月利瑪竇被迫遷往韶州，待總督劉繼文批覆了蓋教堂的用地後，利
瑪竇及時寄送到澳門。這時負責遠東傳教巡視神父范禮安第三次來澳門巡
視。「9 月 25 日或 26 日，在澳門的范禮安神父接到報告之後，不僅給建設居
留地撥了充足款項，而且從印度召來蘇如漢、羅如望兩名葡萄牙傳教士到澳
門，要他們準備去內地傳教。」〔註7〕這就是說，湯顯祖在肇慶所遇的「西域
兩生」有可能就是從印度調來的蘇如漢和羅如望或其他人，他們受范禮安神
父派遣，像中國的遊方僧似的，背上絳紗籠罩的「天主畫屏」，在肇慶的廣場
和大街小巷進行傳教活動。他們因初入中國境內，沒有剃鬚斷髮，且中文沒
有過關，還要靠翻譯幫他們講述教義，此時與北歸的湯顯祖在肇慶邂逅。這
樣解釋似較合乎歷史真實。

　　湯顯祖的澳門行與肇慶遇見西方傳教士，雖沒有影響他他對佛道的信
仰，但強烈衝擊他的思想觀念，促使了他對現實的思考。他將見聞經歷拾爲
創作素材，寫進傳奇《牡丹亭》中。如第六齣《悵眺》在對柳夢梅身世介紹
中，說柳夢梅家住嶺南廣州，是個 20 多歲滿腹經綸、家境貧寒的白衣秀士，
靠僕人種樹栽果養活自，感到非長遠之計，便向好友韓才子討主意。韓才子
向柳介紹欽差識寶使臣苗舜賓。這是位愛人才、獎掖後進的老先生，現正在
香山奧多寶寺祭賽各種寶物，勸夢梅前去謁見。又第二十一齣《謁遇》，夢梅
趕到香山奧多寶寺。寺在深崖之中，爲洋人所建，裏面藏著各種珍奇寶貝。
朝廷特派識寶使臣，專管鑒寶之事，廟裏的住持正忙著迎接。前來迎接苗舜
賓的不僅有僧人還有翻譯（即通事）和洋人（番鬼）。柳夢梅到了多寶寺謁見
苗舜賓，在觀賞寶物中，高談闊論，說這些價值萬金的寶物餓不能果腹，寒
不能蔽體，只不過與殘磚碎瓦相似，不算真的寶貝。在此國家外有強虜，內
政不修之際，唯有文能安邦，武能定國的豪傑之士才是稀世珍寶。並毛遂自
薦，說自就是一個。柳夢梅的經世安民方略得到苗的賞識，認定柳是個滿腹
經綸的才子，要他把才學獻給聖朝天子，當即慷慨資助了柳的上京的路費。
這是《牡丹亭》至關重要的一個轉捩情節。正因爲柳得到苗舜賓送的盤纏，
他才翻五嶺進京，在江西南安落水中遇陳最良，得宿梅花觀，在遊太守後花
園中拾得杜麗娘的木匣丹青畫卷，得與麗娘鬼魂幽會，以至掘屍還魂等一系
列情節的發展。從此可見，澳門行對湯顯祖寫《牡丹亭》一劇重大影響。再

〔註7〕《利瑪竇傳》第二章，羅光著，臺灣學生書局，1983 年版。

如第六齣《悵眺》、第二十一齣《謁遇》和第二十二齣《旅寄》三齣故事發生地都安排在澳門，這是話本《杜麗娘慕色還魂》所沒有的，都是湯顯祖澳門行後受到啓發加進去的。劇中借韓秀才和柳夢梅的對話韓愈和柳宗元的被貶，暗喻自己懷才不遇和不畏權貴受到的打擊。湯顯祖將澳門與肇慶所見鋪陳爲劇中人物的活動場景，「香山嶴」（即澳門）、「香山嶴里巴」（聖保祿教堂）、「番鬼」（洋商人）、「通事」（翻譯）和澳門的珠寶交易寫進了劇中的曲詞。這些場景與曲詞和《香澳逢賈胡》、《聽香山譯者》、《香山驗香所採香口號》和《南海江》等詩作，眞實地反映了當時澳門的風物人情及華夷貿易，已成了最早的澳門文學和記載澳門中西交往的最早文獻。湯顯祖是我國最早接觸西方文化的古代文人，但肇慶所見「破佛立義」傳教活動，卻有他的看法與態度。《牡丹亭》一劇將澳門的天主教形式改爲佛教形式出現在舞臺，就表白了湯顯祖是站在佛家僧侶一邊，對「破佛立義」所持的反對態度。

三、泛海遊瓊州

瓊州（今海南島），孤懸海外，自古稱作「炎荒之地」。西漢武帝元鼎五年（公元前 112 年）四月南越王相呂嘉叛亂，武帝遣伏波將軍路博德征剿平定南越後，路博德首開嶺南九郡，海南設儋耳、珠崖二郡，標誌著中央政權對海南島直接統治的開始。東漢建武十六年（公元 40 年）春，交趾女子徵側、徵貳姐妹策反，光武帝急拜馬援爲伏波將軍，率軍沿海南下征戰，大敗徵側，「立銅柱紀功而還」。湯顯祖貶謫徐聞，既然想藉機飽覽南國山水，現羅浮山已遊過了，葛洪的練丹井也看到了，擎雷山就在相鄰的海康境內，隨時可行，唯有「馬伏波銅柱」在吸引著他。這柱雖未立在海南，先後兩兩伏波將軍也未親踐瓊土，但「皆有功德於嶺南之民」，在海南的西路的儋州、感恩（今東方）等地都有「馬伏波井」，並流傳著「神駒踹泉」的神奇傳說。

自唐代宰相張九齡提出放逐之臣勿使居善之地後，瓊州就成了謫客逐臣流放之地。唐有韋執宜、李德裕，宋有蘇軾、李綱、李光、趙鼎、胡銓等賢相名宦和文壇巨子先後貶謫來瓊，淪落瘴鄉。先賢們帶來的中原文化教化了黎民，改造了蠻風。他們的人格與才智，開啓了瓊州大地的文明之花。到明代「荒蠻」的瓊州已成地傑人靈的「奇甸」，孕育了文淵閣大學士丘濬，「市一棺，訣妻子」冒死直諫的海瑞和南禮部尚書王弘誨等赫赫有名的輔相和郎官。瓊州對湯顯祖有著神秘感，「來廣不來瓊，冤枉走一遭」，湯顯祖豈能放過這塊神秘熱土。

　　湯顯祖是否跨海遊過海南？徐朔方的《湯顯祖年譜》與《湯顯祖評傳》留下空白。黃芝崗的《湯顯祖編年評傳》則錯把湯顯祖在南京寫的《定安五勝詩》定爲貶徐聞後遊海南所作。然而該詩詩序寫得很明白：「敬睹縹錄大宗伯王公仙居瓊海定安山水，奧麗鴻清，條爲五勝，頗存詠思。某雖性晦天海，神懸仁智，至如幽探閟探，常爲欣言。不覺忘其淬懷，永彼高躅云爾。」「大宗伯王公」即王弘誨，海南定安龍梅鄉人，嘉靖四十四年（1561）進士，館選庶吉士，授翰林院檢討編修，曾任北雍國子監司業、南京國子監祭酒、南京吏部左侍郎、南京禮部左侍郎。萬曆十七年（1589）六月升任南京禮部尚書，湯顯祖爲禮部主事，他倆是上下級關係。「定安五勝」爲「五指山」、「彩筆峰」（即文筆峰）、「金雞岫」（即金雞嶺）、「馬鞍峴」（即馬鞍嶺）和「青橋水」（即橋頭泉）。「五指山」位於瓊州中部，明、清時屬定安縣境內，主峰海拔 1879 米，恰似掌形，直插雲天，被看成海南島的象徵；「彩筆峰」、「金雞岫」、「馬鞍峴」、「青橋水」四大風景名勝皆環繞王弘誨家園龍梅村四五里方園內。王弘誨鍾情故鄉山水，少年時代常登臨題詠，爲官後，「每繪圖懸小齋中，以當少文臥遊」。往來詩友發現王公這幅故鄉山水圖相與唱和。湯顯祖就是其中一個。他在南京禮部和王弘誨既是同僚又是詩友，當看到「大宗伯王公」用青白色的絲絹繪製的故鄉「五勝」卷帙，「頗存詠思」，起而唱和。湯顯祖在詩《金雞岫》中有「暫此雞籠山，憑虛舒聽眺」一句，即表白自沒有親臨其境。湯顯祖和唱的「五勝詩」，有《五指山》一首收錄在光緒四年（1878）修的《定安縣志・藝文志》中。該詩與徐朔方箋校《湯顯祖詩文集》中的同名詩不是一個版本，茲錄如次（括號內爲徐先生箋校本）：

> 遙遙五指峰，嶄絕珠崖右。
> 纖（飛）犖佛（明）輪光，嵌空巨靈手。
> 疊嶂（嵊）開辰巳，修巒（纖）露申酉。
> 天霄煙霧中，海氣晴明後。
> 一峰時出雲，四州紛矯首。
> 主人毓靈（定安）秀，面峰（晻靆）鑿虛（靈）牖。
> 嵐翠古森蕭（灑），揮弄亦已久。
> 時（方）從吳會間，離離望北（滿星）斗。

湯顯祖通過對定安「五勝」山水的神遊，讚美海南雖孤懸海外，卻聚集了天地間靈秀之氣，英才輩出，從而表達對王弘誨的一片景仰之情。然而湯顯祖到徐聞後確又跨海形遊了瓊州，並留下了多篇詩文。

萬曆十九年（1591）十一月下旬，湯顯祖風塵僕僕來到徐聞上任後不久，便和嘉靖四十三年（1564）中舉，曾任隨州知州的徐聞人士陳文彬（時在家閒住）兄弟建立了交情。在陳文彬等的陪同下，他「浮槎」跨海遊瓊州。行船從徐聞縣東南20裏外的沓磊港官渡出發，時令雖值寒冬，但海上卻像晴朗秋天一樣，直插雲天的五指山依稀可望，瓊州海峽波浪滔天，行船破浪直下瓊州大地：

> 沓磊風煙臘月秋，參天五指見瓊州。
>
> 旌旗直下波千頃，海氣能高百尺樓。
>
> ——《徐聞泛海歸百尺樓示張明威》，《湯顯祖全集》卷十一

「然瓊昔於四州陸路少通，多由海達」。湯顯祖泛舟跨海後從西海岸線南下環島而行。在臨高、儋州、崖州（三亞）和萬州（萬寧）等地上岸作了考察。

海南島的最早土著居民是黎族。從宋代開始，統治者把歸化已久，衣食與漢民相同，語言相通，間有讀詩書者，稱爲熟黎；而把多居五指山區，「世代不服王化」的黎族稱爲「生黎」。李德裕是唐武宗時的賢相，河北贊皇人。晚年因牛、李黨爭中受牛黨搆陷，謫貶潮州司馬，繼而再貶崖州（那時崖州在今三亞崖城）司戶參軍。並客死貶所。他死後，子孫流落黎族，成了黎人。由於歷代封建王朝對黎族進行的羈縻征剿，一些黎人不得不退居深山老林，成了與外界隔絕的未得開化的生黎。湯顯祖上島後，聽說李德裕死後，皇帝曾授命畫了一幅遺像，流落在黎人（也可能就是李德裕的子孫）手中。黎人對李德裕十分敬仰，對遺像悉心珍藏，每年都要拿出來曬一次。湯顯祖想起李德裕生前功勳彪炳，聲名顯赫，朝野無人能比，死後成了鬼門關外客，永遠都做他鄉之鬼，作詩表達對李贊皇不幸遭遇的深切同情與傷感：

> 英風名閥冠朝參，麻誥丹青委瘴嵐。
>
> 解得鬼門關外客，千秋還唱《夢江南》。
>
> ——《瓊人說生黎中先時尚有李贊皇誥軸遺相在，歲一曝之》，
>
> 《湯顯祖全集》卷十一

在明代，海南瓊州（今瓊山區）已升爲瓊州府，統轄儋州、崖州、萬州三州和瓊山、澄邁、臨高、定安、文昌、昌化（今昌江）、感恩（今東方）、樂會（今瓊海）、會同（今瓊海）、陵水十縣。當行船使過後水灣到達儋州白馬井時，湯顯祖將船開進港灣到達中和鎮，這裡是宋代大文學家蘇軾的貶所。在尋訪蘇東坡遺址中，相起當年他初到儋州，昌化軍使張中對他很好，讓蘇軾暫住行衙，故舊斷絕，見到海南特有的一種稱爲小鳳凰「五色雀」鳥，竟高

興把它當成能慰藉自己的知心朋友。後張中又派軍士修葺倫江驛供蘇軾居住。此事不久被告發，章惇派人去到儋州，將蘇軾趕出官舍。張中因此遭罷黜，多得當地黎子雲兄弟等幫蘇建造新屋，起名爲「桃榔庵」。從此蘇軾與黎子雲等結爲好友，常能在一起喝酒論詩，傾訴情懷。三年貶謫生涯，倒也過得苦中有樂。湯顯祖想到自現在也是貶謫之人，他是多麼希望能在徐聞結交到像黎子雲那樣的知心好友啊！有詩寫道：

> 鳳凰五色小，高韻遠徐聞，正使蘇君在，誰爲黎子雲？

——《海上雜詠》之七，《湯顯祖全集》卷十一

海南的黎族是個只有自己的語言而沒有自己文字的民族。西路的昌江、東方和珠崖（今三亞）和中部的五指山區都是黎族聚居地。黎人在長期的生產和生活中，無論是生產方式、生活習俗還是戀愛、婚姻和社交禮儀等方面都與漢族有許多不同之處，賦有神秘色彩。湯顯祖曾親自到了黎寨考察黎族的民情風俗。用詩記敘了他的見聞：

> 黎家豪女笄有歲，如期置酒屬親至。
> 自持針筆向肌理，刺涅分明極微細。
> 點側蟲蛾折花卉，淡粟青紋繞餘地。
> 便坐紡織黎錦單，拆雜吳人採絲致。
> 珠崖嫁娶須八月，黎人春作踏歌戲。
> 女兒競戴小花笠，簪兩銀篦加雉翠。
> 半錦短衫花襆裙，白足女奴絳包髻。
> 少年男子竹弓弦，花幔纏頭束腰際。
> 藤帽斜珠雙耳環，纈錦垂裙赤文臂。
> 文臂郎君繡面女，並上秋韆兩搖曳。
> 分頭攜手簇遨遊，殷山沓地蠻聲氣。
> 歌中答意自心知，但許婚家箭爲誓。
> 椎牛擊鼓會金釵，爲歡那復知年歲。

——《黎女歌》，《湯顯祖全集》卷十一

詩描述了一幅黎家風俗長卷：在黎家的天地裏，女人視紋身爲美容和氏族美德。黎族少女長到十二至十六歲期間，就算是成年（笄）了，必須逐期進行紋面、紋肢和紋身。施紋開始，須選定吉日佳時，由紋文婆（紋師）舉行儀式。受紋者的父母要殺雞或豬，擺宴請酒，慶賀祖先賜於受紋者美麗的容貌。

紋婆拿著從山野採來的堅韌尖利的白藤或紅藤帶刺的葉梗，製成紋針，按施紋部位先畫好的圖案，用紋針把自製的青蘭色的染料水和炭屑沿著圖案一針一針紮進皮肉中去。黎女們勤勞手巧，個個都能織出有立體花紋圖案的黎錦和筒裙，原料除自種的棉花和藤麻外，還向江蘇一帶的漢商買進絲綢、絨線、紗線。珠崖（今三亞一帶）黎家結婚日期一般都選在農曆八月，每年春季三月三，黎家男女盛裝打扮，帶著山蘭米酒和竹筒飯來到會合點，手拉手踏著節奏，盡情地對歌。黎女們頭戴著小花笠，插著銀篦還加上山雞的翠色羽毛；男青年挎著竹製的弓箭，色彩鮮豔花幔繫紮在腰間，手臂上露出各種圖騰的臂紋，戴著藤帽，顯得威武英俊。這些男女青年或蕩秋韆，或攜手到叢林翠竹裏、山洞小河邊，用輕歌婉調，傾心投情。對歌中，男的先唱來意歌，表明是找情侶還是求婚，女的用歌表明是否有無情人，經一段時間的熱戀，男女雙方關係確定，在結婚的前一天，男方派人到女家，唱支定親歌後，就把一枝特製的箭插在女家牆上，表示婚事已定，明天來娶。到結婚那天，男方要殺牛、敲鑼打鼓去迎親，新郎新娘要拜天拜地拜祖宗，送娘隊伍到郎家後，就要進行「飲福酒」、「逗娘」、「對歌」一系列活動，大家享受通宵達旦的歡樂。你看，湯顯祖對黎家生活觀察是多麼的細緻！

檳榔是海南的特產，崖州及東路各縣都產，海南民諺有「東路檳榔西路米」之說。檳榔樹高十餘丈，皮似青銅，葉似甘蔗，實大如桃李。其味辛辣芳，有消瘴健胃的功能，還可用作婚聘定禮。湯顯祖品嘗了檳榔果，體驗了它的食用與藥用價值。

離儋州後向最南端的一個縣——珠崖進發。珠崖又叫崖州，早在唐宋時期也叫臨川，往東三十多公里有個藤橋鎮，在縣城之東有一條發源於黎山的河水叫臨川水（又叫臨川港）。啊，這真是神奇的巧合！湯顯祖故鄉也叫臨川，在城東約三十多公里處也有個騰（不是「藤」）橋鎮，與汝水合成撫河的一條水也叫臨川水（簡稱臨水）。然而眼下是瓊州的臨川，不是家鄉江西臨川，他品嘗到的「江珧」（一種海蚌），唯此「臨川」所特有，而故鄉臨川便無此物：

> 見說臨川港，江珧海月佳。
>
> 故鄉無此物，名縣古珠崖。
>
> ——《海上雜詠二十首》，《湯顯祖全集》卷十一

湯顯祖的《海上雜詠二十首》，所詠風物皆海南所具有，五色雀、了哥、益智子、檳榔、花梨木等都是海南特產。「珠崖如囷」的地貌，臨高有個「買愁村」（今

皇桐鄉美巢村）;「半月東來半月西」潮汛;「冬無凍寒」海南,正德元年（1506）
在萬州（今萬寧）出現了「檳榔寒落凍魚飛」的雪景奇觀;北方的喜鵲本飛不
過瓊州海峽,可景泰初年,有指揮李翊即李將軍,「自高化取雌雄十餘城隍間」,
喜鵲也得以在海南繁衍。可見《海上雜詠二十首》多爲這次泛海遊瓊州所作。

從詩《白沙海口出沓磊》我們可知,湯顯祖遊瓊州後是從海口白沙門渡
口回徐聞沓磊港的。海口那時是隸屬瓊山縣的小鎮。「白沙海口」即白沙口,
又名神應港,在今海口市南北,明代置守千戶所,稱海口所。這裡是當年出
入瓊州最主要的港口。湯顯祖看到白沙門渡口一望無際的沙灘,便感到哪裏
要到萬里外去尋沙漠啊,這裡不就有了嗎?環島一遊後,氣候變得更冷了,
那連天的海浪,拍打到岩石上,吐著如雪的石花,令人衣不勝寒:

> 東望何須萬里沙,南溟初此泛靈槎。
>
> 不堪衣帶飛寒色,蹴浪兼天吐石花。

——《白沙海口出沓磊》,《湯顯祖全集》卷十一

湯顯祖的瓊州之行,考察風土人情,對海島的自然與人文景觀留下深刻的印
象,爲他以後的戲曲創作積累了素材。他的「臨川四夢」,尤其是《邯鄲記》
一劇,從第二十齣《死竄》到第二十五齣《召還》的故事發生地點便移到海
南。盧生被奸相宇文融構陷,從雲陽市法場死裏逃生,「遠竄廣南崖州鬼門關
安置」,實取自唐代賢相李德裕貶崖州司戶參軍的事實;盧生到鬼門關遇到一
樵夫告訴他:「州里多見人說:有大宦趕來,不許他官房住坐,連民房也不許
借他。」樵夫可憐他,把他領到自家的「碉房住去」,這是蘇軾貶到儋州後,
軍使張中將倫江驛供他居住,章惇派人將蘇軾趕出官舍,儋人黎子雲兄弟等
幫蘇軾建造「桄榔庵」一事的推衍;「竄居海南煙瘴地方,那裡有個鬼門關」,
「地折底走過,瓊、崖、萬、儋。謝你鬼門關口來,相探」,「我魂夢遊海南,
把名字碉房嵌」等臺詞更是明白直寫海南地理環境。險惡的自然地理環境是
人物的命運的折射,湯顯祖把人物放到瓊州險惡的環境中,增強了對人物命
運的關切,有助劇本主題的深化。

四、講學倡貴生

從陽江乘海輪到瀾洲島,湯顯祖飽受了海上顛簸之苦,回程沒敢再走海
路,而是北上合浦廉州停泊上岸,經陸路折回徐聞。在途中遇到張居正的次
子張嗣修,時令已仲冬。世事滄桑,當年靠父親權勢高中榜眼與當年拒絕其

父結納而落榜的兩個人，現一個削籍，一個貶職，都流放到了這煙瘴之地。在握手的那一刻，「風味殊苦」，都感到仕途險惡，人生無常，世事荒誕不經。

徐聞地處雷州半島最南端，自然條件與社會環境都非常惡劣。那裡「白日不朗，紅霧四障，猩猩狒狒，短狐暴鱷，啼煙嘯雨，跳波弄漲」。它是雷神誕生地，年平均雷暴達 130 天，颱風、地震、雷暴、大旱、蝗災連年。外部社會環境是「三面阻海，倭奴東伺，交趾西窺」、「少有不戒，肆行剽掠」。隋唐以前，這裡居住著以俚、僚、黎族為主的土著部落，過著刀耕火種的原始生活；唐宋以降，漢人遷徙，經濟稍有發展，特別是自寇準、李綱、蘇軾、蘇轍等名士先後貶謫到此，帶來先進的中原文明和他們的清廉剛直的浩然正氣，民風吏氣也得以整飭。所以湯顯祖來到徐聞後，感到「士氣民風，亦自敦雅可愛，新會以南為第一縣」（《雷州府志》）。但「一方水土養一方人」，長期生活在這種惡劣的自然與社會條件下的雷州人形成了「性悍喜鬥」、「輕生好鬥」的性格，且不少人愚昧無知，「病不請醫而請巫」；教育落後，人文凋蔽，「總不好紙筆，男兒生事窮，」（《海上雜詠》），「自明成化戊子後，科目十有缺九」，到嘉慶，因倭寇騷擾，「以致學宮茂草，弟子員十僅一二」，「久廢講席，求所為執經問業者，歲不一也。故百餘年絕弦誦聲。」到萬曆朝，徐聞城內，除孔廟學宮外，只有崇德、廣業、復初、明善四所社學。

湯顯祖的官職是典史，掌管緝捕獄囚，官位不入品階，在縣丞與主簿之下。通過考察民情後，他感到「輕生好鬥，不知禮義」是導致徐聞社會治安好壞的重要原因。他深知要扭轉這一陋俗的根本舉措在於加強教化，提高人的思想與文化素質。因此他上任伊始首先抓的就是教育。「典史添注」本是沒有編制冗官，在縣衙不好怎麼給他安排住房，就把他安置在衙外的一間公寓裏。湯顯祖就用這間公寓既做住所又用作教堂，「自為說訓諸弟子」，開展講學論道。希望人們通過接受文化教育，重視人的生命價值，改變「輕生好鬥」的陋習，於是他把這臨時性的講堂起名為「貴生書院」。

徐聞人士對湯顯祖才名早就聽說了，現在他親自來講學，慕名前來求教者絡繹不絕。凡聽過湯顯祖講課的人都說聽到許多「聞所未聞」的新知識，「有如寐者恍焉覺寤」。徐聞人敬仰湯顯祖不只是文才，更有那寧願落第也不受權相籠絡和上疏直言揭發時弊清正品格。一些正在學宮受業的弟子們，也都爭著拜湯顯祖為師，常帶著許多疑難問題來向湯顯祖請教。湯顯祖對來者總是以誨人不倦的精神認真講解啟發他們，以至「海之南北從遊者甚眾」，每天把

寓所擠得滿滿的，常容納不下。這時官府發給了他一筆「勞餉」（生活津貼），他便向知縣熊敏商量，選擇一塊乾爽開闊地帶，捐出自己「勞餉」，建一座正式的「貴生書院」。熊敏是江西宜豐人，與湯顯祖是江西同鄉，萬曆十七年（1589）中進士，第二年被任命為徐聞知縣，比湯顯祖早一年來到任。他為人熱誠厚道。在湯顯祖沒來之前，劉應秋就委託朋友聶惕吾去信與熊敏介紹了湯顯祖。熊敏與湯顯祖也相互有過書信往來。熊敏也是個熱心教育事業者，對湯顯祖的這一意見極為重視，與湯顯祖共同謀劃並捐資，在湯顯祖住所公館東邊選了一塊地，把書院建在那裡，並於當年（1591）冬就破土動工。但該書院建成後，萬曆二十二年（1605）到康熙二十二年（1683）雷州半島發生的多次地震災害，書院在地震中「崩廢」。現存徐聞縣城古城賓樸村村內西門塘畔的貴生書院是清道光元年（1824）卜地重建。該書院佔地約 3030 平方米，四周有圍牆，分前、中、後堂，設有照壁和小亭，兩旁有十二間課堂，分別用「博學」、「審問」、「慎思」、「明辨」、「篤行」、「格物」、「致知」、「誠意」、「正心」、「修身」、「齊家」、「治國」而命名。

湯顯祖到徐聞估計自要在這待上一二年，表示要「安心供職」，「冰雪自愛」。他從合浦上岸進入到雷州半島途中，瞭解到廉州曾有位太守周宗武，清正廉潔，死於任上，貧得無法安葬，後來他老婆和孩子只得為人春米和洗衣度日。湯顯祖到任後，用這個事例告誡下屬要清廉行政。湯顯祖還在代寫的《為士大夫喻東粵守令文》中說，身為士大夫，若不能端正自身，如何要求別人端正？身為天子的執法者，就要做個清吏，「清吏之法亦清，濁吏之法亦濁。清吏之法法身，而濁吏之法法人也。」在代寫的《為守令喻東粵士大夫子弟文》中還談到，士大夫的言行對自己子弟起著示範作用。士大夫「害鄉閭不德」，他的子弟一定「不懷德」；士大夫濫權越職「行刑」，他的子弟「必不懷刑」。少數士大夫，以他的不法行為影響他的子弟，是在「敗名滅種」，與那些怕子弟受餓，卻把含毒的食品給他吃沒有什麼不同。湯顯祖這種反腐倡廉思想在今天讀來尤為可貴。

政局的發展像你方唱罷我登場的戲，情節出乎意料卻又屬情理之中。朝中形勢的變化比湯顯祖的預料要快，曾遭湯顯祖彈劾的申時行，言官沒有放過他，「劾其巧避首事，排陷同官，求罷官」，也完結了政治生命。大學士王錫爵藉故回了老家。陸光祖榮任吏部尚書後，過去遭受到申時行與王錫爵打擊的大臣陸續得到復官。被削籍的饒伸官復刑部主事，被降劍州判官的萬國

欽已酌量移近到建寧推官。劉應秋爲湯顯祖復官加緊了斡旋，湯顯祖很快就要「落實政策」委以新職。能否像饒伸一樣官復原職還是酌量移近，那是吏部的考慮。在任命的公文未下達前，湯顯祖決定先回臨川等候。這樣他在徐聞過完春節後不久就啓程。縣令熊敏在顯祖離別時特設宴餞行，並用雞舌香作程儀，祝願湯顯祖再做郎官。然而湯顯祖知道，人事陞遷極爲複雜，他預料的並不樂觀，於是回答說：「三省郎官的事，不可能再有了，你良好的祝願只能像現口中所含的沉香吞下！」此時貴生書院還在建築中，徐聞百姓對湯顯祖的離去戀戀不捨。湯顯祖想到這貴生書院的使命任重道遠，要在普及文化知識中，對廣大士民進行貴生教育，讓他們認識到自己、他人乃至世界上一切生命的存在的寶貴，理解生命的價值，從而珍惜生命，保護生命。於是他立下《貴生書院說》，闡明這一道理，作爲禮物以答謝徐聞鄉親。該文說：

> 天地之性人爲貴。人反自賤者，何也？孟子鞶人止以形色自視其身，乃言此形色即是天性，所宜寶而奉之。知此則思生生者誰。仁孝之人，事天如親。故曰：「事死如生，孝之至也。」治天下如郊與禘，孝之達也。子曰：「天地之大德曰生，聖人之大寶曰位。」何以寶此位，有位者能爲天地大生廣生。故觀卦有位者「觀我生」，則天下之生皆屬於我；無位者止於「觀其生」，天下之生雖屬於人，亦不忘觀也。故大人之學，起於知生。知生則知自貴，又知天下之生皆當貴重也，然則天地之性大矣，吾何敢以物限之；天下之生久矣，吾安忍以身壞之。《書》曰：「無起穢以自臭。」言自心行本香，爲惡則是自臭也。又曰：「恐人倚乃身。」言破壞世法之人，能引百姓之身邪倚不正也。凡此皆由不知吾生與天下之生可貴，故仁孝之心盡死，雖有其生，正與亡等。況於其位，有何寶乎！……

——《湯顯祖全集》卷三十七

「天地之性人爲貴」這句被漢儒董仲舒誤作孔子話爲後世所引用的重要命題，實出《孝經·聖治章》。這裡的「性」，即性命、生命。湯顯祖用於開篇發問：人是萬物之靈，人的生命是最寶貴的，可人反而作踐自，這是爲什麼？接著湯顯祖引出儒家經典，闡明珍惜生命，不僅只是滿足於感觀欲的「食色性」，更要遵守社會道德，講仁義孝道，使自行爲不胡亂行事。天地的盛大功德就是孕育了生命，聖賢最看重的是名位。有名位的人要使更多的人懂得生命的可貴，沒有名位的要效法他人愛惜生命。懂得生命可貴的人才會珍惜自己的生命，並看

重天下所有的生命。天地間生性極為廣大，生命是自然的存在，不能用物欲限制它的發展，更不應毀壞別人生命。失去了仁孝之心，會敗壞了社會風氣，將人引向邪惡。這種人雖也活著卻像死去一樣，沒有任何價值。湯顯祖勸世人惜生、尊生、貴生似餘意未盡，在即將動身時刻再題詩一首疾呼：

　　天地孰為貴，乾坤只此生。

　　海波終日鼓，誰悉貴生情。

　　　　　　　　——《徐聞留別貴生書院》，《湯顯祖全集》卷十一

這種「人為貴」的思想所導出的政治理念，就是要「以民為本」。要「以民為本」，就必須尊重人的價值，尊重個體人存在的權利和意志的表達。「飲食男女」、「七情六欲」就是人的本性、天性，就是作為人存在的基本權利和意志的訴求。從這一意義上看，這一「說」一「詩」初露湯顯祖的「情」的思想之端倪，「人文思想」的表達。《貴生書院說》是湯顯祖打著「貴生」旗號的一份最初「情」的宣言書。

　　貴生書院成後對徐聞的文教事業產生了深遠的影響，「自明湯義仍先生來徐創書院，而徐蓋知向學，當時沐其教者，掇巍科登仕，文風極盛。」（徐聞《五夫子賓興條例芳名碑》）從萬曆至崇禎年間，徐聞教育面貌大為改觀，據地方文獻記載，自明洪武初至萬曆十九年的 223 年間，僅出舉人 14 名，而萬曆十九年到崇禎末年的 53 年間，就出了舉人 13 名。明代探花劉應秋在為湯顯祖寫的《貴生書院記》中，對湯顯祖此舉作了彰顯：「義仍文章氣節，噚矢一時，茲且以學術為海隅多士瞽宗，則書院之興頹，吾道明蝕之一關也。」說湯顯祖文章品節，顯赫一時，現又在地處海角落的徐聞用講學啓迪民智。書院的興衰關係到道學的弘揚與興衰。370 年後，中國文化界老一輩領導、當代傑出的戲劇家田漢同志經徐聞去海南島時，專訪了貴生書院，讀了書院遺碑，作詩一首，高度評價了湯顯祖貶謫徐聞期間講學倡貴生的歷史功績：

　　萬里投荒一邑丞，屏驅哪耐瘴雲蒸？

　　憂時亦有江南夢，講學如傳海上燈。

　　應見緬茄初長日，曾登唐塔最高層。

　　貴生書院遺碑在，百代徐聞感義仍。

（原載澳門文化局《文化雜誌》2008 年春季刊）

戲寫湯顯祖概覽與思考

　　湯顯祖的戲劇成就與人格魅力對後世文壇影響深遠。從晚明以降的戲劇創作中，不僅出現了從思想內容到創作技巧都追隨湯顯祖的「臨川派」，而且還有了多部反映湯顯祖生平事件和《牡丹亭》軼聞逸事爲題材的劇作。新中國成立後，從上世紀 60 年代到本世紀開端，戲曲與影視界識士文人孜孜求索戲寫湯顯祖，並取得頗爲豐碩的成果。筆者收集了自晚明至今戲寫湯顯祖的劇作（含影視）十部，茲作一概覽：

一

1.《風流夢》與《萬花亭》

　　《風流夢》（又名《小青娘風流院》），是晚明劇作家朱京藩開戲寫湯顯祖之先河的一部傳奇。朱京藩，字價人，生平不詳。朱以馮小青故事爲本事，情節略謂：才貌雙全的馮小青被商人馮致虛納爲妾，既嫌丈夫傖俗，又受大婦張氏悍妒，郁郁而死，鬼魂入風流院中，院主是湯顯祖，同院有《牡丹亭》劇中人物柳夢梅和杜麗娘，以及好讀《牡丹亭》而感傷致死的的婁江女子。書生舒新彈愛好小青詩稿，企求與其鬼魂相會，南山老人乃助其見面，因此得罪玉帝，派大司命來捉拿，並將柳夢梅等也關入監獄。最後南山老人與湯合謀，鬥敗大司命，救護了柳夢梅等人，玉帝被迫允許舒新彈和小青成婚。全劇共三十四齣，爲《曲品》、《曲考》、《曲錄》、《曲海目》、《今樂考證》著錄。

　　清康熙中前後，有郎玉甫（眞名與生平皆不詳，約公元 1692 年前後在世），江東人，也更衍馮小青事作《萬花亭》傳奇，劇情云：小青爲被大婦逼死後，上天憐其多情，錄入風流院。院主湯若士又薦其爲「上苑花主」，居萬花亭。因爲牡丹等五位花神愛遊杭州，謫令下界，以了塵緣，仍返萬花亭。該劇已失傳，劇情《曲海總目提要》有載，莊一拂《古典戲曲存目彙考》有編目。

　　馮小青史上確有其人。她生於揚州，自幼聰慧，15 歲嫁杭州馮雲將爲妾，遭悍妒正妻的折磨，讓她獨居孤山，不准丈夫探望。小青以讀書作詩消遣，只有朋友楊夫人來探望。後楊夫人隨宦夫離開杭州，小青壓抑成疾，且不願治療。在彌留之際，找人畫下眞容，像杜麗娘一樣，在像前焚香敬酒。死時年僅十八，馮妻燒毀了她的詩稿，但楊夫人保存了小青寫給她詩和信。其中有讀《牡丹亭》感傷絕句：「冷雨幽窗不可聽，挑燈閒看《牡丹亭》。人間亦有癡於我，豈獨傷心是小青。」

　　明清曲壇，以小青本事作劇者很多，雜劇有《挑燈劇》、《小青娘》、《小青傳》；傳奇除以上兩劇，還有《療妒羹》、《情夢俠》、《薄命花》、《梅花夢》、《西湖雪》、《孤山夢》、《春波影》等等，但唯有《風流院》與《萬花亭》將湯顯祖寫入戲中，讓他當了「風流院」的主管。所謂「風流院」其實就是湯顯祖的「情天下」。作者這樣寫，是寄託著世俗欲望和情感期待：湯顯祖一生「爲情作使」，死後矢志不移，當爲「情天下」之聖，成全天下有情人皆成眷屬。兩戲中都出現神仙鬼怪登場，看似荒誕，其實是作者對湯氏「四夢」表現手法的因襲。《風流院》與《萬花樓》中的神仙鬼怪的出現與《牡丹亭》中人鬼雜出、仙佛錯綜一樣，並非在是張揚宗教禁欲，而是借宗教敘事，彰顯「至情」的化身。

2.《臨川夢》與《玉茗花笑》

　　明清劇壇戲寫湯顯祖影響大的當數蔣士銓的《臨川夢》。蔣爲乾隆二十二年（1757 年）進士，江西鉛山人，對湯的文章品節十分傾慕，乾隆三十九年（1774 年）春作《臨川夢》兩卷二十齣。這是一部描寫湯顯祖生平事件經歷的傳記劇。劇情謂：湯顯祖在京試中堅拒首輔張居正結納而下第，回家作《牡丹亭》傳奇。張死，湯得中進士，請除南京太常寺閒職。在冷衙改《紫簫記》爲《紫釵記》。因上疏斥奸，貶謫徐聞典史，後升遂昌知縣令。治遂滅虎縱囚，重教親民，有善政。有婁江俞二姑讀《牡丹亭》，幽思成疾，彌留之際，託養

娘將手批《牡丹亭》稿送湯。湯因家破人亡，感歎人生，又作《南柯》、《邯鄲》二夢。覺華宮天王召「四夢」主要人物上天說夢，睡神引湯入夢與俞二姑、盧生、淳郎與小玉相見。

作者通過對湯氏從科場、官場、劇場的周遭描寫，意在將湯摹繪成一個「忠孝完人」，但客觀上塑造了一個文采風流，恥附權門，守正不阿，憂憤國事，關心民瘼的循吏的湯顯祖。在表現手法上打破時空，讓劇中的人物與俞二娘與夢中與湯相會。劇中還有對湯顯祖及其「四夢」的評論。曲辭有湯顯祖的遺風，優美富麗有文采，對清代的劇壇產生過一定影響。

繼蔣之後，當代戲寫湯顯祖第一人是原江西省文化局局長、著名老戲劇家石凌鶴，他的詩劇《玉茗花笑》（又名《湯顯祖》）1962 年 8 月脫稿於廬山。劇本選取湯從官場到劇場的人生最重要轉折階段。劇情謂：湯顯祖在張居正死後中了進士，也不受宰相申時行的籠絡自請南京太常寺閒職。在此，將《紫簫記》改為《紫釵記》，搭救了秦淮歌妓小紅，結識了達觀，上疏揭發貪贓枉法的輔臣和科臣，被謫貶廣東徐聞典史。量移遂昌知縣後，滅虎縱囚，愛民如子，並開始了《牡丹亭》的創作，雖受到遂昌百姓歡迎，但遭到朝中派來遂開曠的宦官曹金的反對，湯決定上京述職後棄官歸里。歸臨川後，在玉茗堂宜伶用海鹽腔上演《牡丹亭》慶五十大壽。飾杜麗娘的小紅，因演麗娘過度情真而氣絕倒地。開曠有功的曹金又來臨川，罷了湯職務。小紅與湯惺惺相惜，情感升溫。《牡丹亭》流傳後，揚州才女金鳳鈿讀後相思，託奶媽送信薦終身。《牡丹亭》一劇的上演，達觀與湯在「情」與「理」上發生思想交鋒。湯在揚州與金相會，晚同觀《牡丹亭》，遭官府禁演，金請湯高歌《牡丹亭》曲，在劇的藝術境界中死於湯的懷抱。湯不負紅顏，帶小紅為金守墓。在夢中，湯與「四夢」劇中人及達觀、曹金和胡汝寧等一番糾葛，展現湯的思想世界。湯與小紅，從相救、相識、相知到相愛，結為秦晉。

此劇情節線有三：主線是湯從南京貶謫到臨川度曲；副線是金鳳鈿與湯的未了情；另一副線是湯與小紅的情愛糾葛。劇的最後湯顯祖表白：「李卓吾救我以率真，達觀師救我敢吶喊，我要揮舞禿筆，救起蒼生，寫到明天！」這是點題之筆，點出了湯顯祖是以怎樣的動機和從哪裏得到的力量來寫他的「四夢」劇作。劇本成功地塑造了一個歷史真實與藝術真實相結合的湯顯祖。此劇用詩劇演繹，這是石老的苦心考量，在他認為，湯顯祖詩樣的人生，寫他的戲應追求詩性和戲劇性的雙重審美。

3.《湯公除霸》與《湯顯祖傳奇》

就在《玉茗花笑》問世後的第二年（1963 年），浙江遂昌縣婺居團編劇張石泉的新編歷史故事劇《湯公除霸》7 月完稿，8 月緊急付排，臨近排完，因華東局柯慶施下達大寫 30 年的指令，古裝戲一律停演，從而未能公演，且打入「冷宮」16 年。劇本取材當地的民間傳說，謂湯在遂任內，有當地豪強一項姓公子，橫霸鄉里，凡鄉民娶親，他都要強霸初夜權，民憤極大，湯決定除此惡少，擇其在京為官之父回鄉養病之際，湯以設宴為其接風為名，暗令受害民眾擊鼓告狀。項在堂看到封封訴狀告的都是他的不屑之子罪行，不得不用石灰水將其醃死在後花園延秋亭。劇本以傳說故事為主情節，糅進在遂為民滅虎，遣囚度歲、縱囚觀燈和棄官等事迹，塑造了一個敢於執法如山，為民除害，剛直不阿，有睿智，有政治幹才的純吏形象。作者因寫該戲在文革中屢受批判，下放「五七」幹校勞動。16 年後，國家撥亂反正，《湯公除霸》易名《湯顯祖》重見天日。1979 年 6 月該戲赴杭州參加浙江省慶祝建國三十週年的演出，榮獲獻演獎和 1979～1980 年劇目創作獎。

2001 年 8 月廣東湛江市梁一帆與鍾達山兩位粵劇老編導創作了八場粵劇《湯顯祖傳奇》。該劇以湯在遂昌智懲惡少的傳說故事為背景，劇情謂：湯在遂「借奉著書」作《牡丹亭》。初稿寫出就被傳抄，項史千金項顏讀之，託丫環採春向湯乞賜手稿正本。項顏得手本後相思入夢，並慕其才華，以玉蝶為信物薦終身。項史知情，先是拘湯入私牢，後將他投入松江，都被學生茹玉救起。項顏探看被拘的湯，隔牆直表愛慕之情，後在松江邊與湯相見，見湯為老翁，仍非湯不嫁，並拒絕父項史欲將其配茹玉的意願，寧作湯之義女隨湯掛冠歸里，獻身戲行。該劇寫了個戲有情人更有情的湯顯祖。

4.《風雨〈牡丹亭〉》與《淚灑玉茗花》

這是撫州地區文藝工作者為宣傳鄉賢湯顯祖而作的兩部歷史傳奇劇。《風雨〈牡丹亭〉》1964 年為撫州市文聯胡乙輝同志所寫。劇情概要是：婺江少女余二姑讀《牡丹亭》憂思成疾。其父余之善任江西巡撫提學官，赴臨川查禁，脅迫縣官吳用先交出印版，吳明禁暗保。二姑慕湯有情，託奶媽捎信委終身，聞《牡丹亭》遭禁，私奔臨川訪湯，與父交惡於「四夢臺」。經吳、湯周旋，《牡丹亭》印版雖得以保存，但二姑被父逼得投河自盡。顯祖聞之此訊，作詩哀悼。該劇以婺江青春少女余二姑，因讀《牡丹亭》斷腸而死，湯顯祖得之，賦詩哀之真人真事為主線，糅進了臨川民間流傳的「陳、羅、張、艾」

四名士故事，揭示了《牡丹亭》強烈的社會震撼力量。湯被塑造為欲衝破封建禮網羅的青春少女們的夢中情人，心中偶像。

《淚灑玉茗花》是金溪縣採茶劇團 1982 年 9 月國家文化部在撫州舉行湯逝世 366 週年紀念大會而獻演的一齣戲，作者為該團編導徐正付和陳昉。劇情謂：湯辭官歸里，目睹節女王香雲因讀《牡丹亭》，不甘青春被扼殺，待旌表建坊之際，碰坊死抗。曲友吳芝玉救出香雲私奔梨園，並結成姻眷。又婺江女子金曉卿，讀《牡丹亭》後，來臨川謁湯，遭地痞賈斯文的調戲而投河，被船家救起。當香雲和吳芝玉在萬年臺演出時，香雲被父抓走了，用「沉塘」家法處死。行刑時，被金曉卿認出香雲為早年失散的胞妹金曉鈴。曉卿感傷身世，決意以死殉曲。因《牡丹亭》振憾社會，曹巡按奉命來臨川查禁，免去了湯的官階，然湯決意繼續寫戲，以情抗理。劇取余二娘和金鳳鈿與《牡丹亭》軼聞逸事相揉和進行推衍，寫了個誓用《還魂記》打碎「女德」枷鎖，喚醒青年男女打開思想牢籠，飛自自由雲天的湯顯祖。

5. 無場次粵劇《寶硯奇情》

在戲寫湯顯祖中，《寶硯奇情》是個僅有其人而無其事的戲。作者是肇慶市藝術研究室李瑋。1979 年李與人合寫歌劇《湯顯祖傳奇》（後易名《望夫石》），該劇以湯萬曆二十年（1592 年）春，從貶所徐聞量移遂昌任知縣，途經肇慶回臨川，在肇慶遇見兩個「碧眼愁胡」的天主教傳教士這一史實為線索，聯繫肇慶的七星岩，和羚羊口少婦為望遠行的丈夫歸來而化石的傳說，並與肇慶特產端硯相聯繫，虛構了梁廣、荷花的悲劇愛情。讓湯顯祖借七仙女的法力，在夢幻中重遊七星岩，在奇景中尋覓奇情，表達「心如寶硯美，情如金石堅」至情思想主題。1983 年，作者為參加廣東省專業戲劇作品評選，又將該戲重新構思，改為無場次粵劇《寶硯奇情》。該劇 1987 年由肇慶市粵劇團演出，獲廣東省專業戲劇創作評選劇本獎和廣東省地方題材優秀劇本獎。

《寶硯奇情》在形式上進行了探索性創新。他運用意識流，表觀主義的手法，打破了講求起、承、轉、合，以故事情節為主線的傳統戲曲結構方式，在「以情敘事」，借助多種現代表現手段外化人物的內心衝突，以強化人物形象塑造等方面，作了積極嘗試。湯顯祖在肇慶地方掌故上並沒有說到這個人，僅是在 1591 年春從徐聞北返時，路經肇慶時作過短暫的停留，與基督教士會晤過，留下的詩文僅有一首《端州逢西域二生》，與端州土特產端硯沒有發生

任何瓜葛，可劇作者對湯的詩文和「四夢」進行了較爲深入的研究，以「湯顯祖的哲學、政治和藝術思想作爲塑造人物的依據」，通過合理的虛構，讓歷史上觀游肇慶的湯顯祖，與肇慶的土特產、星岩風情、硯工採蓮女的悲歡離合融會在一起，加以表現，較好的把握了湯顯祖的思想性格，使劇中「心如寶硯美，情如金石堅」的湯顯祖藝術形象有血有肉豐滿感人。

6. 電影劇本《湯顯祖》

1982 年江西的鄭伯權與王巧林、殷庭佳合作了電影劇本《湯顯祖》。這是第一部以湯顯祖作題材的電影文學劇本，長影準備攝製。鄭伯權是撫州金溪人，讀中學時就有詩作《一條年鞭》發《人民日報》，嶄露其文學才華，並欲試過湯顯祖的歷史劇。1982 年 5 月第五稿的故事梗概是：青年湯顯祖投師古泉山莊牟太師，與牟家丫環素貞相愛，落魄書生梅心鑒下海在羅章二戲班當了戲子，爲慶太師五十大壽飾演《弄玉吹簫》中蕭史，受千金惠珠愛慕，受贈題詩素絹，並幽會後花園。太師得知，綁梅拷打。梅逃回祖籍遂昌又被官府捉拿下獄。

湯出仕爲官，因上疏貶謫徐聞轉遂昌令。湯治遂遭囚度歲，也放了蒙冤列爲重囚的梅心鑒，遭欽差范青雲反對。因惠珠投河自盡，誣梅所害，太師授意范處死梅。湯與來訪的達觀禪師謀劃，將最後五更歸監的梅由達觀帶走，湯以有縱囚未歸，引咎棄官歸家。在歸途中，目睹節女碰坊死抗；在清遠寺，遇早年戀人素貞出家在此成老尼，素貞令小尼交還了昔日湯送的信物玉茗簪，便坐化歸天。湯的經歷見聞，激起他的創作《牡丹亭》的欲望。

湯歸臨川，《牡丹亭》完成，流傳社會。爲護曲意，交宜黃戲班上演，定梅心鑒飾柳夢梅，特聘杭州色藝俱佳的商笑梅飾麗娘。原來笑梅就是惠珠，當年投江幸被戲班船隻救起，流落杭州歌場。太師奏明皇上恩准，爲女在臨川建烈女坊，得知《牡丹亭》對其有影射，派范青雲到臨川出巡，牌坊竣工之日又親赴臨川。湯與羅章二在玉茗堂排練《牡丹亭》，惠珠與心鑒等在《牡丹亭》藝術境界中重逢。范以《牡丹亭》影射太師有傷風化令禁演。爲殺雞儆猴，還特解押已坐罪的達觀過臨川與湯相見。達觀在現實面前認識到出家不能救世，贊《牡丹亭》筆下有光明。戲在文昌橋露天舞臺開鑼，太師與范青雲明觀戲，暗布兵抓梅。梅在戲班安排下乘船逃走，牟看到場上是惠珠扮演麗娘，感到惠珠未死便有欺君之罪，立時癱倒在位。

該劇文采斐然，劇本通過湯對殘酷現實的歷見描寫，寫了一個爲「情」

抗「理」破浪行的湯顯祖。劇本雖未搬上銀幕，但 1986 年改為三幕電視劇《湯顯祖與牡丹亭》上了銀屏，由中央電視臺和江西電影製片廠聯合拍攝，導演王扶林，主演龔國光。

<h2 style="text-align:center">二</h2>

湯顯祖一生寫了四部半傳奇，可戲寫湯顯祖的劇作（含影視）到目前至少有這十部。這十部劇都是歷史劇大家庭中的成員。《臨川夢》與《玉茗花笑》寫湯的主要生平事件，是用戲為湯顯祖作傳，可稱為傳記歷史劇（或歷史紀實劇），其他或演化民間傳說，或敷衍軼聞逸事，多「失事求似」，姑稱之為歷史故事劇或傳奇故事劇。概覽之餘，筆者有了如下一些啓示與思索：

1. 劇作者們為何要寫湯顯祖？

寫戲是感於時而作，動於情而發。作為歷史人物的湯顯祖，能令人「感於時」、「動於情」者，何也？「文章品節」。「文章」並非湯是「八股文」的能手，也非「真奇才也，生平不多見」〔註1〕的詩才，而是他的「四夢」傳奇，尤其是那「幾令《西廂》減色」，宣揚人性解放的《牡丹亭》。對湯的「品節」，蔣士銓概言：「臨川一生大節，不邇權貴，遞為執政所抑。一官潦倒，里居二十年，白首自親，哀毀而卒，是忠孝完人也。」〔註2〕蔣與湯是江西大同鄉，一生與湯多有相似處。蔣也是厭惡官場黑暗，曾因「面斥大官」而在翰林院呆了八年，不得陞遷，在四十歲時，亦辭官南歸。特別是辭官後也像湯一樣，以詩文詞曲自遣，抒情寫懷，亦是因戲曲創作成就而名傳後世。因此蔣「摹繪先生人品，現身場上」，「借他人之酒杯，澆胸中之塊壘」，把湯描繪成一個「忠孝完人」。石淩鶴是資深的革命活動家和著名的劇作家。早在 1941 年就與郭沫若合作，導演了郭的《棠棣之花》，震動了山城重慶。建國後，他長期任江西文化界行政領導，仍筆耕不止，寫了不少有影響的劇作。然在極「左」路線橫行的日子裏，因寫戲他屢受批判，身心受到嚴重的摧殘。他與湯顯祖心有靈犀一點通，有當代湯顯祖之稱。他女兒石慰春談到父親石淩鶴這個劇本時說：「父親一生寫過不少劇本，其實他最鍾愛的是不被人欣賞、一直沒得到機會上演的詩劇《湯顯祖》。他之所以傾注那麼多精力改編了湯顯祖的所有名劇，又嘔心瀝血寫了這部詩

〔註1〕《湯海若〈問棘郵草〉》徐謂總評，古典文學出版社，1958 年 6 月版。
〔註2〕蔣士銓《臨川夢・自序》，邵海清校注，上海古籍出版社，1989 年版。

劇，是因爲在湯顯祖的身上，寄託了他自己的人生追求：湯顯祖對於他，不僅是先賢、宗師，在某些層面上來說，也是他的人生坐標。」〔註3〕然而並不是每位寫湯劇的作者都有他們如此境遇，更多是「四人幫」粉碎後，國家撥亂反正，時代要回顧歷史，人心呼喚歷史上的英魂，劇作者爆發了對歷史劇的創作熱情。出於對歷史文化名人、鄉賢、名宦湯顯祖的景仰，史劇作者們要將人們心目中的湯顯祖形象進行藝術化、戲劇化。

2. 當寫一個怎樣的湯顯祖？

侯外廬先生早在 60 年代研究了湯顯祖的生平與著作後曾對蔣士銓的《臨川夢》提出批評說：「清人蔣士銓以湯顯祖爲題材，寫了《臨川夢》傳奇，但是這個劇本沒有把握住湯顯祖的向封建專制主義鬥爭的性格，因而是不成功的。」他倡議：「戲劇界的同志們，如果依關漢卿爲先例，參考全集，編寫出湯顯祖歷史劇，我想必然會受到觀眾的歡迎的。」〔註4〕筆者認爲，蔣是乾隆年間進士出身的封建官僚，雖對封建專制現實不滿，對湯顯祖孤貞介潔和戲泄憤懣有共鳴，因受歷史局限，還未掌握歷史唯物主義，認識不到這是湯在向封建專制主義鬥爭，要他「把握住」，有用今人思想苛求古人之嫌。「依關漢卿爲先例」寫湯顯祖是個好建議。《關漢卿》是田漢戲劇創作的高峰，中國話劇史上的一座豐碑。寫作上的最大的特點是「彷彿」關的生平，「把情節集中在關漢卿以怎樣的動機和從哪裏得到的力量來創作《感天動地竇娥冤》一點」，並成功的塑造了個「蒸不爛，煮不熟，捶不扁，炒不熟」的「銅豌豆」的關漢卿的藝術形象。然而田漢「彷彿」關的生平是出於無奈，因史載關氏生平僅見 14 字：「關漢卿，大都人，太醫院號，已齋叟」（鍾嗣成《錄鬼簿》），而湯的生平史料詳實豐富，若也「彷彿」，便易失歷史真實。至於「把情節集中在關漢卿以怎樣的動機和從哪裏得到的力量來創作《感天動地竇娥冤》一點」，不能生硬套搬，也把情節集中在湯顯祖以怎樣的動機和從哪裏得到的力量來創作《牡丹亭》一點，這樣「步趨形似」，恐會「畫虎不成反類犬」。誠然關、湯所取得的戲曲成就在中國戲曲文化史上雙峰並峙，且都具有中國進步文人的正義感與善良，但兩人所處的時代不同，生活經歷各異，寫戲的動

〔註3〕陳撫生《凌空飛鶴，激情人生——記著名戲劇家石淩鶴》，《人物》雜誌 2008年 7 期。

〔註4〕侯外廬《湯顯祖著作中的人民性和思想性——序湯顯祖集》，《光明日報》1962年 6 月 25 日。

機與力量的來源也不完全相同。關所處的是半奴隸半封建元代，湯是處在資本這義已開始萌芽的封建專制主義晚明；關是「驅梨園領袖，總編修師首，撚雜劇班頭」，湯是進士出身的命官，因官場壯志難酬，「胸中塊壘未盡而發憤於詞曲」。藝術貴在創新，依「先例」應是像田漢那樣，把握住歷史時代的脈搏和人物獨特的感情境界，舒展開自己的藝術構思。

現有的這十部劇所寫事件大都沒有離開《牡丹亭》，這是因對「湯學」全方位研究得不夠，長期來對湯的文化遺產價值的認識還停留在寫了「四夢」，而有影響的僅《牡丹亭》一劇上。我贊同有的學者意見：「作為劇作家，湯顯祖當屬一流。然而，湯顯祖留給人們的文化財富遠不只四個半劇本。」「湯顯祖的學問，涉及了政治、哲學、宗教、文學、藝術、教育等許多方面。」〔註5〕今天我們戲寫湯顯祖，應當對湯顯祖的文化遺產進行全方位的新認識，進行多側面的歷史新發掘，把創作排演《牡丹亭》為中心事件，揭示他作劇的動機與力量之源固然應寫，科場與官場中湯所表現的氣節，突顯個性，事關他的前途命運，何嘗不可作中心事件來寫，以塑造不同歷史時期的湯顯祖。民間傳說湯在遂昌懲治惡少寫了一部不錯的戲，巧斷無賴案的故事也很具戲劇性，彰顯湯的政治智慧，又何嘗不可寫另一部戲……。

作為歷史人物的湯顯祖，不能沒有歷史局限性。現十部劇作中的湯似乎完美無缺，然而歷史上的湯顯祖雖上過奏章，表現他對朱明王朝叛逆性，但他忠君思想又很明顯。他剛升禮部主事，就作詩表示：「臣心似江水，長繞孝陵雲」〔註6〕；大荒之年，神宗作秀到南祭禱求雨，湯作詩：「獨到山陵祈帝祖，因歌《雲漢》感吾君」〔註7〕，感激之情，溢於言表；就是身為貶謫罪臣，遊澳門時得知皇上用於淫樂的的「金丹」、「紅丸」是用「千金一片」鴉片製成，他念念皇上健康，願像雲追隨龍一樣保護：「千金一片渾閒事，願得為雲護九重。」這是另一面的真實湯顯祖。筆者認為，掌握分寸寫他的局限性，還他的歷史真實，並不有損湯的形象，而有助表現湯顯祖藝術形象的真實感與可信度。

3. 從「史」與「劇」的關係，看戲寫湯顯祖的得失

歷史劇是史又是劇。是「史」，劇中大的情節要符合史實；是「劇」，可在歷史可能性情況進行虛構。簡單的說即是「大事不虛，小事不拘，」。這些

〔註5〕周育德《湯顯祖論稿‧前言》，文化藝術出版社，1991年6月版。
〔註6〕《遷祠部拜孝陵》，《湯顯祖詩文集》卷九，上海古籍出版社，1982年版。
〔註7〕《帝雩篇宿陵下作》，《湯顯祖詩文集》卷七，上海古籍出版社，1982年版。

劇作者們都知道，寫戲不虛構不能成戲，但難就難在虛構應在「歷史可能性」的條件下，即人物的思想、性格、行動必須是在當時的歷史條件下可能存在的。田漢寫關漢卿作出決斷：「彷彿他的生平」，「把情節集中在關漢卿以怎樣的動機和從哪裏得到的力量來創作《感天動地竇娥冤》一點。」是他動筆前像史學家一樣，充分掌握歷史資料，全面分析了元代社會的政治經濟情況和人民生活，通過研究作品的思想感情來把握關漢卿的思想性格，才能「彷彿」一個「蒸不爛，煮不熟，捶不扁，炒不熟」的「銅豌豆」的關漢卿，和一批名不見史傳的非主要人物形象來深化主題，增強作品藝術感染力，成為中國史劇創作中，「史」與「劇」完美結合的典範。

《臨川夢》與《玉茗花笑》兩位作者作劇技巧純熟，文史功底深厚，且全面掌握了湯顯祖的生平史料並有進行了深入的研究。他們的戲基本忠於史實，但也有不同程度的虛構。在寫作上，後者受前者的影響明顯。石是當代人，又是革命活動家，能用唯物辯證法和歷史唯物主義觀照湯顯祖的生平，「把握住湯顯祖的向封建專制主義鬥爭的性格」，忠於史實又不拘泥史實。劇中小紅史無其人，蔣的《臨川夢》沒這個人物，是石老虛構的，並把她貫穿戲的始終。小紅不僅為情死而復生，還為「情」衝破了地位尊卑和年齡懸殊的界限，感到她的存在是真實的。她在劇中的作用有似郭老《屈原》中嬋娟，如果說《屈原》中的嬋娟是「屈原辭賦象徵」，「道義美的形象化」，那小紅則是湯顯祖「至情」的化身，杜麗娘形象的昇華。《寶硯奇情》除湯顯祖曾在萬曆十九年（1591 年）經過肇慶，並見到西方兩個天主教傳教士為史實外，其他劇中所寫情節全為虛構。但具有歷史的可能性，有真實存在感，且在創作方法上進行了有益的探索革新，因而受到觀眾的歡迎；《湯公除霸》取材於民間傳說故事，故事情節本身就很具戲劇性，且彰顯了湯的「以民為本」為官理念，與湯治遂其他深得民心政績交織在一起，遂昌觀眾看了很感真實親切，產生轟動效應。

概覽中有的戲也很想寫出湯作《牡丹亭》的動機與力量之源，但筆力欲逮是「戲」而不是「人」，沒有將人物放戲劇衝突中，揭示人物的性格特徵和內心世界。湯顯祖與超級粉絲俞二娘、金鳳鈿、馮小青的情感糾葛史料記載本很感人，但演化入劇並不感人。何也？沒有很好的在「史」與「劇」的結合上，圍繞人物，寫人物的性格和命運，揭示人物在特定情勢下的精神狀態，僅是將故事傳說圖解化。電影劇本《湯顯祖》雖在湯以怎樣的動機和從哪裏

得到的力量來製作《牡丹亭》上下了筆墨，但設置的對立面人物關係卻有失
「可信性」。一個人的思想受師友的影響是深刻的，有的甚至是決定性的，史
實上的湯顯祖「情」的思想受王學「左派」三傳弟子羅汝芳的影響是學者們
的一致認同，而劇中頑固維護程朱之「理」與湯水火不容的竟是湯當年古泉
山莊的座師。中國師道尊嚴是「一日為師，終身為父」。師生何以分道揚鑣，
劇中缺少必要的鋪墊，因而感到不可信。有的作者歷史知識貧乏，又沒有對
湯顯祖的史料進行認真的研究，劇中竟然將一個回家臨時養病的御史僅因愛
女看了《牡丹亭》，對湯生愛慕之情，就把一縣之長的湯顯祖抓入私牢，後又
投河處死？御史明初一度設置，後改為都察院，設監察都御史八人，秩正七
品並分道置監察御史，每道設御史三至五人不等，秩正九品。這樣看來，劇
中項史頂多也不過是個監察都御史，與湯顯祖平起平坐的七品官。怎可把一
縣之長的朝廷命官，想抓就抓，想處死就非法處死呢？因此寫歷史人物的劇，
不具備一定歷史知識，不瞭解歷史生活，看到一段歷史故事拿來就編，很容
易有違歷史真實，出現有悖歷史常識的硬傷。郭沫若說：「史劇家對於所處理
的題材範圍，必須是研究的權威。」此話有道理，值得史劇家們深思。

　　文章到此本已結束。然而現代化信息告訴我，中央戲劇學院影視製作中
心的 40 集電視劇《大才子湯顯祖》，中國文物學會會館專業委員會會長湯錦
程（臨川籍）策劃的 20 集電視連續劇《夢仙湯顯祖》，浙江麗水女美術師王
少求的電視劇《好官湯顯祖》均孕育腹中，戲寫湯顯祖又將添喜。

（原載江西《影劇新作》2009 年第二期）

湯顯祖家傳全集殘版發現與尋找經過

　　1979 年 3 月 30 日，我與羅傳奇、周悅文兩同志赴浙江、上海、江蘇和廣東等地搜集湯顯祖資料回到南昌，計議下一步工作重點是在臨川地區發掘有關湯的鄉土資料。周悅文同志建議在南昌拜訪一下江西中醫學院教授傅再希先生。傅是個老臨川，年過 80 高齡，不僅對中醫學造詣很深，且對故鄉文化名人也很有研究。他家曾藏有明版《玉茗堂集選》等多種。1956 年 6 月中國藝術研究院戲曲史專家黃芝岡先生為寫《湯顯祖年譜》來臨川調查資料，便是由他介紹情況。這個意見立即得到我和羅傳奇老師的贊同。由於周與傅老家有舊交，訪傅老的任務就由悅文同志去完成。

　　4 月 1 日悅文同志拜訪傅先生回來告訴我們：傅老原藏有的湯顯祖文字資料在十年動亂中已全部付之一炬，但他提到現臨川縣溫泉公社榆坊大隊湯家村（湯顯祖姪孫湯秀琦即湯顯祖同父異母弟寅祖之孫遷居之地），曾藏有湯顯祖著作的木刻板，還說解放前撫州六水橋有個紳士叫廖朗山，曾想捐資將殘缺版片補刻完整，恢復原貌，但未能如願。傅老還特別提到，這些版片在文革前他還在榆坊親眼看見過。這樣一提，我便想起了湯秀琦曾在康熙甲戌（1694 年）為《玉茗堂全集》作的序文中開頭一段文字說：「先《玉茗集》舊有韓求仲（敬）、沈天羽（際飛）二刻，近皆散軼無存。乃阮氏淩雲（峴）、正嶽（嵩）二甥，有志斯道，傑然裒貲而梓之。悉照韓刻舊本，而《玉茗》之大觀復成。」〔註1〕這刻本是否就是阮峴、阮嵩根據韓敬的舊本翻刻的《玉

〔註1〕《玉茗堂全集序》之三，《湯顯祖集》（詩文集），徐朔方箋校，中華書局 1962 年版。

茗堂全集》呢？然而我們都認為，即使是，經過十年的文化大革命，也是難以保存下來的。

　　回到撫州，我們把在南昌從傅再希先生瞭解到的《玉茗堂全集》版片線索向地區文化局領導作了彙報，提出了要到榆坊瞭解情況，試作尋找，得到局領導與地區文化站的積極支持，並由地區文化站與臨川縣圖書館掛了電話，要他們館負責文物工作的徐潤科同志陪我一同前往溫泉榆坊。4 月 22 日我和徐潤科到了溫泉公社榆坊大隊，找到了正在田間耘禾的大隊會計。會計也是湯秀琦的傳人，我說明來意後，他感到愕然，說是從來沒聽說過這裡還有什麼湯顯祖的木刻板。後我要他去找一些五十歲以上的老人來大隊座談。前來參加的男女社員只能講出一些弓庵公（即湯秀琦）少小聰穎好學的一些遺聞軼事，對湯顯祖著作木刻板事均一無所知。我與徐潤科同志都感到，要想在這個村子尋到版片是不可能的事了。但我還是沒有完全死心，心想：即使版片現在不存在，也總有人知道這裡曾經確實有過這東西，以及後來又是怎樣被搞掉？不然傅再希老先生怎能憑空說出他文革前曾在這裡親眼看到過？因此我想了一下，認為此事應找那些讀過些古書，且對村上前朝後古的事說出個子丑寅卯來的人來瞭解。我向大隊會計提出物色這樣的人選。這時前來參加座談的人還沒有散，大家一致推薦正在大隊小學當民辦老師的湯清華。湯清華時年 51 歲，是全村年紀較大者中文化最高的一個。他正在上課，被叫到大隊部。在聽清我們此行的目的後，他若有所思地說：「啊！是有這麼回事。我曾聽我父親說過，說是若士公（湯顯祖號若士）留下來的書，是我們湯家的財富，原堆放在湯祐生和湯利生家的樓上，要不搞掉，起碼也要兩三板車才能拉完，經過文化大革命『破四舊』，看來這東西現在是不可能存在了。」他還提到傅再希之所以知道此事，那是因為傅曾與該村湯雪亞（已故）是土地革命時的戰友，在解放前傅曾到過這裡。此時的我，雖然對木刻版片的存在已不抱希望，但既然來了，管他有沒有也要到堆版片樓上看一下。我和湯清華等幾個熱心社員爬上了湯祐生家樓上尋找一番，一塊版片也沒有找到，只有盛放木刻版的架子還在。這時我的心情是，雖然版片不復存在，但總算落實了這地方曾確實藏有《湯顯祖全集》的康熙木刻版，也算是沒有收穫的收穫。

　　我們正收拾東西準備乘車返回撫州，大隊會計見狀，忙說快到中午了，已派好了飯，要我們吃過中飯後再走。我與徐潤科坐在大隊部一張像乒乓球

桌式的會議桌前，等候派了飯的社員來叫我們吃飯。這時參加座談的還有一些社員沒有散去，和我們在會議桌前閒聊。正在此時，一位80多歲滿頭白髮的老太太，步著金蓮來到大隊部，也坐在大隊會議桌的一角。只見她愁眉不展，且喃喃自語，說什麼「我兒子是個好人吶，他沒有做過什麼壞事吶……」之類的話，好像要向我們訴說事兒。我向坐在我旁邊的一位社員詢問說：「這位老太婆說些什麼？」有瞭解她情況的一位社員告訴我說：「你知道她是誰嗎？她就是你們市房產公司造反派頭頭湯××的母親。最近他兒子被抓起來了，聽到你們是撫州來的，以為是來調查他兒子的問題，便趕到大隊部來了。」這樣我便走上前向老太太解釋說：「老人家，我們不是來調查你兒子的問題，我們是來尋找木刻版片。就是你們祖上的若士公寫過許多文章用木板雕字印成書的那種版片。」我一邊說一邊指著東西進行比劃講給她聽。這老太太名叫傅樣今，丈夫湯祐生（早已亡故）都是湯秀琦的後代。當她聽懂我的意思後大悟道：「啊！那個東西過去放在我老大（指湯祐生的哥哥湯利生）樓上，常見他拿來劈開當柴火燒。我覺得怪可惜，順手撿了幾塊放在我家樓上。」她這麼一說，立即轟動了整個村子。我和大隊幹部及湯清華等幾個人登上湯祐生家住房樓上，從各個角落（有的當著陶壇罐的蓋子）全都撿來，一數大小共27片。有的是原版一整塊，有的是破碎成兩塊或三塊。後我感覺傅樣今家樓上一些角落還沒有細找，可能還藏有，便邀起地區文博所的鄧作新同志帶上照相機，於4月28日一同去榆坊。我們和大隊幹部再到湯祐生與湯利生兩家住房樓上每個角落拉地毯式的搜尋了一遍，又得到五片而歸。鄧作新同志為我在湯利生家樓上放著盛版片的架子旁與幫我同找的幾位社員拍了工作照。這樣共在榆坊尋到的湯顯祖著作木刻殘版共大小32片。所幸喜的是，這32塊殘版恰有《玉茗堂全集》首頁和終頁。首頁是尺牘卷，刻的是《奉張龍峰先生》和《答舒司寇》兩封信，終頁刻的是《豫章攬秀樓賦》的最後部分。其他版片刻有《還魂記》、《紫釵記》和《南柯記》的部份曲目，還有詩、文、賦、尺牘的部分文字。

據我記憶，當時身上帶的錢不多，除了留下回來的車費僅得9元錢交給付作報酬。我帶著版片乘車回到撫州。下車後，我從老汽車站肩扛著27塊版片徒步走到地區行署，及時將尋找情況向地區文化局作了彙報，並將版片悉數交付給地區文化站保管。

殘版尋到後，我於6月16日去信與我有聯繫的復旦大學教授、中國戲曲

研究家、文學史家趙景深先生，告知了我們發現尋找到湯顯祖著作木刻殘版的情況，要請他對版片年代進行鑒定。趙老於 7 月 1 日回信給我說：「我已將此事告訴上海市文化局蔣星煜先生，他對戲曲版本極有研究。」當收到我寄去的版片拓印件後，於 7 月 12 日又給我回信說：「這次你們尋找湯氏後代所留下來的湯顯祖著作版片，眞是傳奇式的。」「你們寄來的版片的塌本我已收到，恐你們垂念，特先覆此言告知。我已將塌本摺迭起來，看樣子還是初期印本，分量大約不多。因爲你們恰好保存了一張末頁，《玉茗堂全集》（終）六卷，十九頁，賦。劇本如《還魂記》、《紫釵記》可能是另外單行本，時《邯鄲記》、《南柯記》還未出版。我這時就寫信給上海文化局文藝研究室，請蔣星煜先生審定年代。」爲此，景深先生在《文學遺產》1980 年第 3 期發了一則題爲《新發現的湯顯祖家傳全集殘版》的消息。趙老在簡述版片發現經過後，就版片作了考證說：「經考證，這些殘板是康熙三十三年湯顯祖後代湯秀琦這一支翻刻的。這一刻本傅惜華《明代傳奇全目》未收。校勘比較精細，很少錯字。其中兩種傳奇都是每半頁十行，每行二十一字。」這一簡短的消息在學術界尤其是湯學研究界引起了關注，至今只有該版片可稱得上是湯顯祖所遺留下來的有價值的文物。我接到趙老對版片年代的考證後，參照湯顯祖詩文和《文昌湯氏宗譜》中所記載的相關資料，於當年 10 月寫下了我親歷的《湯顯祖家傳全集殘版發現經過》一文，收進《湯顯祖雜考》中，作學術論文提交「紀念湯顯祖逝世 366 週年學術討論會」。

杭州大學教授、湯顯祖研究專家徐朔方先生獲知此信息，曾授命早年授業其門下，後深造於中國藝術研究院研究生部戲曲史論專業，畢業後留中國藝術研究院戲曲研究所工作的周育德先生於 1981 年 6 月專訪撫州，主要任務就是察看我們在榆坊尋找到的湯顯祖著作殘版。經請示領導，可給看，但暫還不能印出拓片。這樣我就取出較爲完整的八片給他察示。聰明的周先生將白紙蒙在版片上用鉛筆芯拓劃，得到拓片帶了回去，然後轉寄給了徐朔方先生。徐先生根據這八頁拓片於 1981 年 8 月 20 日寫了一篇題爲《關於湯氏家藏〈玉茗堂集〉板片》的短文。對版片的來源，徐先生看法與趙先生一致，都認爲是「湯顯祖逝世後五年，友人韓敬編印了《湯顯祖全集》」，「清康熙三十三年（1694）湯顯祖外孫輩阮峴、阮嵩兄弟『取韓太史（敬）所次先生集，編摩考訂，捐貲重梓』」。「版片款式、每頁行數、每行字數完全和明刻本相同。」他還十分讚賞趙景深先生的報導把板片稱作「家傳」全集殘版的「家傳」二

字用得「很有見地」。他認為，該版片「從康熙流傳到現在，雖然其中有後來的補刻，作為巋然獨存的湯集版片仍然值得珍視。」在徐先生看來，家傳刻版是湯顯祖的阮氏外甥「悉照韓刻舊本」翻刻，而韓本「實際上遠非全集。它既不收錄《紅泉逸草》、《雍藻》和《問棘郵草》，又不收戲曲創作」，故認為「版片附有戲曲，顯然是拼湊而成」。對刻有傳奇劇作的版片，他感到「玉茗堂傳奇傳世版本較多，而所得板片的拓本較少，還查不出它們所屬的版本系統」。〔註2〕

從阮峴、阮嵩作的《玉茗堂全集序》中，我們可知當年他倆之所以用韓敬本翻刻的原因是「其集有韓（敬）、沈（際飛）二選本。然沈本漫滅不可校讎，余因取韓本詳為訂定，捐貲重鋟。」〔註3〕陳石麟在清康癸酉（1693年）為《玉茗堂全集》作的序言中談到阮氏兄弟翻刻目的與做法是「欲倡明古學，取韓太史（敬）所次先生集，編摩考訂，捐貲重梓」〔註4〕可見阮氏兄弟的「重梓」是經過了「編摩考訂」的工作。這「編摩考訂」的工作最重要的成果便是收錄了韓本所未收的「四夢」傳奇劇作。我們從榆坊尋找到的32片殘版中，「四夢」中就有《還魂》、《紫釵》、《南柯》「三夢」，僅缺《邯鄲夢》。可以肯定《邯鄲夢》也是翻刻了的，只是傳老太藏起的版片太少，翻刻的《邯鄲夢》版片沒有保存下來。阮氏兄弟將「四夢」傳奇收錄進《玉茗堂全集》，是深識湯公傳奇戲曲非凡價值，要讓後人看到他「才橫絕古今」的全貌。此意，陳石麟在序文中也有明言：「惟『四夢』記，真堪壓倒王（實甫）董（解元），軼轢關（漢卿）馬（致遠）。蘊義淵弘，尤空前後所未有。……而俾學人因其遺書，以想見其全，學亦未始不基於此矣。」這樣看來，「四夢」的收入，正體現了阮氏「重梓」《玉茗堂全集》版的特色，標誌《玉茗堂全集》新貌的誕生，非韓敬舊本的再現。這時《雍藻》和《問棘郵草》兩個詩文集「散佚無存」，用韓敬本所收的詩文，合「四夢」傳奇展現湯氏著作的全貌，在內容上已是有機相聯的整體，焉能說成「拼湊而成」？榆坊《玉茗堂全集》若能全部保存下來，它當自成版本系統，那就是獨一無二的《玉茗堂全集》家傳版。

〔註2〕《關於湯氏家藏〈玉茗堂集〉板片》，徐朔方《論湯顯祖及其他》第 70～72 頁，上海古籍出版社 1983 年版。

〔註3〕《玉茗堂全集序》之四，《湯顯祖集》（詩文集），徐朔方箋校，中華書局 1962 年出版。

〔註4〕《玉茗堂全集序》之二，《湯顯祖集》（詩文集），徐朔方箋校，中華書局 1962 年出版。

　　《文昌湯氏宗譜》載有萬昶所撰《如章公傳》云：「又以《玉茗堂集》板之久而漸蝕也，且落他人手，捐貲贖之。較讎縫闕，藏於家。」〔註5〕知這一刻版梓成後，曾有過一段失而復得的歷史。如章公即湯梗，字可行，太學生，生於乾隆己丑（1769 年），卒於嘉慶十五年（1810 年），係湯顯祖第七代侄孫。他不僅捐貲贖回了版片，還做了「較讎縫闕」的工作。家譜這一記載是可信的，因爲從我們所尋到 32 片殘版中，有的板已腐蝕嚴重，如刻有《紫釵記》曲目的版片；有的卻很新，如刻有《南柯記》、《還魂記》曲目的版片。這些很新的刻版當爲湯梗所「縫闕」。阮氏兄弟所刻的《玉茗堂全集》之所以能保存到解放後，實有湯梗的不小功勞。徐朔方先生稱湯梗是「新發現的版片收藏者的先人」，這話我贊成。

（原載 2007 年 11 月 2 日《撫州日報》）

〔註 5〕　《如章公傳》，萬昶撰，《文昌湯氏宗譜》，清光緒三十二修，撫州雲山鄉高橋圳上湯家村藏。

我與徐朔方教授在湯顯祖佚文上的糾紛

　　1999 年我與徐朔方教授在湯顯祖佚文問題上發生了一場糾紛。

　　事情的原委是：1982 年春，我去北京爲江西撫州湯顯祖紀念館搜集湯顯祖史料，在北京圖書館查閱古籍《明文百家萃》，發現該書載有湯顯祖十一篇時文，均爲徐先生箋校的《湯顯祖詩文集》（1982 年版）所沒有收錄。北圖藏的《明文百家萃》殘缺不全，從有關專業人員得知復旦大學圖書館有完整藏本，特寫信託復旦大學陸樹倫教授代抄寄我。佚文輯到後，我進行斷句、標點和箋注，並和我在撫州地區地方文獻上所發現與輯逸的湯顯祖的序文、傳贊和楹聯等佚文一起發表在 1983 年第 6 期《文藝資料》（江西省文學藝術研究所編的內刊）。這批佚文徐朔方看到後，曾於 1985 年「轉託」江西省贛劇團編劇黃文錫來信「探詢」我的意見。黃在 5 月 20 日的來信中說：「你刊在《文藝資料》上的一組湯顯祖佚文，業已算半公開的資料了。徐朔方同志想在《湯顯祖詩文集》再版時將它們補入，注明發現者——你的名字，並告出版社把應有的稿酬寄你。此事不知你是否同意，轉託我探詢你的意見。自然，不同意，他也不會冒（貿）然補入。」接信後我沒理會，既沒有給黃文錫回信，更沒有給徐朔方作答覆。此事擱下。

　　1986 年 10 月 5 日，時在中國藝術研究院戲曲理論研究班學習的我，曾把所輯佚文給郭漢城老師看了，漢城老師閱後即給院《戲曲研究》編輯部的迦華、顏長柯老師寫信推薦發表。顏老師意見全發篇幅過長，先將序文、傳贊和楹聯部分刊發《戲曲研究》在第二十二期，時文部分以後再發。1987 年 7 月我畢業回贛，1988 年調海南後沒有從事所學專業研究工作，對佚文事已淡忘。事過十二年，徐先生重編《湯顯祖全集》，要收羅我輯逸的這批佚文，「輾

轉從戲曲研究編輯部」探聽我在海南文體廳工作，於 1995 年 1 月 17 日給我來信云：「（我）正在考慮重編湯顯祖詩文集。我想把你在《戲曲研究》發表的輯佚也收羅在內。當然注明是您的輯逸，並且將由出版社直接向您寄送應得的報酬。」閱信後引起了我的狐疑：徐先生 1985 年轉託黃文錫來信是說要收羅我發表在《文藝資料》上佚文，現在爲何只提發表在《戲曲研究》上的那些？聯想到 1979 年初我去遂昌採訪學者王權時，曾告訴我早在 1954 年他就寫有《湯顯祖年譜》初稿。初稿呈送恩師——當代詞宗夏承燾指教。王和徐先生都是夏承燾的高足，夏知徐先生也在作《湯顯祖年譜》的編寫工作，建議他兩人合作。於是王權便把手稿給了徐朔方。徐看了一段時間後，將稿子退給了王，說他的可以單獨成篇，不用合作了。警覺的神經令我於當月 28 日向徐發出了回信，表白了明確的態度。信的開頭特意提到十二年前曾通過黃文錫來信給我要補入我所輯佚文一節。信的最後說：「我相信，你要收羅的決不僅僅是我發表在《戲曲研究》上，而是我輯佚的全部，含正式刊物、內刊上所發表以及尚未公諸於世的。否則，仍會出現您所不願出現的『割愛』。

儘管我警惕性不低，然悔氣的事卻防不勝防。徐先生無視我信中的明確態度，按他的「小九歸」，一廂情願將我發現並輯逸的 19 篇佚文收進了他箋校的《湯顯祖全集》中。該書 1999 年 1 月在北京古籍出版社出版。本年 6 月初我逛海口市解放路新華書店看到此書，順手從書架上取下翻閱，發現補遺的 11 篇時文中，只有《我未見好》、《故君子可……其道》和《孔子有見》三篇編在第五十一卷《補遺》中，注明了是我錄自《明文百家萃》，另八篇（《爲人臣止於敬》、《夏禮吾能》、《上好禮》、《君子思不出其位》、《鄙夫可與》、《左右皆曰賢未可也》、《其君子實……小人》和《民之歸仁》）則出現在第五十卷《制義》中，沒有注明是我的發現與輯逸。我的這一成果變成了徐先生的東西。

爲了弄清眞相，我及時去信向徐先生詢問。信中說：「據北京朋友告訴我，你校箋的《湯顯祖全集》已在北京古籍出版社出版，但海南書店目前尚未見有售（按：這時我已知道對這位大學者已不能太老實了，爲了探明他的態度，我不能直說已在海南看到）不知我所輯錄的湯氏佚文你收進多少？望告！」

徐先生於 7 月 1 日給我回信中裝癡賣傻：「大函奉悉，現已函北京古籍出版社經辦同志爲我寄《湯顯祖全集》一套到海南。此乃例有之事，竟因年老昏聵而忘卻，歉甚。」不知徐先生是眞的「年老昏聵」還是心中亂了分寸，

書已發行了半年了，還附來了五頁的《湯顯祖全集》增訂與勘誤，請我訂正，令人啼笑皆非。7月中旬收到北京古籍出版社文藝部寄來的《湯顯祖全集》一套四本。我翻閱了全書，細讀了《全言》和《編年箋校湯顯祖全集緣起》後以及整個編排，看出了徐先生並非「年老昏聵」，而是老謀深算，爲了將我的輯逸成果變成他的東西可謂「嘔心瀝血」。8月8日我去信給徐先生本人與北京古籍出版社提出交涉。明確指出書中第五十卷《制義》中有八篇「沒有實事求是注明爲我發現並輯逸，違背了 1985 年通過黃文錫寫信給我的主動承諾，侵害了我的權益」。若不能協商解決將訴諸司法來裁決。徐先生心中有愧，害怕我訴諸司法，但又顯得很坦然的樣子。8月16日他給我來信說：「我想可以原諒則原諒，如不可原諒，則不妨由法律途經加以解決。我寫到這裡心平氣和，相信法律面前人人平等，不會令您或我或出版社有吃虧或便宜。」徐先生在學界有「宗師」、「泰山北斗」之尊，豈甘心向名不見經傳的我祈求「原諒」，8月27日的來信露出了他的面目，道出了他之所以這樣做的理由：「我也一樣相信法律途經解決爲好，但敗訴一方要負責訟費。我在湯集中所收尊編佚文後曾作保留，現標點解釋同您不一樣。……北圖有書《制義》，何得云『發現權』，豈不滑天下之大稽。」

　　閱信後，他的所謂「宗師」、「泰山北斗」的光輝形象在我心中大打折扣。一個大學者，竟「昏聵」得連何謂「佚文」都糊塗了！《辭海》對「佚」的解釋是：「散佚、棄置。如：佚書，輯佚。」所謂「佚文」就是指已故作家散失、棄置的文章；「湯顯祖佚文」當然是指他以前校箋的《湯顯祖詩文集》（1982年出版）所沒有收進的散失、棄置的湯顯祖詩文。這些散失、棄置的湯顯祖詩文誰先發現輯逸到了並公諸於世就屬誰的演繹作品，享有著作權，受著作權法的保護。收在《湯顯祖全集》第五十卷《制義》中的 8 篇時文就是 1982 年我在北圖《明文百家萃》一書中發現輯逸到 11 篇中的 8 篇，其中《上好禮》一篇，我發表稿將「純以虛運毫不著實」一句漏掉，現徐先生書稿這句也沒有，更可證明徐先生所收羅的正是我發現的這批佚文。佚文被發現已公諸於眾後就不再是佚文了。誠如湯詩《鳳凰山》我 1982 年 2 月出差上海，住吳宮飯店，在對門古舊書店購得《郁達夫遊記》，在首篇《杭州小歷紀程》就發現郁達夫引了這首詩，徐朔方校箋的《湯顯祖集》（1963 年版）詩文卷中沒有收集，是首佚詩，而徐先生從《龍遊縣志》卷三十八也錄到這首佚首。因我拖到 1982 年 10 月才公佈《江西日報》，而徐先生箋校、上海古籍出版社出版的

《湯顯祖詩文集》是 1982 年 6 月出版，該詩已補遺。因徐先生公佈時間早於我，我雖在不同地方錄到也不能算是佚文，故後來我就沒有將該首佚詩歸入我的輯佚成果之列。

徐先生提出他的「標點解釋同我不一樣」，他的正確，我的錯，「視不可信賴」。然而在古籍整理中兩個人標點不完全一樣屬正常。從我輯佚的十一篇時文看，斷句徐先生與我基本一樣，標點有部分一樣，部分不一樣。即使我錯的完全不能用，作為收羅者應是提出意見，讓輯逸者重新標點。若真是「不可信賴」你可不收羅。正是這批佚文，早在 1985 年 5 月 20 日徐託黃文錫來信就表明了：「想在《湯顯祖詩文集》再版時將它們補入，注明發現者——你的名字，並告出版社把應有的稿酬寄你。……自然，不同意，他也不會冒（貿）然補入。」並沒有提到我的標點有問題而「不可信賴」。這白紙黑字，至今我還保存著。可現在不僅是「冒（貿）然補入」，且收羅我輯逸的 11 篇時文就有 8 篇不「注明發現者」我的名，書出了半年既不告知也不給稿費，連「例有之事」的樣書也不寄。只是當書發行了半年，我無意在海口書店看到寫信問到佚文收羅情況時才以「竟因年老昏聵而忘卻」，叫出版社寄來《湯顯祖全集》一部，和稿費 80 元。當我去信明確指出徐先生這樣做侵佔了我的輯佚成果，損害了我的權益，應承擔侵權責任。徐先生又以「現標點解釋同您不一樣」、「視為不可信賴」、「北圖有書《制義》」等為理由為自己開脫責任。如果徐先生這種理由可成立的話，那 8 月 16 日來中信請求我「能原諒則原諒」那要我「原諒」什麼呢？

這時我對徐先生很是惱怒，令我無法原諒他這種行為。為了維護我的正當權益，感到不將他告上法庭難以心平。我知道，打官司打的是證據和法律依據。證據我是有了，抄錄的佚文和有關信件我都保存了。為瞭解相關法律依據，我帶著有關證物去海南省高院知識產權庭向專業人員進行了咨詢，對勝訴訟充滿了信心。社會上的兩個職業律師好友看了我的有關材料，說這樣官司實為小菜一碟，若對方雇用了律師，願為我提供法律援助，即免費代我出庭。但當我寫好訴訟文書準備呈交法院時，我又猶豫了。考慮到：

一、徐先生是周育德先生的老師，而周又是我的老師，告他總不太好。

二、徐先生是湯學領軍人物，判決下來在社會上有影響，有損他的聲譽；從經濟上，儘管我無意要他作任何賠賞，但他要應訴就要請律師，律師要到海南這一花費數目不小。

三、徐先生雖是不甘心但畢竟在信中還是向我發出了「能原諒則原諒」的祈求。

　　四、我調海南後 10 多年基本不搞湯顯祖研究，在大特區經濟大潮沖刷下，學術情感淡泊，幾篇佚文心中不是很在乎。

　　「人生何處不相逢，得饒人時且饒人」。一番思考後決定放棄起訴，打算在湯學研究隊伍小圈子內讓一些人知情，相信人心不泯，會從道德上作出評判。2000 年 3 月，原中國藝術研究院研究生部主任後任中國戲曲學院院長的周育德老師給我來信並附來會議通知，云及由大連外國語學院牽頭，定於 8 月 23 日～25 日在大連召開湯顯祖的國際學術研討會，紀念湯顯祖誕辰 450 週年，希望我能參會，姑作一次遠足旅遊。我覺得這是個機會，在給周育德老師的回信中順便談了我與徐先生在佚文上所發生的糾紛，並附去寫好的訴狀與徐先生的往來信件。徐先生是周育德老師大學時的恩師，我向周先生傾訴不是要難為他對這案作「包公」，僅是要告訴他我與徐先生發生了這樣一件事及其真相。我深信人心不泯，事實清楚，證據確鑿的事，自然公論難逃。後來我曾和武漢大學鄒元江教授等聊起此事，我覺得我的這一目的已經達到。在大連會上還遇到北京古籍出版社韓敬群同志，他是《湯顯祖全集》一書責編，也應邀來參加會議。我們交涉這一問題時他態度很好，一再表示再版時一定會將這 8 篇時文注明是我所發現並輯逸，我即以禮相待，沒有提任何要求。

　　2001 年 8 月，由遂昌縣人民政府作東，舉辦了中國湯顯祖研究會（籌）首屆年會。徐先生也來參加會議。會議會餐那天，我和徐先生同在一桌，另還有周育德院長、鄒元江教授，遂昌縣縣長等人。在敬酒中我與所有的人都碰杯唯獨沒有與徐先生碰杯。徐先生馬上從坐位上下來，端著酒杯笑嘻嘻地走到我面前說：「龔老師呀，……」來向我敬酒，此時的我很感動，我在與他碰杯中說：「那件事已過去算了，你是周育德的老師，周育德是我的老師，你是我老師的老師……」兩人在碰杯的笑聲中一笑泯前嫌。

　　2007 年 2 月 27 日與福州師專鄒自振教授通話中，得知徐朔方先生去世的噩耗，我立即給浙江大學發去唁文，表達我的哀思。唁文為：

　　浙江大學徐朔方教授治喪辦公室：

　　在與朋友的電話中，驚悉徐朔方教授不幸逝世，深為悲痛。因湯顯祖研究，我與徐先生有過多年的交往，他的嚴謹治學精神令人敬佩！他在湯顯祖研究領域泰山北斗的地位無人可以替代。他的逝世是我國學術界的重大損失。

　　徐朔方先生千古！

　　唁文原稿有「雖然在學術上我們對一些問題有不同意見，有的問題幾乎要對簿公堂」一句，臨發出時，我把它刪掉。

　　讚美是生者送給逝者的語言花環，然而西方哲人孟德斯鳩曾說：「死者之光榮不在於受時人之讚美，而在於爲後人效法。」

2007 年 12 月於海口

湯顯祖研究交遊紀事

　　自 1979 年涉足「湯學」研究以來，曾追蹤湯顯祖生前足迹，走過了其生平活動的幾個主要據點，結識了一些專家和同道，其中還有外籍學者。在與他們交遊中，有些事至今難忘，留下了他們的品格與學識風範，對我很有教益。錄下幾件，或可爲「湯學」史話添點花絮。

一、石淩鶴與湯顯祖紀念館長聯

　　石淩鶴同志是文藝界老革命、老作家、戲劇巨匠，江西現代戲劇事業的開拓者，有「當代湯顯祖」之稱。他的劇作，才華橫溢，僅一部「石西廂」足與「王西廂」媲美。對湯顯祖他情有獨鍾，早在 1941 年就開始了對湯顯祖的生平與著作的研究，是當代最早「湯學」研究者之一。1953 年中國戲曲研究院黃芝崗先生來臨川調查湯顯祖的資料，他就認識到湯顯祖藝術大師的價值，矢志要將「臨川四夢」搬上社會主義的舞臺。1957 年他將湯顯祖的《牡丹亭》改譯爲贛劇《還魂記》。該劇情眞意切，文詞精美，1959 年 7 月 2 日爲中央工作會議在廬山演出，得到毛主席「秀、美、嬌、甜」四字的嘉許。1961 年由長春電影製片廠拍成了舞臺藝術片。1962 年他用詩劇形式創作了湯顯祖的歷史劇《玉茗花笑》（又名《湯顯祖》）。1957 年江西文化界在撫州市舉辦紀念湯顯祖逝世 340 週年活動，他專程從南昌趕到撫州市，在城東大平街一號後院內找到湯顯祖墓，並同時探訪了玉茗堂遺址。1982 年文化部在撫州舉辦紀念湯顯祖逝世 366 週年活動，爲迎接紀念會的召開，1979 年初我和我的合作者外出搜集湯顯祖的資料，著手寫湯的傳記。當年 3 月 1 日我們到了上海，探訪了已患病留醫在華東醫院的石老，他對我們工作極爲支持，躺在病床上

與我們談湯顯祖，從 4 時談到 5 時。他談到，湯顯祖是屬於世界的，他生前遭劫，死後更遭劫；玉茗堂要恢復起來，不要作一般的娛樂場所，要作爲旅遊事業來恢復；英國是那樣對待莎士比亞，而我們是怎樣對待湯顯祖；玉茗堂搞起來要我做什麼事我一定會做，這是我一樁心事；南昌有個撫州人對湯顯祖有研究（指省中醫院傅再希）；馬繼孔（當時江西省委副書記）要把「四夢」都進行整理改編重立舞臺上，像贛劇《還魂記》那樣，有時間我也一定會搞；對湯顯祖要把他放到他所處的時代歷史來考察等內容。

石老建議，傳記初稿完成後，應上京聽取有關專家的意見。1980 年 8 月 15 日我又到了上海，聽了他對書稿的一些意見，並持他寫好給中國藝術研究院張庚和馬彥祥兩院長的信上京求訪，補充資料。石老還說到他有個《湯顯祖》歷史劇的劇本，是詩劇形式，他那沒存底，北京馬彥祥處有，代他取回送我。他對馬老的信是這樣寫的：

> 彥祥兄：
>
> 　　您好，念念！
>
> 　　拙作《洪波曲》已改爲《雷電頌》可望於本月末脫稿。知關錦注，謹以奉聞。
>
> 　　茲介紹江西撫州地區的龔重謨同志前來晉謁，他們寫湯顯祖的傳記，請予指導！
>
> 　　拙作《玉茗花笑》，不知老兄有何見教？該印本交他們參考，因彼等亟需，故特索取。乞諒！此致
> 敬禮！
>
> 弟：石淩鶴
> 一九八〇年八月十五日痹手書

這時石老正用痹手對《南柯記》進行改譯工作。他與我的談話中，表示要抓緊有生之年把「四夢」改譯完，自認按《還魂記》「保護麗句，譯意淺明」，「重新剪裁，壓縮篇幅，牌名仍舊，曲調更新」的改譯路子，是尊重原著，重新把「四夢」復活在當今戲劇舞臺的成功之路。然而他認爲，當今戲曲編劇，能有他這樣古詩文功底可勝任對「湯劇」進行改譯的人已不多了。他擔心一些編劇把「四夢」這樣古典精品改得面目全非，因此他要抓緊有生之年將「四夢」都改譯完。1982 年他將改譯完的「四夢」與詩劇《玉茗花笑》結集爲《湯顯祖劇作改譯》，交由上海文藝出版社出版。他寫信給我，要我寄給湯顯祖的

畫像和手迹照片，因他知道我已搜集到了這些東西，該書出版後，他親筆簽名贈書一冊寄我。時間是 1983 年 5 月。

爲了紀念湯顯祖逝世 366 週年的活動，撫州地區在玉茗堂遺址上興建了玉茗堂影劇院，內設湯顯祖紀念館。因陳列大綱主要是我所撰寫，1982 年 10 日 22 日石老來到撫參加紀念活動，在他參觀了湯顯祖紀念館後我去到他住的招待所，徵求他對湯館陳列意見，並把來不及實施的一些構想，如在展館進門的湯顯祖塑像兩側用木版鏤刻概括湯顯祖生平與著作的長聯向他談了，並請他來撰寫。他聽後很是支持，並當即答應，並風趣地說：「你對我命提作文，我一定按期交卷」。果然到 1983 年 5 月第一稿就寫出來了，並發表在《新民晚報》1983 年 5 月 19 日五版。聯爲：

上聯：百代宗師，雄才博學，正氣塞蒼冥。多回拒結權臣，毋惜春闈落第，留都彈首輔。憑教貶謫到邊隅，弗辭逆旅瘴蒸，興修書院，招來俊彥論文，其似孤鴻橫晚照。宦海何曾浪少寧，《紅泉》、《問棘》，獨傲儒林，勸農陌上，夜話桑麻，深耕綠野。僻塢春風唱採茶，遺愛平昌，歌廣陶靖節。格理還眞，傾華廈仰尊湯若士。

下聯：半生廉吏，厚德仁懷，精誠充宇宙。幾次擒捕猛虎，敢於除夕釋囚，縣令斥中涓。但願冠歸故郡，長守家山清秀，主座樂壇，指點伶工按譜，恰如群燕奮朝暉。世間只有情難訴；俠劍誅邪，猶憐小玉，尋夢梅根，心驚螞蟻，醉醒黃粱。明窗皓月觀儺舞，緬懷沓磊，幻覺武陵源。知音顧曲，遍寰中爭演《牡丹亭》。

6 月 20 日我收到他的來信，並「附報一紙」即刊發其楹聯的《新民晚報》。

同年 8 月 19 日就楹聯事他給我回信中說，他早將長聯和宣紙由他侄女從上海帶回江西交江西社科院院長姚公騫繕書，姚原是江西師大歷史學教授，他們交誼深厚，姚的楷書或行書都具功力，可爲楹聯生色。石託姚繕寫並請江西省博物館裱好送撫州湯顯祖紀念館。姚院長看了楹聯後提了些意見，石老吸取姚的意見，反覆斟酌的修改爲《重訂湯顯祖紀念楹聯》，和姚聯名再發在《新民晚報》1983 年 11 月 2 日 5 版：

上聯：宦海從來浪不寧，爲堅拒權臣市利，甘拋棄鼎甲科名。便坎坎坷坷弗自嫌，楚楚酸酸勿自憐。曾釋囚除夕，獵虎親民。點綴紅泉舊本，樂得君子山前，短衣寒衛。繼志古今賢令，更虔誠演武修文，勸農陌上；桑麻夜話，綠野舒懷。何須佛道逐流，乃長嘯

低吟，紫簫檀板；皓月瓊漿，北腔南調。梨園傳頌千秋筆。

　　下聯：世間只有情難訴。須揭穿禮教網羅，敢劈開綱常桎梏。盼花花草草由人戀，生生死死隨人願。且譜曲臨川，振聾發聵。標題玉茗新詞。果然牡丹亭畔，高冢豐碑。欣看中外瑤臺，爭獻演誅邪劍俠，尋夢梅根；螞蟻驚心，黃粱醉醒。好在大同伊始，其朝飛暮卷，雲霞翠軒；雨絲風片，煙波畫船。華夏齊歡百姓家。

最後的定稿是對「重訂」稿的個別字詞又作了調整後由姚教授用行楷書寫成大條幅寄我。聯為：

　　上聯：宦海從來浪不平，為堅拒權臣市利，甘拋棄鼎甲科名。便坎坎坷坷勿自嫌，楚楚酸酸弗自憐。曾除夕釋囚，拯民獵虎，點綴紅泉舊本，虧得君子山前，短衣寒衛，踵步古今賢令，更留連偃武修文，勸農陌上；桑麻蔽野，彩練舒空。何嘗佛道依違，盡長嘯低吟，竹簫檀板；築擊弦冰，石磬鐵硯。梨園傳頌千秋筆。

　　下聯：世間只有情難訴，須揭穿禮教網羅，敢劈開綱常桎梏。盼花花草草由人戀，生生死死隨人願。乃臨川譜曲，發聵振喑，標題玉茗新詞，果然牡丹亭畔，高冢豐碑，欣看中外歌臺，爭搬演鋤奸義俠，尋夢梅根；螞蟻緣槐，黃粱醉醒。好在大同伊始，恁朝飛暮卷，雲霞翠軒；雨絲風片，煙波畫船。華夏歡騰萬眾家。

　　種名：湯顯祖紀念堂　惠覽

　　落款：石淩鶴、姚公騫撰書

　　　　　　　　　　　　　　　　　　　一九八三年三月十七日

姚公騫院長還附來一信云：

　　重謨同志：

　　　茲遵淩鶴兄之囑，寫就湯館楹聯一對，寄上請斧正，如不合用，請退回，並於收到日，由您處寫一函致上海石淩鶴同志，免其懸念為禱。匆匆，順致

敬禮。

　　　　　　　　　　　　　　　姚公騫（八三年）三月十七日

楹聯為232字，比雲南滇池大觀樓對聯還長52字，比四川灌縣青城山廟對聯少62字，是名副其實的天下第二長聯。撰寫這樣的長聯在中國楹聯史上當屬佳話。石老對長聯的創作極為認真，一個耄耋老人，偏癱手痹，對稿子不厭

其煩反覆修改，還掏錢買宣紙託人書寫好貼上郵票寄來，我們卻沒有給他任何報酬。此種唾手而得的好事，迄今思之，尚存愧疚，諒湯顯祖紀念館已代補還了人情。

我調海南工作後，和石老還有三次書信往返。他在信中鼓勵我「從事新省文化前途大有可爲」。最後一封信是 1989 年 4 月 5 日。石老於 1995 年 3 月 8 日駕鶴西歸，距今已是十有三年，可知他那爲之嘔心瀝血的楹聯今作何處理？！

二、趙景深教授品高學博，熱誠助人

趙景深是久負盛名的戲曲史家和戲曲理論家。他不僅學識淵博，且無私助人獎掖後進的品德爲學林所稱頌。1979 年 3 月 6 日上午我在上海博物館拍了湯顯祖行書詩卷手迹後，曾慕名去拜訪了他。他家在淮海中路 425 號，我見著的是位質樸、平和、仁慈的長者，毫無名家架勢。趙易林有《趙景深與書二三事》一文，談到其父生前「愛書如命，但與眾不同的是，對前來借書的學生、同好，特別是青年，父親總是慷慨支持，從不吝嗇出借」。「父親備有一本登記簿，將借出的書登記一下，時間久了不見還，他會給借書者寄明信片催還。」我正見證了此事。當趙老知道我的來意後，二話沒說，便進到他的藏書室，取出包紮好的黃芝崗先生撰寫的《湯顯祖編年評傳》打印稿，借給我們三個月，僅要我在他的一個借書本子上寫下了借條。當 3 個月的借期已過，沒收到我們的還書，他於 6 月 11 日向我來信催還：「蒙曾借去黃芝崗《湯顯祖編年評傳》油印本二冊蒙見五月歸還，現已過期。我上課將到湯顯祖，懇掛號將此二書寄還爲感。」接此信，我們怪不好意思，立即寫信致歉，並掛號將書稿寄還。

趙老爲了盡量讓我們有所收穫，還特意寫了一紙字條，叫我們去找上海文藝出版社責任編輯金名同志，要他破例取出他的正在出版中的《曲論初探》手稿，其中有篇《湯顯祖傳》，讓我們抄錄。趙還告訴我，日本山口大學的岩城秀夫教授著有長篇《湯顯祖研究》全面論述了湯顯祖的生平、劇作、戲曲理論及在文學史上的地位。全文收入在他的《中國戲曲演劇研究》一書中。並告訴了岩城秀夫的地址，說：「你給寫信，我也會給岩城寫信，他會送給你的。」回到撫州後，我於 1980 年 9 月 29 日給岩城秀夫先生寄去一信，10 月 30 日岩城給我回了信並寄出了他的特精裝的日文《中國戲曲演劇研究》一書給我。

1979 年 4 月我在臨川縣溫泉榆坊湯家湯顯祖侄孫後人處尋到了湯顯祖家傳全集殘版，我及時去信給他告知了尋找過程並附上拓片請他鑒定。他收到後非常高興，來信說已特意請上海藝術研究所蔣星煜先生作了鑒定，並將鑒定結果和我們尋找經過在《文學遺產》上發了一篇短文。從而引起了「湯學」研究者與文物界的關注。

1981 年 12 月 6 日我去上海參加戲劇節，第二天我帶了撫州特產南豐橘子去看了趙老，提到想請傳記文學專家朱東潤教授為我們《湯顯祖傳》題簽書名。他二話不說，立馬給朱先生寫了一封短信並告訴朱先生的住址。第二天我持趙老的信找到朱先生家，他很爽快地就寫書名題簽讓我帶回。

1982 年年初，我為湯顯祖紀念館搜集陳列文物資料，想起趙老曾對我說過，他演過崑曲《牡丹亭》的折子戲。2 月 19 日到上海後我又去他家，開門見山提及要借他當年演出湯的「四夢」劇照，他又二話不說，把珍藏多年的 1959 年演出的崑曲《牡丹亭・學堂》和《邯鄲記・掃花》的劇照共五張借給了我們。另還告訴我，在美國哈佛大學的鄭培凱寫了題為：《現實與理想：分為劇縣官與劇作家的湯顯祖》和《想像與捕捉：湯顯祖劇作中的戀愛與生命》，示意可通過渠道要到。

1979 年我根據地方文獻資料結合湯氏詩文寫出了《玉茗堂考》的初稿，寄給趙老請他指正。過了幾月後，我突然收到《文學遺產》退回來的稿子。原來趙老看了稿子後，為了鼓勵我，將稿子推薦到《文學遺產》。

趙老是在寓所上樓時失足跌倒，旋即送華東醫院搶救不治於 1985 年 1 月 7 日去世，我是讀到 15 號《新民晚報》金名同志的文章才得知，便及時寫信給復旦李平、江巨榮兩教授，表達我對趙老的哀思。

三、訪俞振飛未晤，寄來《蝶戀花》詞

1982 年 2 月我在為湯顯祖紀念館撰寫陳列大綱時想到，梅蘭芳和俞振飛兩大師早在 30 至 50 年代，應邀到日本、美國和蘇聯等國家演出《遊園驚夢》和《春香鬧學》等《牡丹亭》的折子戲引起了轟動。這是湯顯祖的戲曲影響當代世界曲壇的盛事。他們的演出劇照和相關資料是紀念館陳列所不可缺的內容。我打聽到，梅葆玖和梅葆玥姐弟這時正在上海，加盟上海京劇院合排一個傳統戲赴香港演出。2 月 17 日我與地區文博所幾個人外出參觀與搜集有關文物資料到了上海，正好順便去找梅葆玖瞭解情況。我先找到離休在上海

的江西文化界老領導石淩鶴，他次子石慰蒼是上海京劇院辦公室負責人，由他安排與梅氏姐弟見面。2 月 18 日下午 1 時半我趕到華山路 250 號中賓部，在餐廳有北京京劇團的團長劉景毅、梅葆玖、梅葆玥還有一位梅先生的女弟子進行了簡短的採訪。他們說，對梅先生的生前事只有許姬傳先生最瞭解，他是梅先生的秘書，現仍住在梅先生家，葆玖馬上要出國演出，4 月份回到北京，到時再到京找他。這樣當天晚上我就去找俞振飛先生。敲開他家的門，接待我的是他的夫人——著名的程派京劇演員李薔華女士，雖 50 多歲，顯年輕，氣質高雅，風韻猶存。她遺憾地告訴我：俞先生在外地，你有什麼事用紙寫上，等他回來我轉交他處理。我留條上寫上我的姓名和工作單位，我對李薔華老師講了我的來訪意圖，也談了 10 月文化部將在撫州舉行紀念湯顯祖逝世 365 週年活動等信息，需要俞先生提供當年和梅先生赴海外演出湯顯祖的《牡丹亭》有關盛況資料。我不知道薔華老師對俞老是如何轉達我的求訪意圖，回撫州後，我收到了俞先生 1982 年 4 月 2 日寄來的信和填一首《蝶戀花》詞。信云：

> 囑件因事繁拖到延至今，深感到疚！今書就《蝶戀花》一闋，交郵寄來，希於收到後見覆是盼。我最近還居新居，新地址紙附來。祝好！
>
> 俞振飛
> 四月二日

還附了他打印的新遷住址，寫的是：

> 我已於本月十五日遷入新居。
> 地址：上海市法華鎮路 9 號 904 室。電話正待安裝。原號碼作廢。
> 專此奉告。並望按新地址通訊。
> 順頌
> 春安！
>
> 俞振飛　1982 年 3 月 16 日

《蝶戀花》詞是用毛筆書寫在宣紙上的條幅，云：

> 玉茗堂中詞客住，
> 堂外江流，日夜奔何處？
> 豈為風懷歌豔句，
> 人間多少情須訴。

> 花發花辭明與暮，
> 後四百年，海曙紅桑助。
> 生死相因心不負，
> 萋萋芳草春來路。

戊戌距今三百八十四年矣。滄桑巨變，換了人間，有非先生所能逆計者。余生平常演此劇，因用原著第一齣標目《蝶戀花》原韻，以廣其意，並伸後學景仰之枕。壬戌春三月滌叟俞振飛敬題，時年八十有一。

收到信與填詞我很是感動。余老是蜚聲中外藝術大師，我僅是外省素昧平生的求訪青年，居然很當成一件事兒，又是寫信又是填詞，且把新搬的地址都告知，實很令人感佩。體現其德藝風範。詞意表達了他對「四夢」執著熱愛和對湯公的無比景仰深情。這條幅我視作珍貴墨寶，請人裝裱，不論家搬到哪裏，都把它掛在我的書齋。另他還附一較大條幅，書的是他作的一首律詩，是給湯顯祖紀念館的。詩云：

> 重見臨川玉茗堂，流風餘韻付霓裳。
> 花間四夢留詞筆，檻外九江看豫章。
> 曲苑方開新境界，歌壇好認叫滄桑。
> 誰知嘯詠平生意，但供心香為奉常。
> 一九八二年冬為湯若士先生逝世三百六十五週年紀念並建玉茗
> 堂劇院敬賦一律以誌景仰之忱

> 　　　　　　　　　　滌叟俞振飛　時年八十有一

這條幅從湯顯祖紀念館開館至今一直掛在館內名家題聯、題詞行列。

四、終生嗜湯似癡迷的王權

王權，字馨一，遂昌人，麗水地區第一中學語文老師，退休後住遂昌縣城。他是個「湯學」迷，從青年時代起就仰慕湯顯祖的文章品節。湯顯祖以玉茗花自喻，其父知他嗜湯，特從城西葉家花園採玉茗花一株，植於庭前假山之上；湯是江西人，王以豫章為字。王權的先祖是南宋愛國詩人王鎡，湯公治遂時有王叔隆持王鎡《月洞詩集》請湯作序，湯欣然寫下《王鎡月洞詩序》一文，並還寫了「林下一人」匾額送遂昌王氏宗祠，並保存至今。由於湯的治遂好政聲和王對湯文章品節的傾慕，加上湯對王先祖這層好關係，王對湯崇拜無比。他是遂昌最早湯學研究者，早在 1954 年成寫約 7 萬餘字的《湯

顯祖年譜》初稿。初稿寫好後，曾送給了恩師夏承燾指教。王和徐朔方都是當代詞宗夏承燾的高足，夏知徐朔方也正在作《湯顯祖年譜》的編寫，建議他倆合作。王權便把手稿給了徐朔方。徐看了一段時間後，將稿子退給了王，說是他的可以單獨成篇，不合作了。

徐雖沒有與王權合作，但他看了王的手稿還是有些收穫，如他的《湯顯祖年譜》中一條「清趙吉士《寄園寄所寄》卷七，列湯顯祖為舉業八大家之一。餘七家為王鏊、唐順之、瞿景淳、薛應旂、歸有光、胡友信、楊起元」。就是從王權手稿中得來的，徐在一處注明「為王馨一先生所見示」，但徐的《湯顯祖年譜》無論是 1958 年的初版本還是後來的修訂本都沒有這樣的注明。

1972 年 2 月 15 日我第一次訪遂昌，在縣文化部門介紹下去拜訪了王權老先生。他對湯在遂昌的歷史資料掌握很全，令我獲益良多，同時還提供了遺愛祠的楹聯和湯顯祖在遂智懲惡少即項應祥用家法處死不肖之子的民間傳說等一些鄉土資料。

1982 年 3 月 24 日我為湯顯祖紀念館搜集文物資料而二上遂昌，25 日到松陽訪鄭建華回來，27 日下午回到遂昌以訪王權，28 日中午他殷勤請我吃飯，天熱黃酒進口甜，我開懷暢飲而酩酊大醉，睡在他家床上到晚 7 時 15 分才醒來回旅館。3 月 29 日中午，買好一個小塑料桶到王老家，在他侄兒的幫助下，將他家居易軒假山的兩棵玉茗花小苗帶土裝入桶內，移植撫州，放在我住的文昌橋頭住所花盆內培植（惜後未能培育成活）。王老作詩一首相送：

義仍先生長遂五載與民同樂，近日重謨同志自臨川來遂採訪當
年政績，相見之下，不勝欣喜，爰書俚句，少伸微意。

愛民如子縣成仙，若士風流四百年。

今日龔君重庚上，英姿勃發踵前賢。

當年 10 月國家文化部、中國劇協和江西省文化廳在撫州舉行紀念湯顯祖逝世 366 週年大會，王老未受邀請，他不顧年過七十高齡，拄著拐杖來到撫州，我向當時負責大會會務的省文化廳晏亞仙同志介紹了王權情況後及時補發了邀請，作正式代表參加大會的一切活動。參會期間，他詩情勃發，無論是參觀湯顯祖紀念館還是晉謁湯顯祖墓他都即興抒懷。在湯墓前他吟頌：

平昌末學詣臨川，展墓興悲涕淚漣。

浩氣長存遺愛在，千秋功業口碑傳。

王曾對我說，這是他生平最為幸運且開心的一次有意義活動，此後與我來信中多次表達出難忘的高興心情。

　　1986 他從遂昌黨史辦劉宗鶴先生處得知我去中國藝術研究院戲曲理論研究班深造，他想到 11 月 20 日是湯顯祖逝世 370 週年，北京定有紀念活動，特撰一楹聯寄我，云：

　　　縱觀志乘自唐代到清朝時越千年關心仙縣民瘼孰茗贛來一令，
　　　歷覽輿圖從西歐至東亞路超萬里屈指人間劇作誰如天上雙星。

楹聯對仗工整，表達了對湯的爲政爲文的敬仰與懷念之情。

　　我調海南後還和他保持了一段時間聯繫。1989 年 12 月我向他贈送了全家照片。1990 年春節他寄來《奉懷重謨仁兄嶺南》一首：

　　　少長名都學養深，壯遊南北樹雄心。
　　　知君功顯海南島，仙縣人爭聽好音。

此後便中斷了聯繫。現在我還保存了王權來信 10 多封與夏承燾題籤的《馨一詩詞》打印稿一冊。他的來信幾乎每信必有詩。1998 年他去世我沒有得到信息，未能寄隻言片字表達哀思。至今尚存憾意。2006 年 9 月我去到遂昌參加紀念湯顯祖逝世 390 週年國際學術研討會，得知王老在遂昌城青年路 49 號居易軒的故居也遭拆遷，那 3.5 公尺高，每年臘盡春初能綻放 200 餘朵單色白花的玉茗樹再也看不到了，很是遺憾。王老地下有知，定會扼腕歎惜！

五、爲洗刷祖宗罪名而研究湯顯祖的項兆豐

　　項兆豐是明代遂昌項應祥的 33 世孫。項應祥是萬曆八年（1580）進士，從建陽知縣起家，遷戶科給事中，官累應天巡府。1979 年初我初訪遂昌，聽遂昌文化界人士說他也在研究湯顯祖，且觀點與遂昌其他研究者有分歧，相處關係不和諧。2 月 16 日晚我在縣委宣傳部小劉同志帶領下登門拜訪了兆豐先生。知他原是處州師範語文老師，1958 年因政治上受到不公正的對待而去了公職，此時是城關蔬菜隊的菜農。此君文史功底不錯，個性倔強。在如此艱難的處境中還對遂昌的多個歷史人物進行研究，其中費力最多是湯顯祖。他之所以研究湯顯祖，緣於一樁公案。300 多年來在遂昌傳說湯任知縣時，接獲百姓狀告項應祥的一個公子犯案累累。因項爲朝官，湯難以處置。湊巧項因病告假回鄉，湯以設宴爲其洗塵爲名，暗布置受害者前來告狀。酒過數巡，正高興之至，大堂鼓聲不絕。項問湯何故？湯故意說：「我們難得相聚，有事改日再處理吧。」項說：「爲官之人，上爲朝庭效勞，下替百姓分憂，豈能因私而忘公。來來來！不如一邊喝酒，一邊處理公務。」湯說：「好！」大門一

開，受害佃農哭哭啼啼，紛紛呈上訴狀，打開一看，訴你都是項的的一個兒子欺凌佃戶，姦淫婦女，並對新婚女子強佔「初夜權」等罪行。項為掩飾家醜，博取大義滅親的美名，當晚就用石灰醃死在後花園延秋亭中。

這個傳說故事我在王權處聽過了。此時我又聽項講述了一遍。由於這傳說故事情節生動，彰顯了湯顯祖「因百姓所欲去留」的為官之道。故在民間流傳 300 多年不衰。參照湯寫給項應祥的《復項諫議徵賦書》和沈德符《野獲編》所披露的湯顯祖革職原因，徐朔方說「不會純屬虛構」。1963 年遂昌婺劇團張石泉以這傳說為藍本，創作成婺劇《湯公除霸》，劇中直接用上了項應祥的名字。這樣就引起了兆豐先生的特別關注。他找來《項氏族譜》、《遂昌縣志》、《湯顯祖集》和《明史》等文獻資料，白天下地勞動，晚上在燈下研究湯顯祖。寫下了《漫談湯顯祖的革職》、《湯顯祖在遂昌》、《湯顯祖和牡丹亭》、《論達觀對湯顯祖思想的影響》和《項應祥殺子考》等文章。在《項應祥殺子考》一文中，根據族譜記載，項應祥共有四個兒子，長子天爵生於萬曆六年，死於萬曆四十年，次子天衡生於萬曆十三年，死於崇禎十六年，三子天琦生於萬曆十五年，死於順治三年。以上三子都死於湯氏離任後，不可能存在被殺之事，唯有四子天倪只書一個「殤」字，無生卒年的記載，是個懷疑對象，然而三子天琦生於萬曆十五年，那天倪最早已只能出生在萬曆十六年。湯顯祖是萬曆二十五年離開遂昌，那時天倪只是一個十歲的孩童，怎能有強佔民女初夜權的荒唐事發生？因此誰要是在文中引用了這個傳說，就視作屈辱了他的祖先，必須據理力爭，嚴詞遣責。連趙景深、徐朔方這樣大家也毫不客氣。

我在遂昌記下這個故事，回到撫州寫了篇《湯顯祖在遂昌》一文，刊登在當年《撫河》雜誌第二期上。文中也介紹了這個傳說。遂昌縣文化館看到後在文藝專刊上以民間故事的名目轉載了我這篇文章，湊巧這時張石泉寫的《湯顯祖除霸》更名《湯顯祖》由遂昌婺劇團隆重上演，我這一文與《湯顯祖除霸》一戲在遂昌引起了強烈反響，兆豐先生看到後自當很不客氣地來信我地區文化局和地區文化站，指責拙文是「利用傳說，鍛鍊人罪」，並要自費親訪臨川。儘管我們去信叫他不要為此問題專訪臨川，增加經濟困難，然而他於第二年夏還真的就來了。我在文昌橋頭附近找了家旅館讓他住下，撫河之濱、文昌橋畔、湯公墓址都留下他的足迹。我們也談到對文章的各自的意見，分歧仍存在，但不僅沒有罵架，且私誼卻似有加深。在兆豐先生看來，

有這《族譜》記載，項氏四子可不能有強佔民女不法之事，不容臆說誣前賢。然而修譜有譜戒，若因淫亂被家法處死者，當譜削其名，即譜上根本不可能有記載。項應祥是否還有「譜削其名」之子，諒是研究者還可探討的問題。

　　1982 年 3 月 24 日為湯顯祖紀念館搜集資料二上遂昌，27 日晚和縣史志辦的劉宗鶴陪同下去看項兆豐。走進他的書房，「已無涕淚憂家國，餘有詩書伴病貧」的楹聯掛在臥室兼書房的牆上，很是醒目。這是一個歷盡磨難的知識分子晚年心境寫照。隨著撥亂反正，兆豐先生得到了政策落實，1987 至 1989 年到了杭州的一所中學教書。在杭州 3 年，他在浙江圖書館古籍部閱覽室裏查閱了並積累了大量湯顯祖在遂昌事迹的資料，對湯顯祖的研究已沒有停留在為祖先洗刷罪名上，而是深入對湯在遂五年所作的詩文進行彙編箋校。該書他耗時六年，為了求訪資料，不惜私費足踏大江南北，行程萬里。書列入浙江省藝術科研項目。2000 年 8 月下旬在大連外語學院舉行的紀念湯顯祖誕辰 450 週年國際學術研討會，兆豐先生應邀參加了會議，帶來已印出《湯顯祖遂昌詩文全編》清樣 100 冊。該書是研究湯顯祖在遂昌最為翔實的基礎資料，受到大家的肯定。2006 年 8 月，江西在湯顯祖故里撫州召開紀念湯顯祖逝世 390 週年學術研討會，我們又重逢了，會結束後又同車到了遂昌。可此人有點怪，他到達遂昌在大會會務組報到後卻沒有參加會議，且再也不露面，然他嚴謹治學，求真據理的精神令我欽佩！所著文章鮮明有個性，確是文如其人。

六、四個日本學者的湯顯祖情結

　　由於趙景深先生的關係，1980 年 9 月 29 日我給日本山口大學岩城秀夫先生寫了一信，1910 月 30 日岩城先生就給回了信並寄出了他的精裝日文《中國戲曲演劇研究》一書給我。信中說：

> 尊敬的龔重謨同志：

> 　　9 月 29 日的信已收到。您說，撫州市文化館有計劃搜集整理關剪的資料。湯顯祖是貴國最偉大的戲劇家，他的表彰他的詩文和戲曲方面的成果，是很有意義的事業，不勝欣喜。

> 　　我研究明代戲曲經過了多年，特別尊敬湯顯祖。我元來是外個人，雖然念貴國文學也是還沒到到好成就，不值一顧，可是您卻來信需要拙著《中國戲曲演劇研究》，特為光榮，感謝不盡。

　　今天把拙著另外寄上，請您雅正。

　　我希望有機會訪問貴地，參觀湯顯祖的舊址，搜集資料，供以後參考。

　　我不善中文，請念辨認。敬請臺安！

日本國山口大學人文學部

岩城秀夫敬上　　1980.10.28

然而岩城先生訪撫州的願望沒有親自實現，而是委託他的一個同事代他撫州之行。1984 年 10 月 22 日我突然接到山東大學留學生樓 415 號署名阿部泰記的來信。信是這樣寫的：

龔重謨先生：

　　初次寫信，寬恕無禮。我是日本山口大學的副教授，岩城秀夫是我的上級。我這次在山東大學留學，學古典小說。出國以前，岩城託我看貴館資料。我值到現在沒空跟你聯繫，他再向我寫信問事好辦不，所以我不願非禮向你商量這件事。我不是研究戲曲的，是研究小說的，可是讀過湯顯祖集，向他的重視情感的戲曲觀感到興趣。如果有你想挺我向岩城要求的事情，或者貴館有我回國以後轉告訴岩城的資料，我想這去看，你允許照相，我留下給岩城看。

　　上面直截了當的寫了我想和你商量的事，我的漢語水平不夠，請恕冒禮，我等著好消息

祝

秋安！

阿部泰記　　1984.10.22

接信後，我於 10 月 28 日向阿部泰記寫了回信。我在信中提到：「撫州自宋明以來，在中國歷史上出了不少文化名人，除湯顯祖外，還是王安石、晏殊、晏幾道父子和曾鞏等。但目前能看的只有湯顯祖墓和湯顯祖紀念館。其他人還能看到一些有關遺址。您來的時間最好在下月（11 月）中旬 15 號以後，因為湯顯祖紀念館已騰出作出土文物展覽，要到下月 15 號後才可重新開放。撫州離南昌僅 100 公里，乘班車兩個半小時可抵達。」11 月 25 日阿部來信告訴我他人已到上海，已訂了 11 月 28 日晚 9：05 時到江西的火車票，29 日 13 時到南昌，30 日可到撫州。由於當時的撫州還不是對外開放城市，因他人在上海，沒有攜帶山東大學開給他進入到撫州的相關「文書」（公函）。他在撫州

僅呆了不到 3 個小時，僅看了一下湯顯祖紀念館，由行署外事辦買單我作陪
的請他吃了一餐便飯。由於那時我思想上「左」毒還未清除，本打算回贈給
岩城的書和一些資料也不敢交他帶去，怕日後因此惹下麻煩。

　　為湯顯祖而來訪撫州的外國學者中，熊谷祐子（女）是大家印象最深的
一個。她是日本東北大學到復旦大學留學的高級進修生，師從趙景深的高足
陸樹倫。

　　1981 年 12 月 14 日我在上海參加戲劇節，抽空去看了趙老，談了對「湯
傳」幾章的寫法。他要我 19 日下午 4 時再到他家去，說李平會來，李是他帶
的研究生，專攻中個戲曲，已升為副教授。14 日下午我準時到趙老家，李平
與陸樹倫已在坐。他們告訴我，有日本留學生熊谷祐子要到撫州去，託我關
照，提供幫助。12 月 27 日晚 7 時多我從上海回到撫州，我家人告訴我熊祐子
已來到了撫州，住在地區招待所，明天就要回去。我立馬趕到招待所，和她
聊了一個多小時。根據她的要求，我第二天帶她看了城外文昌橋東還被冰廠
所佔的湯顯祖墓遺址和城內玉茗堂遺址，並為她購好下午去南昌的汽車票。

　　熊谷此行收穫不大，僅她拍了一些照片，時間太緊，可看的東西太少。
熊谷回到復旦後，她的導師陸樹倫來信我說：「這次她去撫州，蒙你熱情接待，
不辭辛苦為她介紹情況。她甚是感激。在此，也請接受我的謝意。」

　　1982 年 2 月 21 日我在上海為湯顯祖紀念館搜集文物資料期間。曾去陸樹
倫家，告訴過她 10 月文化部、中國劇協和江西文化行政部門要在撫州舉行紀
念湯顯祖逝世 365 週年紀念大會，要他為我提供 1967 年以來有關研究湯顯祖
文獻資料目錄，並想瞭解日本現在有哪些人從事研究湯顯祖，以及他們的研
究成果。熊谷祐子從陸樹倫處得知我這一想法，於 2 月 25 日主動給我來信：
「聽說，今年湯顯祖誕生 365 週年紀念會在您處開幕。而且你們希望瞭解關
於學湯顯祖在日本的研究情況，我希望能夠幫助你們。」後來熊谷來信告訴
我，在日本對湯顯祖研究有所建樹的只有岩城秀夫和八木澤元。因她知道岩
城的《中個戲曲演劇研究》一書我已有了，僅複印了岩城的新作關於湯顯祖
的詩文主張的論為和八木澤元的《湯顯祖的戲曲》等一些文章。陸樹對將在
撫州召開的全國性紀念湯顯祖活動這一信息很是重視。他知道，這是讓熊谷
瞭解中國戲曲的一次難得的學習機會。7 月 9 日給我回信中特提到：熊谷最近
去了敦煌，八月回國，九月份再來，她的進修時間決定延長到年底。如十月
份江西召開紀念湯顯祖的會，要我為她能得到邀請作些周旋，她很想參加這

此紀念會，費用一律由她自負責。此事陸還另託了南昌文化界的一些人，我們都努力了，結果上面還是沒有同意。後來熊谷還是來了，那不是作被邀請的代表，而是按教育部的有關規定，她向復旦外事辦提出來江西進行學術訪問的申請，學校同意後發文給江西外辦，由江西省外辦同意後進行安接的訪問活動。10 月 22 日熊谷來撫出席紀念會，在參觀了湯顯祖紀念館寫下了「玉茗香千里，四夢傳古今」的題詞。在撫期間，陸樹倫邀我、熊谷和她自三人在新遷的湯顯祖墓前合影留念。從陸樹倫教授給我來信，我感到陸為了讓熊谷來撫出席湯顯祖的紀念會而延長了熊谷在中國的進修時間。82 年 11 月底熊谷學成回國。回國前，她特用毛筆寫了一信給我。信中說：「通過會議，瞭解到了中國的學術動態，親眼目睹了是有客觀性、考據性的學術作風蓬勃復興這一點尤其令我興奮。」信的正文上方空白處寫了四句四言，云：「落葉紛飛，蕭瑟寒秋；歸期漸漸，別情依依。」時間為壬戌冬日。可見，熊谷的兩次撫州之行給她留下深刻印象，並對這裡產生依依惜別之情。

　　還有一位是有澤晶子（女），是我在中國藝術研究院學習時的同學，1986年她從日本來中國藝術研究院進修中國戲曲的高級進修生。有時上大課時會同在一個教室。那是她還是個 20 多歲的小姑娘，因她是外國人，都住在恭無府的海棠院，見面點點頭而已。1987 年 7 月我畢業離京回江西不久調海南，他進修期滿後回國在東洋大學任教，一別 20 年沒有再見面。2006 年我應邀出席在浙江遂昌召開的湯顯祖文化節暨湯顯祖國際學術研討會，她以日本東樣大學教授在北京大學訪問學者身份到遂昌參加會議。撫州方面對她完全陌生，不可能受邀到撫州參加會義，因而撫州湯顯祖學術研討會的有關論文資料她就不可能得到，她希望能看到，我為她要了一份，還送了我發在《撫州日報》上的《玉茗堂考》。她對中國傳統戲劇表演的形式有很深的研究，論文《中國傳統演劇樣式的研究》令她獲博士學位。遂昌分訣後她回到北京大學，便將其博士論文《中國傳統演劇樣式的研究》寄來贈我。該書約 30 萬字，收集了許多珍貴照片，可謂圖文並茂，2006 年由日本研文出版社出版。書中第二部第一節內介紹了湯顯祖《牡丹亭》。我收到後，用電子郵件發給我早撰寫的《湯顯祖作劇理論探勝》一文作回禮，請她指正。他收閱後回信說：「昨天的已經拜讀了。很有趣。我想給學生講課時，可以給他們介紹您的文章了！」

七、田漢兩訪湯顯祖故居遺址作的詩篇

1982 年 6 月 27 日田漢著作編輯出版委員會給我來信云:「據悉田漢同志曾到臨川訪湯顯祖故居遺址時曾有詩篇,今特專函懇請賜予協助,代為搜集以便編在《田漢文集》。倘目前還能找見其墨迹,請予以照相。」接信後,我立即找了當年曾親自參加接待的胡一輝等同志進行瞭解,將瞭解情況於當年 7 月 10 日回信告知。主要內容如下:

田漢同志曾二次來到撫州。第一次是 1959 年 4 月 16 日,由省文化局局長石淩鶴同志陪同從瑞金去南昌經過撫州作作停留。田漢同志在玉茗堂遺址上「湯家玉茗堂」石碑旁手撫摸著石碑照了像,後去到文昌橋東靈芝山憑弔了湯顯祖墓。回到北京後於 6 月 3 日作詩抒懷,並書成條幅寄到撫州。詩云:

> 雨絲風片過臨川,邀得青年拜墓田。
>
> 莫道夢痕無覓處,《還魂》新入弋陽弦。
>
> 直把歌場作戰場,先生何止擅文章。
>
> 十年一劍磨成日,再訪湯家玉茗堂。
>
> 杜麗何如朱麗葉,情深真已到梅根。
>
> 何當麗句鎖池館,不讓莎翁有故村。

「邀得青年」一句的「青年」指的是撫州市政府派出的陪同人員傅豫泰(時為撫州市文教局副局長)和陳行洪(市宣傳部幹事)等五位青年同志。

第二次來是 1963 年年初,田漢同志偕其夫人安娥、著名電影導演鄭君里和中國戲劇史專家周貽白在南昌看了石淩鶴改譯的《牡丹亭》後,去到大餘縣考察《牡丹亭》故事發生的軼聞舊址,留下了「留得牡丹亭子在,晶瑩應不讓金沙」的詩句,於 1 月 5 日來到撫州。中共撫州地委為田漢同志在地委小禮堂舉辦了一場報告會。報告會由地委副書記韓增田主持,地委常委、宣傳部長谷虹出席了會議。前來參加報告會的有撫州地市文藝界同志和部分中小學的文藝老師計 300 多人。田漢同志在會上談了湯顯祖的生平,和《牡丹亭》的社會意義,說它是「無腳走天涯」。還談到徐聞和大庾均有湯顯祖的文物。晚上觀看了市採茶劇團自創的現代劇《紅松林》和傳統劇《錯弓緣》。田漢同志的報告約三個小時,錄了音,後由陳行洪進行了整理,並打印發給地市領導。

當時撫州市正準備復建玉茗堂與蓋湯顯祖紀念館,市領導請田漢同志題字。田漢同志因身體不適,但一口答應。離撫後到了南昌即寫了「玉茗堂」

和「湯顯祖紀念館」兩幅題字與一首詩作寄到撫州市。詩題《重訪臨川聞將重建玉茗堂紀念湯若士》：

> 三百年前一義仍，敢拼肝腦向堅冰。
>
> 徐聞謫後愁無限，庾嶺歸來筆有神。
>
> 柳葉慣隨尋曲杖，梅花常伴讀書燈。
>
> 煙波樓閣春如海，明日臨川更絕倫。

2008 年 4 月於海口